Wir bedanken uns für die finanzielle Unterstützung bei
Land Niederösterreich und der Stadt Wien.

Lektorat: Felix Mayer
Umschlag und Satz: Jürgen Schütz
Umschlagbild: *Wolgaland* © Lydia Steinbacher
Druck und Bindung: Prime Rate Kft.
Printed in the EU

ISBN: 978-3-99120-009-3
www.septime-verlag.at
www.facebook.com/septimeverlag | www.twitter.com/septimeverlag

LYDIA STEINBACHER

WOLGALAND

ROMAN

1

Die Fliege landete direkt auf dem Aralsee. Auf dieser Karte hatte er noch seine einstige Größe und verschwand dennoch zur Gänze unter dem schwarzen Insektenkörper. Sie machte ein paar Schritte nach Nordosten, da kam der hellblaue Fleck wieder zum Vorschein, vielleicht schon ein bisschen kleiner als noch vor einem Augenblick.

Nicht mehr als ein armseliger Schwarm Fliegen wäre der Chor ohne ihn gewesen, der Zusammenklang im Summen kaum ertragbar. Alexandr Niebel legte hohe Maßstäbe an die Sänger an, vor allem aber verlangte er sich selbst viel ab. Und seinen Arrangements. Er wischte mit der Hand über die Weltkarte, um das Tier zu verscheuchen – die tausenden Ommatidien sahen die Bewegung lange vor der Berührung kommen, der Körper hob ab und verlor sich im Raum, suchte sich ein Fenster, prallte gegen das Glas, fünfmal, fünfzigmal. Manchmal war es ein Zufall, so wie die Wahl dieser Fliege, sich für ein paar Sekunden in der Steppe niederzulassen, diese Stelle in der Welt zu wählen, der Alexandr näher zu seinem alten Leben brachte. In seinem Gesicht stand ein genügsames Lächeln. Es war unauffällig wie seine gesamte körperliche Erscheinung, die Unauffälligkeit war auf beschwerlichem Wege zu erwerben gewesen. Er strich sich die grauen Haare nach hinten, eines der Härchen sichelte wie vom Mond gefallen hinter ihm zu Boden. Draußen war es längst dunkel, da nahm Alexandr wieder beim Pianino Platz, einem alten Lauberger & Gloss. Jegliche von Klavierstimmern unternommenen und nicht ganz billigen Versuche, das Instrument in seinen einstigen Klang zurückzuführen, waren vergebens gewesen. Doch war dieser frühere Klang selbst nur etwas

Angedichtetes, eine Vorstellung, denn Alexandr hatte ihn nie gehört. Er strich über den geöffneten Tastendeckel, als könnte er verstehen, dass es sich nicht verändern lassen wollte von fremder Hand – das hatte immer etwas Grausames. Der Tastenanschlag war schwerfällig und träge. Schuld war aber nicht das Instrument, es kam nicht für die Schwäche der Menschen auf, die es zu spielen nicht in der Lage waren. Wer es spielen wollte, brauchte eine Stärke in den Fingern. Und wie die Stärke in den Fingern brauchte er im Geist die Vorstellung eines großen blauen Flusses, kleiner gepflegter Höfe und von Kindern, die im Übermut stolperten, die Alexandr sich immerzu vergegenwärtigte in der Musik, in all ihren Facetten, was aber niemand außer ihm wusste. Auch diese Unauffälligkeit hatte er auf beschwerlichem Weg erworben.

Lana klopfte mit ihren Ringen, die sie alle an der linken Hand trug, gegen das Rauchglas der Tür. Alexandr wandte sich abrupt in ihre Richtung. Fast klang es, als würde die Scheibe zerspringen, aber es war ihre übliche Begrüßung am Dienstagabend. Zuerst das Klopfen mit den Silberringen gegen das Glas, gleich darauf öffnete sie die Tür zum Proberaum, der eigentlich der Veranstaltungssaal des kleinen Gasthauses war. Es war ihre Art, die Männer vorzuwarnen, denn sie beherrschte auch die Kunst, unvermutet und lautlos aufzutauchen. Die Fliege huschte unter ihrer Achsel aus dem Zimmer in den Gang, so hatte ihr Lana unversehens ein Schlupfloch geöffnet. Ihre Schicht begann um fünf, die Chorprobe um acht Uhr abends, für gewöhnlich mit einer Viertelstunde Verspätung, weil ein paar Sänger sich stets die Freiheit nahmen, die anderen warten zu lassen. Lana war eine schlanke Frau, ihr Alter unterlag großen Schwankungen wie ihr Gemüt, einmal sah sie aus wie gerade einmal dreißig und an einem anderen Tag, es konnte auch der darauffolgende sein, hätte man sie nach einem flüchtigen Blick ins Gesicht auf gut fünfundvierzig schätzen wollen, die Wahrheit war in ihrer Gegenwart unaussprechlich. Jede Woche bot sie Alexandr etwas anderes zu trinken an und immer wünschte er sich nur das Übliche. Lana warf den Kopf auf eine Seite, sodass man ihren Pferdeschwanz über die Schulter fliegen sah. Festhalten unmöglich – alle Lasten, alle ihr lästig Fallenden, ehe man sich's versah, wieder abgeworfen. Lana, die das Endgültige verabscheute. Sie schaute Alexandr noch eine Weile an, obwohl der Dialog schon abgespult war. Jede Woche trug er denselben grauen Anzug, der dennoch faltenfrei war, vorbildlich gebügelt und ohne Makel. Dahinter stand ein penibles Zeitmanagement, bis zum nächsten Probenabend hatte er seine Kleidung immer rechtzeitig gewaschen und gebügelt. Jonathan ist übrigens auch schon da, ist noch vorn an der Bar, kommt gleich, sagte Lana, verließ den Proberaum und ging zur Schank, ohne die Tür zu schließen. Es war Gelächter zu hören und die Beine der Barhocker, die über den Boden kratzten. Der Zigarettenrauch wuchs langsam in das Glas der Tür.

Lana erinnerte Alexandr an jemanden, ohne dass er sagen konnte, an wen. Seltsam, dass ihm der Gedanke erst jetzt kam, wo er sie schon so lange kannte. Es konnte sich nur um ein winziges Detail handeln, vielleicht die Anordnung der Falten auf ihrer Stirn, die ihn an seine Tante denken ließ und natürlich auch an die Mutter, von der er nicht einmal ein Bild besaß, nur unendliche Vorstellungen. Dachte er aber an die Zeit in Sibirien zurück – denn an die Jahre *vor* der Deportation konnte er sich kaum erinnern und fast war ihm, als hätte die ersten Jahre seiner Kindheit jemand anderer für ihn gelebt und er wäre erst nachher hineingeplatzt –, dann hörte er immer die Stimme seines Vaters, vielleicht war sie auch notwendig, um sich überhaupt zu erinnern. Nach der Zwangsarbeit in der Trudarmee hatte er, sobald es dunkel wurde und an nebeligen Tagen, nur über eines gesprochen, über die Heimat, die Wolgarepublik, im Flüsterton. Aber was mit den Falten auf der Stirn der Tante, was nun? Im ersten Lebensjahr hatte sie Alexandr angeblich mit verdünnter Ziegenmilch gefüttert, und weil er sich dennoch normal entwickelt hatte, war sie so stolz gewesen, dass sie bei jeder Gelegenheit davon berichtet hatte, es noch Jahrzehnte später bei Treffen mit ihren Freundinnen immer wieder ansprach. Wahrscheinlich war es nur die Art, wie Tante Nelly ihn damals skeptisch angeschaut hatte, wenn er nachmittags von der Schule heimkommend seine Hefte auf dem Küchentisch aufgeschlagen hatte, um Hausaufgaben zu machen, die man sehr ähnlich auch in Lanas Gesicht bemerken konnte. Nur diese drei besonders angeordneten und gar nicht tiefen Falten auf der Stirn, mehr nicht. Falten für Sorgen, Zweifel, Unverständnis. Tante Nelly hatte über seine Schulter in seine Hefte gelugt, als hätte sie bei jedem Umblättern Angst gehabt, da einen Vermerk des Lehrers zu entdecken – nicht die Texte betreffend, die Alexandr in schönster kyrillischer Schreibschrift in die Zeilen setzte, sein Russisch war perfekt, annähernd zumindest. Sondern etwas Grundlegendes bemängelnd, was nicht richtig war, was aus der Reihe tanzte. Oft war Alexandr traurig von der Schule heimgekommen, dann hatte sie ihm die Hand auf den Kopf gelegt, seine Haare zurückgestreichelt wie das Fell eines dummen Hundes, aber sie meinte es so: Du kannst das noch nicht richtig verstehen, aber du musst keine Sorge haben, du bist kein Faschist. Dann hatte sie ihm etwas zu essen gebracht und egal was es war, es fühlte sich an wie ein Lindenblatt im Magen, etwas, das dazu imstande war, fast alles wieder gut zu machen. Ob es nur genügend Blätter gab? Er hatte die Tante sehr geliebt.

Die Stunden nach der Chorprobe waren für Alexandr leere Nacht ohne Schlaf und ohne Beschäftigung. Erschöpft vom Dirigieren, aber vor allem von den Gesprächen und dem aufgesetzten Lächeln wie ein Riss durch eine Mauer, saß er auf der Bettkante vor seinem Bücherregal und starrte die Buchrücken an. Er besah sich genau, welche Beschriftungen nach links und welche entgegengesetzt ausgerichtet waren, unwillkürlich kippte er den Kopf dabei ganz leicht – eine Bewegung, für die man verspottet würde, *er* verspottet würde. Da stand Lore Reimers *Senfkorn*, ihr unlängst erschienener Band, zwischen den *Vielen guten Kameraden* von Nora Pfeffer und – ja, was sollte das? – Schumanns *Waldszenen* gleich rechts daneben. Der unverhältnismäßig große, aber umso dünnere Notenband hatte den ihm eigentlich zugewiesenen Platz nicht in diesem Regal. Wer käme auch auf die Idee, Noten aufrecht zwischen irgendwelche Romane und Gedichtbände zu zwängen? Wahrscheinlich war er übernächtigt gewesen, oder es war, wie leicht dahingesagt, das Alter, das sich in kurzen Augenblicken in einer merkwürdigen Verwirrung der Sinne zeigte und wieder hinter einem Fleck auf der Haut versteckte. Etwas irritierte Alexandr jedoch. Weil er sich auch nach längerem Überlegen nicht daran erinnern konnte, den Notenband zwischen die Bücher gesteckt zu haben, und auch keinen Sinn darin entdecken konnte, nahm er ihn heraus und ging damit die paar Schritte auf die andere Seite des Raums, wo sich ein kniehohes Regal nur für die Musik befand. Im Halbdunkel legte er das Heft auf das dritte Brett. Alexandr machte immer nur so wenig Licht wie nötig, und obwohl ihm diese Angewohnheit oft das Ärgernis seiner Mitmenschen eingebracht hatte, änderte er sie nicht. Gleich darauf ließ er sich wieder auf der Bettkante nieder, studierte weiter die Bücher, hoffte, es würde ihn müde machen, zum Einschlafen bewegen. Er dimmte das Licht der Stehlampe noch ein bisschen weiter, legte den Polster auf seine Oberschenkel und die Arme darauf. In Gedanken ging er zum wiederholten Mal die Probe des heutigen Abends durch, verfuhr dabei nach Stimmlagen und vergegenwärtigte sich jedes einzelne Mitglied – auch die nicht erschienenen Sänger, die schmucke Ausreden erfunden hatten. Mit den Jahren war Alexandr besser darin geworden, seine Ansprüche zu untergraben.

Die kleingedruckten Titel konnte er nicht alle lesen – er konzentrierte sich nun wieder ganz auf die Bücherwand –, aber er wusste ja auch so, um welchen Autor und welches Werk es sich jeweils handelte, alles war fein säuberlich sortiert. Auf dem zweiten Regalbrett, dem für Sachbücher, neben einem Büchlein über die Porzellanmanufaktur Zsolnay, das er einst von einer Ungarnreise mitgebracht und nie gelesen hatte, mutete ihn etwas komisch an. Konnte es sein, dass auch dort ein Notenband stand? Alexandr beugte sich vor, um genauer sehen zu können. Der dunkelgrüne Einband, das mussten die gesammelten Kinderlieder sein. Jetzt warf er den Polster zur Seite, sprang auf und zog den Band heraus, wog ihn in den Händen. Bei genauerer Betrachtung fand er, dass das Grünblau hinter den weißen Buchstaben doch ein bisschen anders aussah, als er es in Erinnerung hatte, aber er hatte schon lange kein Stück mehr daraus gespielt, geschweige denn gesungen, außerdem war es viel zu dunkel im

Zimmer, um die Farben beurteilen zu können. Er wollte sich schon wieder umdrehen, um auch diesen Band an den richtigen Platz zu räumen, da bemerkte er aus dem Augenwinkel noch andere Werke, die irgendjemand – aber wer, wenn nicht er selbst, sollte das gewesen sein? – falsch einsortiert haben musste. Einen um den anderen Band zog er zwischen den Büchern hervor und trug sie hinüber zum Notenregal, wo er sie an die richtigen Stellen legte. Gerade als er glaubte, mit allem fertig zu sein, entdeckte er noch ein letztes Notenheftchen in seiner Bücherwand, Schumanns *Waldszenen*. Erneut. Verwundert und mit steifen Fingern brachte er es auf die andere Seite des Zimmers. Jetzt schaltete er die große Deckenleuchte doch ein und besah sich seine Notensammlung genauer. Nachdem er mit dem ersten Stapel fertig war, fühlte er seine alte Zunge trocken im Mund liegen, als hätte er seit Tagen nichts getrunken. Wie konnte es sein, dass er diesen einen Zyklus von Schumann gleich elf Mal besaß? Er ging auch die anderen Stapel durch und kam bald nicht auf elf, sondern auf siebenundzwanzig. Eiskalt und bleiern zog das bedruckte Papier an seinen Händen nach unten. Der Schweiß rann seinen Körper hinab, Schneewasser über die Lenden. Die ganze Nacht über brachte er mit dem Sortieren der Bücher und Notenbände zu und hastete von der einen Seite des Raums auf die andere in einem merkwürdigen Gefühl der Ohnmacht und Enteignung. Er rannte, bis er endlich aufwachte.

Das Telefon klingelte. Eine Stimme, die tiefer war als noch am vorigen Abend im Gasthaus, womöglich auch ein klein bisschen heiser. Es war Lana. Den ersten Satz beendete ein Knackgeräusch wie von einem Schnalzen mit der Zunge oder dem Öffnen einer winzigen Schatulle. Man konnte das

Gefühl haben, alle Verbindungen führten zu dieser Frau, als flöchte sie in ihr Haar jeden Morgen einen Knotenpunkt. Alexandr hörte ihr nur stumm zu. Sie bat ihn, noch einmal ins Lokal zu kommen, Jonathan wolle etwas von ihm und würde ihn dort erwarten, aber er habe selbst nicht anrufen können. Na ja, du kennst ihn ja, sagte sie. Ein Seufzen. Lana telefonierte von zuhause aus, Alexandr hörte ein Klirren hinter ihrer Stimme, wahrscheinlich von einem Löffel, der in einer Kaffeetasse kreiste, doch klang es, als sei diese ganz leer. Im Gasthaus sah er sie nie etwas trinken. Ihr Anruf hatte ihn überrumpelt. Jetzt sofort?, fragte er. Wieder ein leises Knackgeräusch. Ja, so wie ich ihn verstanden habe. Du wohnst ja gleich dort. Ich kann mir schon denken, was er von dir will – er hat uns alle gefragt –, aber das soll er dir selbst erklären. Alexandr schüttelte den Kopf. Er hatte den Burschen ganz gern, das war ein anständiger junger Mann, aber er konnte sich partout nicht vorstellen, was Jonathan um diese Zeit am Herzen liegen mochte, was sich nicht gestern bei der Probe hätte besprechen lassen oder eben nächsten Dienstag – Probenabende, die sich für Alexandr aneinanderreihten, kein Leben, das dazwischen passte, nur ein ewiges Hervorholen von Vergangenem. Lana hatte schon aufgelegt, weil er nichts weiter gesagt hatte. Noch ein Abschiedswort mehr überhört. Wann hatte er Lana eigentlich seine Telefonnummer gegeben? Ins Telefonbuch hatte er sie nicht eintragen lassen.

Der Stoff seiner Kleidung fühlte sich nach jahrelangem Tragen und Waschen so dünn an, dass jederzeit mit einem Riss zu rechnen war, aber dann hätte Alexandr Nadel und Faden zur Hand genommen. Die Tante hatte ihm das beigebracht, da war er noch ein Kind gewesen. Erst wenn er fürchtete, die Leute könnten sich mokieren, schnitt er seine alten Hosen oder Hemden in kleine Fetzen zum Putzen – für alles war noch Verwendung. Im Winter, wenn er, über der gewöhnlichen Kleidung nur mit Filzmantel und seinen Halbschuhen bekleidet, Spaziergänge durch die nassen Straßen machte, mochte auch ein kalter Wind gehen, wurde er manchmal gefragt, ob er nicht schrecklich fröre, aber was waren schon diese Winter. Nicken. Weitergehen. Alexandr zog die Tür hinter sich zu und schritt die Treppe nach unten. Er hatte die kleine Wohnung im oberen Stockwerk des Holzhauses ganz für sich, der Mietpreis war vertretbar. Die Wohnung ein fünfunddreißig Quadratmeter großer Raum – Küche, Wohn- und Schlafzimmer in einem. Die jungen Leute flohen aus dem Dorf in die Städte und nannten das allen Ernstes eine Flucht. Frau Seiger, die unter ihm gewohnt hatte, war vor ein paar Wochen gestorben. Seitdem suchten ihre erwachsenen Kinder, denen das gesamte Haus gehörte und demnach auch seine Wohnung, einen neuen Mieter für das Erdgeschoß – oder wollten sie die Wohnung verkaufen, es war Alexandr egal. Einen Augenblick sah es so aus, als würde entlang der Küchenzeile unten ein Licht brennen, als hätte Frau Seiger vergessen es abzuschalten, bevor sie gestorben war. Es musste eine Spiegelung sein. Sie hatte etwas Ärmliches. Dort wo er herkam, drehte man die Spiegel um, wenn jemand starb.

Es waren nur ein paar Steinwürfe bis zur Gaststätte, wo auch die Chorproben stattfanden, der Eingang befand sich im Hof. In der Stube saß Jonathan als einziger Gast – für einen Mittwochvormittag durchaus nicht ungewöhnlich – an einem Ecktisch. Auf dem rosafarbenen Tischtuch vor ihm stand nur ein großes Glas Wasser, nicht einmal ein Salzstreuer oder Servietten waren da. Das ließ den jungen Mann sehr zierlich wirken. Jonathans linkes Augenlid zuckte nervös, als Alexandr neben ihm auf der Bank Platz nahm. Die Männer schwiegen eine Weile. Weißt du, ich habe überlegt, ob ich dich einmal ein Solo singen lasse, fing Alexandr an, um irgendwie das Gespräch zu beginnen, er fühlte sich dazu fast in der Pflicht neben dem schüchternen Burschen, aber da sprudelte es plötzlich aus dem heraus: Ich habe mir den Vormittag in der Firma extra freigenommen, weil – also du weißt ja, dass ich manchmal an kleinen privaten *Projekten* arbeite … Alexandr zog die Augenbrauen hoch, natürlich hatte er davon Kenntnis, auch wenn es ihn nicht wirklich interessierte, aber diese Alltagsgeschichten waren Zerstreuung – vielleicht nicht so schlecht für einen älteren alleinstehenden Mann, wie er es war. Sich bei gutem Wetter aus dem Fenster lehnend konnte er an manchen Vormittagen mitanhören, was man sich auf der Straße erzählte. Die Leute hier hatten laute Stimmen, die meisten. Jonathan gehörte nicht dazu. Er war im Betrieb der Eltern untergekommen, in dem Geräte für die Landwirtschaft hergestellt wurden. In den Stunden nach der Arbeit war er Künstler oder wäre es zumindest gern gewesen. Er fertigte so eine Art Skulpturen – das war bekannt – und neuerdings hatte er allem Anschein nach die Fotografie für sich entdeckt. Jetzt umfasste Jonathan mit einer Hand das Wasserglas und zog es ein Stück näher zu sich heran, ein paar Perlen stiegen darin auf. Und obwohl er normalerweise ein sehr schweigsamer Zeitgenosse war, erzählte er nun langwierig von seinem neuen *Projekt* – er gab dem Wort einen sonderlichen Klang, womit er alles ins Lächerliche zog, aber wahrscheinlich wollte er damit nur einem abschätzigen Blick oder einem mitleidigen Lächeln zuvorkommen. Irgendein Fotoprojekt, verstand Alexandr, der durstig war und sich während des Geredes nach dem Wirt umsah, der ihm etwas zu trinken bringen würde. Jonathan wollte alte Fotos sammeln. Bilder, die Personen, Gegenstände, einprägsame Situationen aus dem Leben seiner Freunde zeigten, die jenen also eine bestimmte Erinnerung konservierten. Nichts Gewichtiges, nur Kleinigkeiten, die sie bereit seien, ihm zu schenken, versicherte er. Nur ein paar Bedingungen gebe es – so wolle er sicher sein, dass er selbst die gezeigten Personen, Orte und Gegenstände nicht wiedererkennen würde, und die Bilder sollten ihm anonym übergeben werden. Vielleicht hast du auch ein paar alte Fotos, die du nicht mehr brauchst?, fragte Jonathan schließlich. Er kam endlich auf den Punkt.

Alexandr schaute einstweilen hinaus und verschaffte sich Zeit. Es würde ein dunkler Tag werden, der Nebel hing irgendwo fest. Kein Loskommen. Schweigen. Als er sich umdrehte, sah er Jonathans fragenden Blick auf sich ruhen und versuchte, ihn mit einer Geste abzuwehren. Jonathan sah ihn zweifelnd an, aber dann spielte ein Lächeln um seine Lippen, er nickte ebenfalls, hob das Glas vom Tisch und trank in kräftigen Zügen. Nur ein unbedeutender Rest blieb übrig, als setze sich mit der Zeit in jeder Flüssigkeit etwas ab, das man besser nicht zu sich nahm, als hätte sich da schon etwas eingenistet, das auch fortan klirrend seine Kreise ziehen würde. Wenig später hatten sich die beiden Männer schon ihre Mäntel übergezogen und verabschiedeten sich voneinander. Jonathan schien es plötzlich eilig zu haben. Alexandr nahm die Hände aus den Taschen und spürte die feuchte Luft auf der Haut. Er machte einen langen Spaziergang und wusste doch nichts mit sich anzufangen, fast schon wollte er Lana anrufen, aber allein der Gedanke war derart lächerlich.

2

Lana stand noch eine Weile neben dem Bett, betrachtete den Faltenwurf des Leintuchs und fand, dass sich seltsame Formen darin zeigten, gar nicht so, als wäre sie gerade noch hier gelegen, Buchstaben eines fremden Alphabets. Gregor saß auf dem Stuhl und zog sich die Socken über die rissigen Füße. An Lanas Mikrofaserbettwäsche blieb er in regelmäßigen Abständen hängen, sie verzieh keine raue Hornhaut, keinen eingerissenen Nagel. Es waren die alltäglichen Gegenstände, die sich irgendwann gegen einen verschworen. Und Lana hatte das Gefühl, als spielten viele Dinge, die sie umgaben, bereits mit dem Gedanken der Verschwörung oder hätten sich in Wahrheit schon gegen Gregor und sie entschieden. Oder nur gegen einen von ihnen beiden. Er wollte noch rauchen und sie warf ihm ein Feuerzeug zu – einmal hatte sie versehentlich Feuerwerk dazu gesagt, jetzt tat sie das öfter. In der Wohnung roch es wie immer nach einer eigenartigen Mischung aus Feigen, Flieder und Rauch. Gregor machte die Balkontür auf. Lana mochte den schweren Geruch und wollte lieber im Warmen sitzen, aber er war wieder in dieser Stimmung, für die sie noch kein Wort hatte. Sie presste ihren nackten Bauch und die Brüste gegen das Glas des geschlossenen Flügels der Tür, um ihn auf andere Gedanken zu bringen, doch Gregor hatte von einem Moment auf den anderen keine Augen mehr für solche Spiele. Lana hatte keine Lust auf ein Gespräch und ließ sich zurück aufs Bett fallen. Der Abdruck ihrer bloßen Haut auf dem Glas würde erst viel später sichtbar werden, wenn das Licht aus einer anderen Richtung ins Zimmer fiel. Sie schaute dem Wind hinterher, der hereinkam und sich im Schwingen der feuchten Kleider am Wäscheständer verlor.

Am liebsten wäre sie jetzt geschwommen – ein paar Bahnen in einem Becken mit blaugrünen Fliesen ziehen, kurz in einem Hochglanzurlaubskatalog verschwinden, fünf Minuten fünf Sterne. Gregor hatte den Zigarettenstummel irgendwo verschwinden lassen. Er rauchte nur, wenn er bei ihr war. An ihm haftete die Kälte, als er die Tür hinter sich schloss. Dieser Abend war kühler als die der vorhergehenden Wochen, vielleicht war es doch nicht zu früh für den Winter – aber war es nicht seine eigene Schuld, dass man ihm im November noch nicht traute? Ließ er sich doch jedes Jahr mehr Zeit.

Fragst du dich eigentlich nie, was Tom so treibt?, sagte Gregor und machte eine kurze Pause, ehe er hinzufügte: So ein junger Bub, der braucht dich doch. Und er setzte wieder neu an: Meinst du, er denkt nicht an dich? Wenn er nun auf einmal vor deiner Tür stehen würde. Wenn er dich einmal fragen würde, warum du dich nicht mehr kümmern willst? Lana schaute ihn an. Was war es doch für eine Anmaßung, immer mit diesen Fragen daherzukommen, Gregor ging ihr in seinem Glauben, ihr mittlerweile näher zu sein als noch vor ein paar Wochen, schön langsam auf die Nerven. Auch dass er fast immer im Konjunktiv sprach – eine Krankheit. Wie ihn jetzt verscheuchen? Sie brachte keinen Kaffee, kein Wasserglas, brachte keine verliebten Blicke auf, nichts auf dem Tischchen zwischen ihnen, was das Schweigen nur eine Spur bekömmlich gemacht hätte. Lana band sich die Haare zusammen, begann eine uninspirierte Bewegung nach der anderen wie Gregor seine Fragesätze. In der Leere ausbleibender Antworten fing er schließlich an, von seiner Tochter zu reden. Wohl tat er ihr ein bisschen leid in dem Moment, aber Lana fiel dazu nichts ein. Stattdessen steckte sie die Ringe an ihren Fingern um. Was er erzählte, klang wie ein Tagebucheintrag.

Geschrieben, um nie gelesen zu werden. Sarah wolle ein Instrument spielen lernen, vielleicht Klavier, aber er sei sich da nicht so sicher, immerhin konnte sie die rechte Hand noch immer nicht gut bewegen, in der Früh war sie merkwürdig verquollen. Und außerdem sei sie doch schon zu alt dafür. Das bringt doch jetzt nichts mehr. Meinst du nicht? Lana zog sich während seiner Sätze an und ordnete schon ihre Instrumente im Arztköfferchen, allzu viel brauchte sie meist nicht für ihre Besuche. Sie hörte mehr auf den Klang seiner Stimme als auf Gregors Worte, hörte, dass er gereizt war. Er wollte sie auf Teufel komm raus an allem beteiligen, an Gewinn, Verlust – der Moment war zu fürchten, an dem sich herauskristallisieren würde, wie viele Fehlinvestitionen man getätigt hatte im Leben. Ihr fielen die Musikinstrumente im Haus ihrer Großeltern ein. Posaune, Tuba, Trompete – Relikte eines Vorzeigebläsers, mit denen heute der Staub sein Spiel trieb. Aber warum stellte Gregor sich so an? Lana kam neben ihm zu stehen wie ein Kreisel, scheinbar starr in rascher Bewegung. Sie kamen sich gegenseitig immer öfter vor wie Kinder und sahen einander auch so an. Der eine blickte spöttisch auf den anderen herab, von oben den Atem ausstoßend, dann wieder war es genau umgekehrt und der andere wuchs über den Kopf des ersten. Was soll ich sagen?, murmelte Lana schließlich und schlüpfte in ihre Schuhe. Warum lässt du sie nicht einfach machen? Machen, was sie sich wünscht. Ein kurzer Blick über die Schulter, ehe sie sich in ihren Terminkalender vertiefte. Hast du überhaupt zugehört?, fuhr Gregor sie an. Weil er so schnell aufgestanden war, zuckte sie zusammen. Er schnaubte. Ich sehe, du hast zu viel zu tun, keine Zeit, ich weiß schon. Aber *ich* werde auch gebraucht! Wie?, wollte Lana fragen, nicht wozu oder von wem.

Von den unsichtbaren Türen, hinter denen sich die verworrenen Erinnerungswege wie ein Labyrinth ausnahmen, hatte er zu viele grob geöffnet. Eigenmächtig öffnete er jetzt auch die Wohnungstür, seine Schuhe standen draußen am Gang, das war bei Lana so üblich. Ihre Hausregeln waren eine zweiseitige Broschüre in ihrem Kopf. Anhand der Schuhe vor ihrer Wohnungstür konnten die Hausbewohner mutmaßen, wer bei ihr ein- und ausging, sie spielte mit den Fantasien der unbekannten Nachbarn.

Im Auto begann die Zeit zu rauschen. Eine merkwürdige Müdigkeit wohnte in dem Geräusch und in den Kurven – das Bewegt-Sein ohne Anstrengung, eine Strömung, gegen die sie nicht anzukämpfen brauchte. Lana fuhr auf der Landstraße durch die umliegenden Dörfer, die Bezirkshauptstadt, dann wieder Dörfer und Felder mit braunen Kühen, alles einander sehr ähnlich und doch nicht ganz gleich, aber jedenfalls friedlich. Sie erinnerte sich an eine Geschichte, die Alexandr ihr einmal erzählt hatte. Es musste an einem der ersten Probenabende überhaupt gewesen sein, da hatte er den Chor gerade übernommen. Sie hatten einander noch nicht öfter als ein- oder zweimal gesehen, aber der eigenwillige Chorleiter, der Zugereiste, hatte sie auf sehr eindringliche Art und Weise gemustert, als hielte er sie, in ihrer schwarzen Hose, der schwarzen Schürze und mit dem klebrigen Servierbrett in der Hand, für eine Schlüsselfigur im Dorf. Das hatte ihr gefallen. Nachdem die Probe vorüber gewesen war, die Sänger gegessen und getrunken hatten, war er noch an der Bar gesessen, allein, und Lana hatte sich gewundert, dass ein Mann wie er so lange wach und nüchtern bleiben konnte. Vor allem, wo er doch ein halber Russe war. Wieso er ihr diese Geschichte erzählt hatte, wusste sie nicht mehr zu sagen, auch waren ihr die Zusammenhänge nicht klar. Vielleicht war er doch betrunken gewesen. Und ein bisschen hatte es gewirkt, als läse er diese Episode vor, als hätte er sie zuvor aufgeschrieben oder schon etliche Male in Gedanken entworfen. Ziemlich sicher sogar. Die Kühe auf der Weide, die ihrem Auto hinterherschauten, riefen sie ihr jetzt in Erinnerung.

Sie müssen sich das so vorstellen. Ein kleines Dorf, nicht so groß wie dieses, kleiner, nur ein paar Familien, allesamt waren sie Bauern. Es gab eine Schule, ein Kirchlein mit einem Küster, und der Fluss war nicht weit. Mein Vater hat sein Leben lang von diesem Ort gesprochen, manchmal so laut und aufgeregt, als erwarte er ein Echo aus irgendeiner Richtung, wenn schon nicht von seinen Freunden oder dem eigenen Kind, der toten Frau, alle waren verstummt, und häufig – und immer öfter im Alter – sprach er kaum hörbar leis, nur schweigen wollte er nicht. Er hat so oft davon erzählt, dass ich es lange gar nicht für wahr hielt, nichts von alldem. Für mich waren die Geschichten wie Bilder, die er mir in den Kopf zeichnete und die die eigenen blassen Kindheitserinnerungen absorbierten. Die Leute hatten Angst. Der schwarze Rabe kam nachts in die Häuser. Als Kind sah ich den Vogel ganz deutlich vor mir, ich sah in ein schwarzes Auge und bemerkte den Wind, der von hinten kommend das Federkleid leicht anhob. Die wandernde Pupille. Dass mit dem schwarzen Raben kein Tier, sondern das Auto der Leute vom NKWD gemeint war, verstand ich erst später. Selbst kann ich mich nicht erinnern, den Wagen je gesehen zu haben. Aber vielleicht ist er mir nur nicht im Gedächtnis, weil ich nicht auf der Straße suchte. Ich dachte lange, es wäre dieser Rabe gewesen, der, wie mein Vater erzählte, in die Häuser eingedrungen war, alle Schubladen der Kommoden, sogar die Küchenschränke, durchwühlt und nach Namen und Geständnissen verlangt hatte. Es wurden wahllos Menschen verschleppt, nur ganz wenige von ihnen kamen wieder zurück. Und dann mussten schließlich alle das Dorf verlassen, alle nemcy. *Hof und Vieh mussten dem Staat abgetreten werden, dafür bekam man irgendein Dokument in die Hand gedrückt. Ich war sechs Jahre alt, ich hatte mich auf die Schule gefreut. Ich weiß noch, dass Tante Nelly weinte und ich Angst hatte, sie würde blind davon. Das war so eine Geschichte, die man den Kindern erzählte. Die Denunzierten öffneten vor der überstürzten Abreise die Ställe und Gatter, sodass wenigstens das Vieh freikam und nicht hinter Gittern verhungern musste. Die wenigen Männer und Frauen, die in dem Dorf verblieben, trieben die Kühe auf dem Friedhof zusammen, die eigenen und die der Zwangsumsiedler. Sie verstanden die Sprache der Tiere und melkten sie, wenn ihnen die Euter zu schwer wurden. Aber stellen Sie sich das kurz vor, die Kühe auf dem Friedhof, ich habe mir das immerzu vorgestellt. Hier und da fiel wohl ein Tropfen Milch auf ein Grab.*

Es war zwanzig vor vier, sie würde sich verspäten. Vor ihr rollte ein Traktor, aber in den Kurven traute Lana sich nicht zu überholen. Gregor hatte seinen Stoffbeutel bei ihr vergessen. Einen Aquarellmalkasten und ein paar Pinsel hatte sie darin entdeckt, außerdem irgendein Buch über Landschaftsmalerei. Sie wusste natürlich, dass er diese Dinge für seine Tochter besorgte, die sich nach dem Unfall aufs Malen und Basteln verlegt hatte. Angeblich hatten das die Physiotherapeuten fürs Erste empfohlen, um die Geschicklichkeit der Hand zu verbessern. In einem Alter, in dem die meisten Menschen die Lebensphase des Klebens, Schneidens, Malens für immer hinter sich gelassen hatten. Eigentlich war sie auf dem besten Weg gewesen, Leichtathletin zu werden, hatte mit fünfzehn Jahren bereits mehrere Jugendwettbewerbe gewonnen. Ob sie je wieder diesen Sport ausüben würde, war nicht klar, Gregor sagte, man dürfe darüber nicht spekulieren. Das sei ja kein Berufswunsch, sondern ein Traum. Ganz etwas anderes. Lana hatte es respektiert. Die Monotonie des Trainings auszuhalten und sich dadurch zu verbessern in Bewegungen, die im besten Fall so gleichförmig waren, dass man verschiedene Zeitebenen übereinanderlegen könnte und es wäre dennoch nichts anderes als die Gegenwart zu erkennen – mit sechzehn Jahren, mit siebzehn, achtzehn, achtundzwanzig, nur ein bisschen Haut, Haar, Stoff, die sich unterschieden, der Sprung immer der gleiche, der höchste und beste. Lana bewunderte es, wenn Leute das auf sich nahmen. Wie lange war es her? Vielleicht sechs Wochen, dass Gregors Tochter in der Sporthalle gestürzt war, aus fast vier Metern Höhe in den Einstichkasten. Ein komplizierter Schulterbruch, die Hand hatte es nicht minder schwer erwischt, und ein gerissenes Kreuzband obendrauf. Die Lokalzeitungen waren voll mit Genesungswünschen gewesen. Den Sturz seiner Tochter hatte Gregor aus nächster Nähe miterlebt, hatte selbst den Notruf gewählt, war die ersten drei Wochen nach der Schulter-OP nicht von Sarahs Seite gewichen, als sei so etwas lebensgefährlich. Die Tatsache, dass sich auch der Bruch der rechten Hand als komplizierter herausstellte als gedacht und schließlich operativ behandelt werden musste, hatte seine Sorge um die Tochter noch verstärkt. Lana hatte sich die eigene Traurigkeit eingestehen müssen, als er an den Dienstagabenden nicht zur Chorprobe im Gasthof erschienen war, drei Mal in Folge nicht. Für ein kleines Dorf war das viel, alle redeten über ihn. Der Chor klang auch ohne den siebten Sänger im ersten Bass ausgewogen, aber Alexandr hatte sich dennoch jede Woche beklagt. Es waren Nuancen, die sonst niemand hörte, außer dem alten Spinner – Lana wusste, dass viele ihn dafür hielten. Sie hatte Alexandr in dieser Zeit gefragt, für wen er denn eigentlich die Musik mache. Nur für dich selbst in Wahrheit? Er hatte den Kopf geschüttelt.

Lana zog sich die Spange aus dem Haar. Die Plastikzähne bohrten sich durch die Haare in die Haut, wenn sie die Kopfstütze auch nur leicht berührte. In dem Moment bog der Traktor vor ihr endlich in eine Einfahrt. Sie blinzelte und stieg aufs Gas. Die nassen Felder glänzten im einbrechenden Licht. Die Wolken waren ein ausgeworfenes Netz. Der nächste Hausbesuch stand an, ein neuer Kunde. Natürlich waren es wieder Kois, was sonst, dachte sie, als sie die Einfahrt sah, die armen modernen Tierchen. Der aus Weidenruten geflochtene Kranz an der Eingangstür, in dem ein paar trockene Rosenblüten steckten, passte nicht ganz ins vorgefertigte Bild. Mit dem Zeigefinger berührte sie eine Blüte. Die einzelnen Blätter fühlten sich ein bisschen an wie Schuppen. Ihr Job als Fachtierärztin für Fische war keine so glitschige Angelegenheit, wie die Leute dachten, häufig beriet sie ihre Kunden nur, beantwortete Fragen zur Haltung, analysierte das Wasser. Wenn Tierhalter eine Einsendung machten, dann saß sie vormittags am Arbeitstisch und sezierte die kühlen Fischleiber. Gregor hatte das einmal mitangesehen, seitdem rief er immer an, bevor er kam, um mit ihr zu schlafen. Das machte er lieber ohne Fisch im Haus. Das stundenweise Kellnern im Gasthaus brauchte Lana als Ausgleich, es war wie ein zweiter Lebenslauf. Aber sie arbeitete nie mehr, als sie wollte, in beiden Berufen – diesen Grad der Selbstbestimmung hatte sie erreicht.

Als sie die Autotür zuzog und den Motor startete, war es schon finster. Die Tage werden so kurz und dunkel, hatte sich ihre Großmutter früher jeden Herbst beschwert und dabei ein ängstliches Gesicht gemacht. Da war Lana noch ein Schulkind gewesen, kleiner und frecher als ihre Freundinnen. Dafür waren die anderen hübscher gewesen – auf diese gewöhnliche Art, wie man sich das Hübschsein vorstellte. Die Tage sind schon so dunkel und kurz. Dieser oder ein ähnlicher Satz über die Dunkelheit wurde wahrscheinlich hunderte Male pro Tag, ja, vielleicht noch öfter auf der Welt gesprochen, in verschiedenen Sprachen, trotzdem war er für Lana ein ganz intimer Teil ihrer selbst. Manchmal stellte sie sich vor, wie es wäre, wenn sie zu ihrem Sohn sprechen könnte wie ihre Großmutter einst zu ihr, wenn sie so eine samtige Stimme hätte oder zumindest ein passendes Register ziehen könnte. Für Tommi. Aber sie fehlte dem Kind nicht als Mutter. Bernard war ein guter Vater, war zweisprachig und auch nicht arm. Welches Kind würde nicht in Nizza aufwachsen wollen? Oder: Welcher Erwachsene würde nicht gerne von seinen Jugendtagen in dieser Stadt erzählen? Lana kramte mit der rechten Hand aus der Mittelkonsole einen Kaugummi hervor. Das hasste sie an Gregor – seinen Blick, der oft Vorwurf war. Es war ja nicht so, dass sie keine Gefühle für ihren Sohn hatte, und außerdem würde sie ihn bald wieder besuchen. Sie würde einen Flug nach Nizza buchen, Ende Mai, der Frühling schien ihr immer eine geeignete Zeit. Die Idee des Kind-Großziehens trug sie tagein, traumaus mit sich herum, sie hatte sich im Nacken festgesaugt wie ein Blutegel. Eine Stelle, die sie nur mit Mühe erreichte, ein Zustand, auf den sie wenig Einfluss zu haben glaubte. Wenn sie schon dachte, es sei ihr gelungen, den Egel endlich abzuziehen, ohne ihn zu sehr zu drücken, dann setzte ihn Gregor wieder an seinen Platz. Wie heute. Aber das Kapitel war abgehakt, Tom hatte eine schöne Kindheit, am Telefon klang er glücklich, Tommi, genau. Manchmal war die Verbindung schlecht, dann hörte sie das Glück im Rauschen.

Lana fuhr gerade eine langgestreckte Linkskurve der Autobahn aus, als der Wagen an Geschwindigkeit verlor. Sie hatte den Fuß nicht vom Gaspedal genommen – im Gegenteil versuchte sie im ersten Reflex, mehr Gas zu geben, aber es war zwecklos. Die Warnblinkanlage schaltete sie ein, obwohl es gar nicht nötig gewesen wäre, so wenige Autos waren unterwegs. Sie ließ den Wagen auf dem Seitenstreifen ausrollen. Da sie einen weißen Pullover trug, würde sie für die anderen Fahrer gut zu sehen sein, wenn sie ausstieg, um das Auto zu inspizieren. Doch konnte sie die Tür nicht öffnen, irgendetwas hielt sie davon ab. Kurz dachte sie daran, jemanden anzurufen, nicht den Pannendienst, das würde wahrscheinlich ohnehin sein müssen, sondern jemanden, dem sie hätte sagen können, dass sie erst spät zuhause sein würde. Im Kopf ging sie die eingespeicherten Kontakte durch. Ein Großteil der Bekanntschaften war wohl verjährt.

Plötzlich zwei Tränenspuren auf ihren Wangen. Wäre einer der alten Kontakte jetzt neben Lana zu sitzen gekommen, hätte er es erst gar nicht bemerkt. Dann aber wurde sie blass im Gesicht. Unweigerlich hätte er versuchen müssen, ihre rechte Wange zu berühren durch die Dunkelheit, eines ihrer Augen für sich zu gewinnen, ihren porzellanenen Blick. Die Nässe eine Verlegenheit auf den Fingerspitzen. Es verging keine Zeit. Lana rauchte ein bisschen und öffnete das Fenster, die Rauchzeichen flogen bis zu ihrem Sohn nach Frankreich, dorthin, wo jeder aufwachsen wollte.

3

Die Frau hält die Hand in einer merkwürdigen Position, sie steckt mitten in einer fahrigen Bewegung, womöglich auch erst an deren Beginn oder schon am Ende. Da könnte eine Mücke in der Luft sein, die sie verscheucht. Nein, das ist es nicht. Es ist eine bewusste Geste, ein Zeichen, eine Mahnung, zugleich eine Frage. Der Bub sieht dennoch nicht auf. Vor ihm auf dem Tisch liegt ein Stück Holz, das der Form nach Ähnlichkeit mit einer Gurke oder einer Banane hat, entweder ein merkwürdig gebogener Ast oder das Stück einer Wurzel. Kein Hinweis darauf, dass er aus dem Holz eine Spielfigur schnitzen will, und kein Hinweis auf etwas anderes. Oder ist die Handbewegung der Frau (seiner Mutter?) in Wahrheit etwas wie ein Wischen oder das Zufächern von Luft – auch das könnte es sein. Auf ihrer Stirn drei Sorgenfalten. Hinten in der Ecke kann man einen Blick in den nächsten Raum erhaschen. Dort sitzt noch jemand. Sein Kopf ist nicht mehr zu sehen, aber der Blick dieses Mannes ist wichtig. Die Mutter und das Kind im Vordergrund verlangen nach seinem Urteil, Anerkennung oder Missbilligung, viel gibt es nicht dazwischen. Er trägt dunkle Lederschuhe, die an mehreren Stellen geflickt sind, eine dicke Hose, eine Weste, und außerdem hält er einen Stock, aber der Mann ist nicht alt, die Haut am Hals nicht schlaff, nur merkwürdig fleckig. Für jede ihm widerfahrene Demütigung solch ein Fleck. Die Frau wirkt um einiges größer und lebendiger als der kopflose Mann im Hintergrund. Jetzt ist ihre Geste eine Bewegung hin zu dem Mann geworden, obwohl sie sich keinen Millimeter bewegt hat, und ihr Gesicht ist auch ganz leicht in diese Richtung gekippt, der Blick geht an dem Kind mit dem Holz vorbei, haarscharf. Der Bub starrt weiter auf die Tischplatte. Die Kulisse ist ärmlich. Das

Fenster auf Brusthöhe der Frau ist geschlossen, die Welt draußen überbelichtet.

Jonathan legte den Stift beiseite und erhob sich vom Schreibtisch, sah mit ein bisschen mehr Abstand zweifelnd auf seine Arbeit hinunter, auf seine Kritzeleien unter diesem alten Schwarz-Weiß-Foto. Dabei war das schon seine Reinschrift; er machte stets mehrere Entwürfe im Geiste, ehe er mit der Beschreibung des Bildes begann. Er übte sich im Sehen. Schnell nahm er das Blatt und steckte es in den Ordner neben der Schreibtischlampe. Vielleicht würde er noch ein weiteres Foto fertigstellen heute. Er kniete sich hin und zog die unterste Schublade des Rollwagens auf, der sich unter dem Schreibtisch befand. Darin zum Vorschein kamen unzählige Fotografien, wirr übereinanderliegend rutschten sie bei jedem Mal Öffnen oder Schließen der Lade hin und her, schlugen sich die Kanten weich, wenn diese es nicht schon längst waren, schon gewesen waren, bevor die Fotos in Jonathans Besitz übergegangen waren. Dem Chaos entgegen wirkte allein die Tatsache, dass jedes einzelne mit der Bildseite nach oben lag – die Motive der Fotos waren jedoch grundverschieden, auch was Farbigkeit, Qualität und Format betraf, hätten sie sich kaum stärker voneinander abheben können. Jonathans kleine Raritätensammlung. Nach eingehender Begutachtung – mit den Fingern der linken Hand strich er die oberste Schicht an Bildern auseinander, sodass nach und nach verschiedene Motive sichtbar wurden – nahm Jonathan eines von ihnen heraus und schob die Lade wieder zu. Zumindest diesbezüglich war er zufrieden. Er hatte genügend Stoff, ganz offenbar waren fast alle Personen, die er um ein paar ausrangierte Fotos gebeten hatte, seiner Bitte nachgekommen. Aus einem anderen Fach zog er jetzt ein neues weißes Blatt Papier, auf dessen obere Hälfte er das ausgewählte Bild klebte.

Es zeigte eine junge Frau, vielleicht noch keine zwanzig Jahre alt. Ihre rechte Hand ruhte auf der Lenkstange eines Motorrollers. Das Blech war von dem gleichen Weiß wie die Wolken am Himmel, die Sonne verzog sich, unter ihr die Fassaden weißer Häuser – das war ein anderes Weiß. Es musste ein sehr heißer Tag gewesen sein, aus dem jetzt die Luft entwich. Vielleicht hatte es ein Geräusch dazu gegeben, das man nie würde rekonstruieren können. Jonathan mutmaßte sofort, dass nicht das abgebildete Mädchen die Besitzerin des Gefährts war, dass sie nur Beifahrerin war, die man im Wind nicht hörte. Das Bild so gestellt, unnatürlich, wie die Hand auf dem Lenker lag, auch das Lachen war nicht echt. Vielleicht wurde es gleich nach dem Auslösen der Kamera wieder echt, nur auf dem Foto wollte man etwas Künstliches haben. Sicher war der Freund kurz abgestiegen, um seine Begleiterin abzulichten, vielleicht weil er stolz auf sie war und nicht glauben konnte, dass sie ihn liebte, weil ihm gerade das Echte unecht vorkam. Später hatte er das Foto womöglich betrachtet und sich bestätigt gefühlt wegen ihres Lachens, das künstlich war wie die Positionierung der Hand am Griff. Dann war sie wieder hinter ihn auf den Motorroller gestiegen. Jonathan hielt kurz inne. Sein Schulfreund Oliver war früher manchmal auf dem Gepäckträger gesessen, wenn sie nachmittags zum Baden an den Fluss fuhren, wo er eine tiefe Stelle verbarg. Er hätte doch die Arme um seine Taille legen können. Insgeheim hatte Jonathan ihn darum gebeten. Er begann zu schreiben, was er auf der Fotografie sah oder sich einbildete zu sehen, seine Sicht der Dinge.

Dass Jonathan keine oder kaum Ahnung hatte von den auf den Fotos abgebildeten Begebenheiten, zumindest nicht von den genauen Zusammenhängen, war unbedingte Voraussetzung für seine selbstauferlegte Arbeit. Deswegen hatte er auch immer unterbrechen müssen, sobald der Spender eines oder mehrerer Fotos ein Wort über deren Entstehung oder die abgebildeten Personen, Landschaften und Gegenstände hatte anbringen wollen. Außerdem hatte Jonathan darum gebeten, ihm die Fotos in einem verschlossenen weißen Briefkuvert zu überreichen, besser noch, das Kuvert einfach in seinen Briefkasten zu werfen. Zudem hatte er, ehe er mit dem Öffnen begonnen hatte, gewartet, bis ein großes Päckchen zusammengekommen war, um möglichst nicht in Versuchung zu kommen, sich etwas über die Herkunft der Fotos zusammenzureimen. Natürlich erkannte er auf manchen Fotografien die jüngeren Gesichter der Spender wieder – oder meinte es zumindest –, doch viele waren auch von diesem Wiedererkennen frei. Aus ihrem ursprünglichen Zusammenhang gelöst und den Blicken eines Fremden offenbart, der Jonathan ihnen gegenüber war, lagen sie nackt unter seinen Augen und gleichzeitig bereit für einen ganz neuen Blick, einen neuen Deutungsversuch. Jonathan fühlte sich gut und groß, als wäre ihm ein Wirbel mehr gewachsen, er konnte weiter sehen.

Wenn er morgens mit dem Rad zur Arbeit fuhr, standen ihm acht Stunden der Pflichterfüllung bevor. Sie standen ihm eigentlich im Weg. Erst abends würde er ein zweites Mal erwachen. Mit dem Gefühl der innerlichen Zweiteilung hatte er zu leben gelernt. Doch waren es nicht zwei klar und starr voneinander abgegrenzte Massen, die ihn ausmachten, es war nicht so, als bestünde sein Rumpf nur aus Zement und die Beine aus Lehm, das Dasein schien ihm gerade der fortwährende und immer neue Verteilungsprozess dieser Massen, die um die Vorherrschaft in bestimmten Gebieten zu bestimmten Zeiten kämpften – Siege und Niederlagen, die er beherrschen wollte, musste. Sieben Uhr in der Früh war überhaupt keine richtige Tageszeit für ihn, eine Zeit für nichts außer für den Schlaf, der ihn stets erst in den Stunden nach Mitternacht überfiel. Doch er hatte sich damit abgefunden und vertröstete sich mit dem Gedanken an den Feierabend, wenn er sich in sein Zweitbüro, wie er es nannte, zurückziehen konnte. Wenn seine Arme und der Kopf wieder Lehm wurden, er den Zement in die Beine zurückdrängen konnte und die Handgriffe nicht mehr so schwerfielen. Tagsüber besahen die Eltern ihn sich genau in seinen Aufgaben, und Jonathan machte sich nicht schlecht als Maschinenbauer, Konstrukteur, Produktmanager – die Aufgabenbereiche waren ständig gewachsen in den letzten Jahren. Irgendwann, hatte sein Vater gesagt, sei es wieder umgekehrt und man würde ihn nicht mehr recht zu etwas brauchen können. Was sind schon ein paar Jahrzehnte. Damit hatte er sich selbst gemeint, natürlich. Jonathan hatte hinter seinem Rücken die Handgelenke kreisen lassen. Auf dem Firmengelände gab es ein kleines Gebäude, in dessen vorderem Teil Galvanisierungsarbeiten vorgenommen wurden, den hinteren Raum, der lange als Abstellraum für Verpackungsmaterial benutzt worden war – aber auch nur dann, wenn in der Lagerhalle kein Platz mehr gewesen war –, hatte Jonathan sich vor zwei Jahren erkämpft. Er hatte ihn sein Zweitbüro geheißen, obwohl allen schon recht bald klar gewesen sein musste, dass es ein Raum für ganz Privates wurde, eine Art Atelier. Dort stand auch der Schreibtisch mit dem darunter befindlichen Rollkasten, die kleinste Wunderkammer der Welt. Jonathan lächelte immer, wenn er daran dachte.

Man ging sehr diskret mit seinen Leidenschaften um. Die anderen Mitarbeiter des Betriebs, die von Zeit zu Zeit heimlich einen Blick in den besetzten Raum warfen – natürlich wusste er davon, bemerkte es an den kleinsten Veränderungen –, ließen im Gespräch mit Jonathan nie ein Wort darüber fallen. Die Eltern duldeten die bescheidene Eroberung, irgendwo waren sie auch nachsichtig. Und hin und wieder musste die Mutter auch ein bisschen stolz sein, einen Sohn mit einer künstlerischen Ader zu haben. Wie sonst hätte sie seine Schweigsamkeit, die für sie nur unhöfliche Verschlossenheit war, entschuldigt. Jonathan war froh, dass sie diese Möglichkeit für sich gefunden hatte, eine kleine Geschichte, die sie erzählen konnte und die ihr das Gefühl gab, etwas zu besitzen, das andere neugierig machte, und Jonathan hatte ein wenig Ruhe. Die Vorwürfe nämlich trug die Mutter wie einen Schlüsselbund am Gürtel, und während sie mit ihm sprach, schaute sie, welcher heute sperrte – einer sperrte immer, wenn auch nur der ganz kleine, so etwas wie ein Briefkastenschlüssel. Jeden Tag nach der Arbeit, um fünf Uhr nachmittags, verschloss Jonathan sich in seinem Zweitbüro, er legte sich dann kurz auf die schmale Bettbank neben dem Schreibtisch, während die Massen sich neu zu verteilen begannen. Der Lehm wanderte im Körper umher, auch hinter seine Augen. So lag er umgeben von unzähligen Schrauben und Nägeln, Drähten, Blechabfällen, Zugfedern, Klemmen und Rohren, die er für seine Skulpturen brauchte, bis zur ersten Traumphase. Dann war es Zeit. Abends fing Jonathan an, die Teile zusammenzusetzen, zu gekrümmten Leibern, rissigen Gesichtern oder traurigen Meerestieren. Manchmal war er so in die Arbeit vertieft, dass er vergaß zu trinken und zu essen. Die eben noch ans Brot gedrückte Alufolie hatte er öfters schon verwenden können – sie wurde Brautschleier, Halskrause oder Patronenhülse. An den Skulpturen war nichts Lebendiges, sie schienen gar so tot, dass man sich ängstigte, wenn sich in manchen Augenblicken unweigerlich das Gefühl einstellte, dass eine der Figuren sich ein Stück bewegt hatte, den entstellten Kopf nach links gedreht, die Schultern fallen gelassen, den Fuß nach dem Licht ausgestreckt hatte. Hätten die Figuren lebendiger ausgesehen, wären sie nicht so überraschend gekommen, die Zeichen, Bewegungen, die Hirngespinste eines Mannes, der allein die Nacht bearbeitete. Jonathan wanderte häufig in der Finsternis übers Gelände, warf in der Halle die Schweißmaschine an, dann musste er darauf achten, die Alarmanlage nicht auszulösen. Oder er widmete sich stattdessen seinen Fotografien, seinem zweiten Steckenpferd, wie die Mutter sagen und gleich darauf hektisch lachen würde. Es war meist schon nach dreiundzwanzig Uhr, wenn Jonathan die Tür hinter sich versperrte, sich aufs Rad schwang und sich auf den Weg zu seiner Wohnung machte.

Die Beamtin nahm den Brief des alten Herrn Stauffer entgegen und frankierte ihn. Jonathan hatte eben das Postamt betreten und reihte sich in die kurze Schlange. Er hatte es nicht eilig, wollte lediglich etwas abholen, doch nun erregte der junge Mann vor ihm, der in diesem Moment zum Schalter trat, seine Aufmerksamkeit. Er hatte ihn noch nie gesehen, dabei kannte Jonathan fast alle Dorfbewohner, zumindest vom Sehen und Weitergehen. Der Fremde war groß und trug eine kurze Jacke aus einem groben, schweren Stoff – Jonathan glaubte sich dunkel zu erinnern, dass er den Vater einmal Tweed dazu hatte sagen hören. An einem Ärmel ragte der Stoff eines grauen Hemds darunter hervor, soweit nichts Außergewöhnliches, doch etwas an dem Mann war irritierend, nein, besonders. Jetzt reichte er der Beamtin eine Ansichtskarte und bat um eine Briefmarke. Die Frau kramte das Gewünschte hervor und – es gab wohl keinen zweiten Ort in der Welt, wo dies praktiziert wurde – leckte selbst mit der Zunge über die Rückseite der Marke, um sie anzubringen. Vielleicht war ihre Reaktion nur natürlich und entschuldbar ob der Verwirrung, die die Angelegenheit auslösen musste. Auch Jonathan, der reglos wartete, bis er an der Reihe war, wunderte sich. Zwar besaß er selbst eine ganze Schublade voll alter Postkarten mit Urlaubsgrüßen von irgendwelchen Fernverwandten, aber er konnte sich nicht erklären, warum man eine solche hier aufgeben würde, denn die *Richtung* der Sendung war das eigentlich Verwunderliche, wo doch ins Dorf keine Touristen kamen, auch kaum Tagesausflügler. Was konnte diese Karte dem Empfänger zeigen? Und: Welches Ziel konnte sie haben? Von Jonathans Position aus war das Bild auf der Vorderseite nicht zu erkennen. Die Beamtin ließ die Karte in eine Kiste fallen. Etwas Blaues blitzte auf. Wasser oder Himmel als Motiv waren naheliegend, aber das hieß nicht, dass es nicht etwas ganz anderes sein konnte, was da verschickt wurde. Und noch etwas wies diesen Mann eindeutig als Fremden aus. Auf dem Kopf trug er eine Kappe mit Ohrenklappen, höchst ungewöhnlich, sie passte nicht an diesen Ort. Niemand trug hier solche Kappen. Die Postbeamtin schien es auch zu bemerken. Was sie vielleicht nicht bemerkte, waren der schöne gerade Rücken und die großen

Hände mit den schlanken Fingern – solche Hände hier wofür? Der junge Mann verabschiedete sich, drehte sich um und verließ das Gebäude. Einfach so. Jonathan hatte nur einen kurzen Blick in sein Gesicht erhaschen können. Das Lächeln war ein Eukalyptusblatt, nicht übermäßig geschwungen, ein bisschen einseitig, aber trotzdem verschwenderisch aromatisch.

Die nächsten Tage musste Jonathan immer wieder an den Fremden mit der Ansichtskarte denken. Die blaue Farbe – was wohl in ihr zu sehen gewesen sein mochte?

Komm ruhig herein. Der Vater saß über den Schreibtisch gebeugt im Zimmer, als Jonathan eintrat und ihn von schräg hinten musterte. Aus der Entfernung konnte er nicht sehen, was auf den Papieren klein geschrieben stand, aber ganz sicher waren es Zahlen, die die rechte Spalte füllten. Jonathan war misstrauisch; am Tonfall des Vaters erkannte er sofort, dass dieser sich wieder in ein Sprachrohr für die Mutter verwandelt hatte. Die anderen hörten den Unterton nicht, aber irgendetwas musste ihre Beziehung ja von jenen, die der Vater mit den übrigen Angestellten pflegte, unterscheiden. Draußen begann es zu regnen, die Tropfen liefen die Scheiben hinunter wie armselige Tiere, deren Leben endete, sobald sie den Fensterrahmen erreichten. Als Kind hatte er das manchmal mit sich selbst gespielt, das Einzelkindspiel – er hatte die Tropfen auf dem Glas angesehen und gemutmaßt, welcher sich als Erstes mit einem zweiten vereinigen würde, nur um sich dann loszureißen, schneller als die anderen ganz hinunterzurinnen, wo er scheinbar verschwand. Man hätte sie hereinlassen und ihnen die letzten Minuten im Warmen gönnen können, bis sie sich auflösten. Jonathan stand unbeweglich im Zimmer, in manchen Augenblicken hätte er nur zu gern das Schicksal der Tropfen geteilt. Er heftete den Blick auf die glanzlosen Haare des Vaters, als dieser sich mit einem Mal umwandte. Weißt du, Jonathan, fing er an und sah über die Ränder der Brillengläser hinweg. Wir sind sehr stolz auf dich. Was folgte, war eine hohle Rede über seine Leistungen im Betrieb im vergangenen Jahr. Zuletzt hatte Jonathan zusätzlich zu all seinen Aufgaben noch Personalverantwortung übernommen. Doch alle von ihm getroffenen Entscheidungen und den Kollegen kundgetanen Botschaften waren von einem bestimmten Blickwinkel aus betrachtet transparent, dahinter sah man jemand anderen nicken. So gesehen war auch er ein Sprachrohr. Jonathan drehte gerade ein Bonbonpapier zwischen den Fingern – die rote Süßigkeit hatte er schon im Mund –, als der Vater ihm eine Gehaltserhöhung versprach und ansatzlos fragte: Was ist eigentlich mit Laura? Jonathan erstarrte. Mit wem?, sagte er, obwohl er sich da schon an sie erinnerte. Laura war früher in seiner Parallelklasse gewesen, er konnte sich aber nicht entsinnen, wann er ihr das letzte Mal begegnet war. Das letzte Bild von ihr in seinem Kopf war gut zehn Jahre alt. Sie arbeitet jetzt beim Zahnarzt, hat nach dir gefragt, sagte der Vater. Seine Hände lagen ganz komisch auf dem Stapel Papier voller Zahlen auf dem Tisch, weiß und aufgedunsen wie schon tot. Jonathan konnte sich nicht von dem Anblick lösen. Wie er diese Gespräche hasste, und wie er sich dabei beherrschen musste! Er versuchte eine beiläufige Antwort: So so, das habe ich ganz vergessen. Liebe Grüße, wenn du wieder dort bist. Aber es funktionierte nicht. Der Vater ließ sich nicht beirren, gleichsam als sei es seine Pflicht, bestand er darauf, wie nett sie nicht sei, sehr beflissen und intelligent. Die Mundhygiene sei ein Traum gewesen. Just bei diesem Satz biss Jonathan vor lauter Wut die Zähne aufeinander, links hinten zwischen den Backenzähnen zermalmte er das Bonbon. Er schluckte die scharfkantigen Splitter hinunter, hustete. Der Vater wollte schon aufstehen und ihm auf den Rücken klopfen, blieb aber sitzen. Die toten Hände verrutschten auf dem Papier, der gute Rat war teuer. Nachdem Jonathan sich einigermaßen gefasst hatte – seine Augen tränten ein wenig –, steckte er den Zeigefinger der rechten Hand in den Mund und tastete über die Backenzähe. Der Vater lachte und aus seinem Mund sprach es: Irgendwann muss jeder die Liebe finden, so ist das.

4

Ausnahmsweise war Sarah ohne ein Frühstück und – obwohl es nicht so kalt war – mit gefütterten Stiefeln aus dem Haus gegangen, weil es ihr immer noch schwerfiel, die Schnürsenkel ihrer Halbschuhe zu binden. Sonst drängte sich der Vater geradezu auf seit dem Unfall. Sarah war nicht böse, dass er ihr Klopfen heute nicht gehört hatte. Am vorigen Abend hatte er zu viel getrunken, war auch wieder bei Lana gewesen – das waren einzelne Stunden wie Löcher im Stoff seines Pflichtbewusstseins: Du hast da etwas, ganz recht. Vielleicht war es eine Laufmasche im Alltagstrott. Sarah vermutete, dass es ihm nicht guttat, wie er sich selbst einengte, und sie verstand nicht, was ihn dann doch jedes Mal rechtzeitig zu den Abendnachrichten nachhause trieb, als wäre er ein Mann von Welt und als gäbe es bei Lana keine Welt, was Sarah nicht glauben wollte – im Gegenteil, vielleicht war sie dort eher zu weit und unübersichtlich. Und wenn es wegen ihr war … sie wollte nicht der Grund für *alles* sein. Du kannst doch bleiben. Ich bin doch alt genug, das zu verstehen. Aber irgendetwas jagte ihn immer wieder fort von dieser Frau. Oder – Sarah war sich da nicht sicher – kam sie, die Tochter, mit ihrem schmerzenden Arm ihm nicht gerade gelegen als Vorwand sich davonzumachen? Dann erst recht wollte sie sich eine neue Rolle erspielen.

Sie kannte die Freundin des Vaters nur vom Sehen, aber auch sie hatte die besondere Anziehung wahrgenommen, die von Lana ausging. Denn es war keine Kraft, die nur auf Männer gewirkt hätte. Eine einnehmende Körperlichkeit war es, die das Gegenüber herausforderte – Lana ging, sprach und dachte mit dem ganzen Körper, was nicht bedeutete, dass sie laut und ausufernd war in dem, was sie tat, aber jede Stromschnelle führte zu ihr. Sarah hörte ihren Namen oft aus verschiedenen Mündern. Ihr Vater hatte Lana einmal hereingebeten, zum Aufwärmen – wahrscheinlich hatte sie es selbst einfordern müssen, denn er mochte sie aus irgendeinem Grund nicht im Haus haben. Oder er wollte nur verhindern, dass sie und Sarah aufeinandertrafen. Dieser Gedanke hatte sich zu einem Verdacht ausgewachsen. Hast einen Narren an ihr gefressen, hatte Sarah zu ihm gesagt und ihn aufgezogen, und trotzdem soll ich sie nicht kennenlernen? Das Regenwasser war aus Lanas Haaren auf die Fliesen getropft. Sie hatte wunderschön ausgesehen. Ein paar Worte nur hatte sie mit Sarah gewechselt, bevor sie auf Gregors Wink hin sofort verschwand. Nicht ihm zuliebe, sondern gerade so, als hätte sie ihm zeigen wollen, dass es ihr nichts ausmachte zu gehen. Provozierend frei. Es musste ihr gefallen – und dem Vater auch. Nur geheuer schien es ihm nicht zu sein.

Sarah verzieh ihrem Vater sofort, als er sich nachmittags bei ihr entschuldigte. Weil er von zuhause aus arbeitete, war er fast immer da, wenn sie von der Schule kam. Gekonnt ließ sie das Wort *Klavier* in die kurze Stille zwischen Besteckklirren und Beschwichtigungen fallen und Gregor tat, als hätte er es nicht gehört. Es war nicht das erste Mal, dass sie dieses Thema ansprach und er reflexartig nach der Schule fragte, als brächte man das Eltern so bei. Er sah dabei auf Sarahs Armschlinge und die Handschiene hinunter. Sie stand auf und nahm sich etwas aus dem Kühlschrank, wie um zu demonstrieren, dass auch das verletzte Knie schon wieder verheilt sei, aber der Vater hatte sich stumm hingesetzt und tat so, auch wenn niemand sonst einen Unterschied bemerkt hätte, als wäre es ganz deutlich zu erkennen, dass in Sarahs Gang etwas anders war. Ihr war vor ein paar Tagen schon aufgefallen, dass dieser Blick ihres Vaters sich nicht veränderte, sich keine Spur anpasste, obwohl sie selbst kaum noch Schmerzen im Bein spürte und keine Schonhaltung mehr einzunehmen brauchte, was nicht schwer war, zumal sie nicht mehr zum Training ging. Sarah war nicht wehleidig, es wäre so ziemlich das Letzte gewesen, was sie sein wollte. Wenn er sie auf diese Weise ansah, ärgerte sie das maßlos, ein Nachtrauern und darin ein Abwinken, als wäre jetzt alles entschieden. Aber was sollte das überhaupt sein: alles? Noch dazu war sie nicht mehr sein kleines Töchterlein, war jetzt vielmehr die junge Frau, die keinen Freund mit nachhause brachte. Sarah war ja nicht dumm, sie war sich ganz im Klaren darüber, was er denken musste, und sie wusste genau, dass er sie beobachtete – stets abwägend, ob sie glücklich genug sei. Früher beim Springen. Jetzt im Leben. Er saß dort hinter seinem Computer wie in einem Dachsbau, wenn sie von der Schule kommend die Straße überquerte und durch die Garage ins Haus kam. Erschiene sie einmal in Begleitung eines Schulkollegen, dann würde er ihnen keine Steine in den Weg werfen, bei diesen Dingen reagierte er immer zu spät. Er würde vielleicht irgendwann die Schlösser austauschen lassen, wenn er zur Ansicht gekommen sein würde, dass Sarahs Freund sie nicht glücklich genug machte. Aber es gab ihn ja gar nicht, so einen jungen Casanova, der ihr die verletzte Hand hielt und noch die letzte Entscheidung ihr abzunehmen bereit gewesen wäre.

Sarah lehnte sich zurück an das leise Säuseln des Heizkörpers und streifte die Handschiene ab, ließ den Arm über die Kante der Eckbank hängen. Noch immer waren einzelne Bewegungen schmerzhaft und ihre rechte Körperhälfte schwächlich. Die an den Fensterscheiben klebenden Papierschmetterlinge bewegten hin und wieder ihre Flügelspitzen im Luftzug. Eigentlich wollte Sarah sie herunterreißen, aber sie ließ die selbstgebastelten Scherenschnitte noch hängen für ihren Vater, dem die Kleinheit zu gefallen begonnen hatte. Er war der erste gewesen, der die Hoffnung auf ein Comeback aufgegeben hatte, der sofort gesagt hatte, dass der Berufssport doch nur was für Teufelskerle sei. Das nimmt nie ein gutes Ende, die werden nicht alt. Dabei hatte er früher immer vom großen Traum gesprochen, als sei das etwas ganz Persönliches, als träumten nachts nicht tausende Eltern vom Welterfolg ihres Kindes. Sarah war sich nicht sicher, wer zuerst in diesem Traum gewesen war. Jetzt bewegte sich eine Flügelspitze ganz heftig in der Heizungsluft, sie zitterte. Sarah wollte es dem Vater nicht sagen, wie schrecklich sie die Schmetterlinge seit einigen Tagen anmuteten, das fadenscheinige Getier. Zwar war sie es, die noch immer mit den Folgen der Brüche von Schulter und Hand zu kämpfen hatte, doch die undiagnostizierten Verletzungen trafen *ihn*. So hatte auch Sarah allen Grund ihren Vater anzusehen, als sei er krank, als bewege er sich anders. War es ein Schuldgefühl, das sich bemerkbar machte wie die Gicht? Hatte er Schmerzen in den Gelenken und wirkte darum so steif und fest? Die geschwollenen Augen, weil er sie unbedingt verschließen wollte und ihm das nicht gelang? Oder schlief er nur zu wenig? Er hatte Sarah trainiert, aber er hatte sie nicht auf den Unfall hin trainiert. Sie wollte ihm das sagen, weil es offensichtlich war, dass er sich Vorwürfe machte. Aber dann ging sie zum Tisch zurück und schaute ihm ins Gesicht.

Wieso fragst du Alexandr nicht?, sagte sie.

Willst du das wirklich? Ich weiß nicht. Und die Hand?

Eben, die Hand.

Na ja, ich kann mich ja einmal umhören.

Ist heute Probe? Sie kannte die Antwort schon. Kann ich mitkommen?

Nicht, wenn du morgen einen Test in der Schule hast.

Der ist verschoben. Sarah war besser geworden im Lügen, auch das ein Trainingsresultat.

Na gut, dann kommst du eben mit. Aber nur das eine Mal. Und mit Alexandr rede *ich*.

Das musste er sein, in dem grauen Anzug, der ein bisschen unförmig wirkte, wie er da nach vorne eingesunken und mit hängenden Schultern am Klavier saß. Er hatte die Augen geschlossen, als würde er sich sammeln. Obwohl er ganz offensichtlich fortgeschrittenen Alters und von gebrechlicher Gestalt war, schien er den anderen Männern im Raum durchaus gewachsen zu sein, wenn er auch körperlich kleiner war. Sarah hatte eben erst Platz genommen, da erhoben sich die Sänger schon von den Tischen und traten aufs Podium, denn der Chorleiter war aufgestanden, und das genügte. Sie bezogen ihre Aufstellung auf der niedrigen hölzernen Plattform, die auf der Stirnseite des Raumes aufgebaut war und jenen so erst als Veranstaltungssaal des Gasthauses auswies, den gelblichen Fliesenboden zum Teil verdeckend. Nun war ihr doch nicht wohl. Ihr Vater zwinkerte ihr zwar aus der zweiten Reihe zu, doch Sarah saß jetzt ganz allein am Tisch, den rechten Arm im Schoß abgelegt, mit der gesunden Hand hielt sie sich an einem Glas fest, das nicht ihres war. Lana hatte sie noch nicht gesehen, obwohl der Vater versichert hatte, dass sie heute auch da sein würde. Dienstagabend ist ihre Schicht. Sarah rief sich seine Worte in Erinnerung. Sie spürte, wie die im Halbkreis stehenden Sänger sie abwechselnd musterten, ihre Blicke gleichsam von dem grauen Anzug des Chorleiters abrutschten und auf sie fielen. Sie wollte es vermeiden, einen dieser Blicke mit den Augen aufzufangen. Nur Alexandr, der jetzt mit dem Rücken zu ihr stand, konnte sie gefahrlos beobachten. Wenn er beim Pianino Platz nahm, um den Sängern etwas vorzuspielen, wirkte er hochkonzentriert. Und wenn er sprach, versteinerte sein Körper. Wir beginnen ein neues Stück. Hier der Text. Erst nachdem er fertiggesprochen hatte, begann er damit, die Kopien auszuteilen. Dann ging er zum Klavier und legte die Hände auf die Tasten, sie waren aufeinander eingestimmt wie Zwillinge – zwar eine gewisse Rivalität zwischen ihnen, die es aber zu brauchen schien für jede Dissonanz und jede Auflösung. Und im Spiel sahen sie aus, als gehörten sie nicht zu dem Körper, der sich über sie beugte, nicht zu diesem Mann, der älter wirkte, als er vermutlich war. Sarah schaute hinauf zu Alexandr und zu seinen Händen, aus sicherer Distanz. Und dann hoben sich auch noch die Ohren vom Rest der Gestalt ab, es schien ihr, als wüchsen sie unmerklich. Aber Sarah war sicher: Hätte das Stück länger gedauert, dann hätten auch die anderen es bemerken müssen, dass Alexandr dem eigenen Spiel derart wachsam zuhörte, wie es ganz unnatürlich war. Ein Sträußchen auf dem Hute, den Stabe i-in der Hand, zieht einsam so der Wandrer von Lande-e zu Land. So trug er die erste Phrase in einer Art Sprechgesang vor und spielte dazu. Die zweiten Tenöre sangen ihm nach – sie waren die erste Gruppe, mit der er die Strophe im Detail durchging, Phrase um Phrase einstudierte.

Sarah hatte nicht gehört, dass sich die Tür geöffnet hatte, auch die Blicke der Sänger hatten es nicht verraten. Lana war so plötzlich aufgetaucht und hatte sich auf den Stuhl neben ihr sinken lassen, dass sie richtig erschrocken war. Sie spürte einen Stich in der Schulter. Er hätte mir schon sagen können, dass er in Begleitung kommt. Alexandr mag das Flüstern übrigens überhaupt nicht, er hört alles. Sarah nickte in Lanas Lächeln und fand es sehr betörend. Hätte sie ihr eine Verschwörung aufgetischt, sie hätte sich ihr sofort angeschlossen. Es war nicht ihr Flüstern gewesen, das Alexandr jetzt zum Schreien brachte. Sarah, die noch einen Moment lang Lanas Stimme nachhörte, konnte sich nicht erklären, was den Chorleiter so plötzlich in Rage versetzt hatte. Das passiert fast jedes Mal, sagte Lana erklärend. Ist ganz normal. Tatsächlich ertrugen die Sänger, Alexandrs Ausbrüche gewohnt, seine Schimpftirade in der Gruppe leicht, der Außenseiter schien der Chorleiter selbst zu sein. Es stimmte sicher, was ihr Vater ihr erzählt hatte. Es gab einige Mitglieder, die Alexandrs Eignung infrage stellten. Er mochte alt aussehen, aber jetzt in der Aufregung und da er schrie, war er gar nicht mehr steinern, sondern fuchtelte mit den Armen herum. Wo ist euer Kopf, wenn ihr singt?, fuhr er sie an, als hätten alle Männer, sobald sie zusammen sangen, nur noch *einen* großen Kopf, als wären sie dann nur noch eine Kreatur. Ich bin ja nicht euer Hampelmann, versteht ihr das nicht? Ich gebe ja nicht nur die Einsätze, ich zeige *alles*. Wie das gesungen werden muss. Wie! In manchen Gesichtern entstand ein Lächeln, das konnten sie sich nicht verkneifen. Sarah bemerkte, wie unter Alexandrs silbernem Haar die Kopfhaut durchschimmerte. Er hat es faustdick hinter den Ohren, sagte Lana. Und in Bezug auf die Sänger fügte sie hinzu: So sind sie, schau sie dir an, ein Schwarm stummer Fische, wie sie schauen und grinsen, für sich genommen alles Schwächlinge. Den Ellbogen hatte Lana auf die Lehne des Stuhls gelegt, auf dem Sarah saß. Ein starker Geruch nach Flieder stob auf, als hätte jemand ein neues Buch unter ihrer Nase aufgeschlagen und wolle sie verführen. Aber welches Tier ist Alexandr?, murmelte Lana. Sarah schaute sie erst nur verständnislos an, dann besah sie sich ihren Vater, der tatsächlich sehr runde Augen hatte. Wie ein Fisch. Sie nickte und überlegte ein bisschen. Alexandr ... könnte ein Wolf sein, mutmaßte sie. Lana kicherte und wischte sich die Hände an der Schürze ab, vielleicht weil sie feucht waren. Das würde ihm wahrscheinlich gefallen, sagte sie noch, erhob sich und ging zur Tür. Das Glas war wie aus Milch. Sarah, in die Richtung ihres Verschwindens gewandt, fragte sich, was sie selbst in Lanas Augen war. Jetzt ärgerte sie sich, dass ihr Vater zuhause fast nie von ihr erzählte. Er war so anders geworden – tat so, als müsse er Sarah immerzu beschützen und zurückpfeifen. Allmählich kehrte wieder Ruhe ein im Raum, der Chorleiter gab den Auftakt. Er zeigte auf die Stimmgruppen und benannte sie. Erste und zweite Tenöre zusammen, bitte! Die anderen waren für dieses Mal noch ausgespart. Sarahs Vater hatte zu schweigen und doch stand ihm der Mund leicht offen wie in Erwartung eines Strohhalms.

Nach dem Ende der Probe floss der Alkohol. Wie eine Erlösung. Sie erhob sich vom Tisch. Ihrem Vater hatte sie ein Zeichen gegeben, als ginge sie auf die Toilette, aber in Wirklichkeit schlich sie zum Podium. Alexandr wandte sich ihr nicht zu, bis sie den letzten Schritt gemacht hatte und neben ihm stand. Weil sie nicht recht wusste, wie sie ihn ansprechen sollte, sagte sie einen Satz zu dem Lied, das der Chor geübt hatte – vielleicht fragte sie auch irgendetwas –, doch es war, als hätte sie kein einziges Wort von sich gegeben, als sie gleich darauf mit der Frage herausplatzte: Geben Sie mir

Klavierunterricht? Ich habe zuhaus kein Klavier, aber hier lässt man mich sicher üben, fügte sie noch hinzu. Der Chorleiter, der sie einen Moment eindringlich gemustert hatte, wurde wieder steif, steinern, schien auf der Suche nach einer Antwort auf ihre Frage, die anscheinend eine äußerst schwierige war und Sarah fast peinlich wurde. Doch nun musste sie beharren. Ich würde gern Klavier spielen lernen. Es war ihr ganz ernst. Ich denke, das kann ich nicht, bin ja selbst ein Amateur, dazu nicht ausgebildet, murmelte er, und da hatte Sarah keine Angst mehr vor ihm. So brauchte er ihr nicht zu kommen, es war die falsche Antwort. Du unterschätzt dich doch, Alexandr! – Lana, die Sarah Rückendeckung gegeben hatte, kam ein paar Schritte näher. Wir können es ja einmal versuchen, sagte er dann und schloss den Tastendeckel ohne das leiseste Geräusch.

Den ersten Flügel hatte sie ihm schon abgerissen. Auch der schlanke Körper des einseitig gewordenen Insekts begann sich vom Glas zu lösen, ganz von selbst, weil es ja keinen Sinn mehr hatte festzuhalten. Dann zog Sarah den zweiten Flügel ab. Ganz oben klebte schließlich noch ein Papierrest an der Scheibe, den sie mit dem Fingernagel abkratzen musste. Keine Rückstände verblieben am Glas, spurlos verschwunden. Nur an den Fingerspitzen noch ein paar Reste Schmetterling. Die Scherenschnitte am Fenster entfernte sie auf diese Weise einen nach dem anderen. Zwar war es nur Papier, doch der Akt des Ablösens war langsam und brutal. Letztlich hatte sie doch ein Stück Klebeband übersehen, das blieb zurück und hielt nur noch sich selbst fest.

5

Sie saßen dicht an dicht und wenn sie lachten, dann rieben sich die runden Schultern aneinander. Jonathan mit einem Tischbein zwischen den Knien an einer Ecke der beiden Tafeln, die jeweils aus zwei zusammengestellten Tischen gebildet waren. Alexandr abseits beim Klavier, der Chorleiter wartete. Stefan würde nicht kommen, er hatte kurzfristig Bescheid gegeben, aber auch Gregor war noch nicht erschienen, obwohl es gleich acht Uhr sein musste und gerade er sonst überpünktlich war. Zwischen den Tischen, in der Mitte des Raums, fiel Jonathan ein toter Falter auf, der sich, von einer oder mehreren Schuhsohlen auseinandergerissen, am Boden zerrieben hatte. Die Männer um ihn herum unterhielten sich mit ihren lauten Stimmen, wiederholten die immer gleichen Wörter, anhand derer sie sich ihrer Zugehörigkeit versicherten. Jonathan schaute in regelmäßigen Abständen zu Alexandr nach vorn, der vor dem Instrument mit geschlossenem Tastendeckel saß, als bräuchte er die Gesellschaft eines großen stillen Körpers in dem Stimmengewirr – im alten Holz aller Glanz verloren, abgesplittert, so spiegelte sich nichts in rotbrauner Oberfläche, was die Ruhe gestört hätte. Er saß bei dem Klavier, mit leicht hängenden Schultern, so teilnahmslos, als säße er in Wahrheit an einem ganz anderen Ort in der Welt, für einige Minuten entflogen. Während Jonathan noch einen letzten freien Platz in der Runde hatte finden können, war Alexandrs Rolle die desjenigen, der alles besetzt vorfand, der sich – so schien es – nur der herrenlosen Dinge annehmen konnte. Der Dinge, mit denen sich niemand hatte anfreunden können, mit denen man es vielleicht eine Zeit lang probiert, sie dann aber stehen oder fallen gelassen hatte, weil man mit ihnen nicht weiterkam. Unnützes band man nicht an sich, und was zu lange unverstanden blieb, wurde stets unnütz. So viele Jahre nicht verwendet. Wozu noch? Das kann weg. Jonathan atmete durch den Mund, wie immer, wenn er mit sich selbst sprach, ohne die Lippen zu bewegen. Niemand aus dem Chor begriff, was sie ihre Lieder hindurch sangen, was Alexandr sie singen machen wollte. Jonathan glaubte, zumindest dies verstanden zu haben – dass sie das nicht leisten konnten –, und vielleicht kam er Alexandrs überspannten Vorstellungen schon allein darum einen Hauch näher als die anderen.

Plötzlich war da ein Wortfetzen, der seine Aufmerksamkeit erregte. Jonathan schaute sich am Tisch um, blickte in die Gesichter der Männer. Neue Nachbarn? Wer hatte das gesagt? Ludwig fing seinen Blick mit einem amüsierten Lächeln auf. Kennst du die Familie denn?, fragte er. Welche Familie? Jonathan hatte so ein Gefühl, dass sich hier die Fäden verknoteten, und in der Tat sprachen die anderen von dem Mann, den er vor einigen Tagen am Postamt gesehen hatte. Natürlich sprachen sie über ihn! Gleich sollten die anderen Chorsänger es bestätigen. Mit großen Gesten – auch die Schultern rieben sich wieder aneinander – erzählten sie, dass in der alten Trauner-Villa eine Familie eingezogen war. Sie waren nicht aus der Gegend. Nein, natürlich nicht, das hörte man an dem fremd klingenden Akzent, doch sonst wusste man recht wenig. Die passenden Geschichten, die auch die wunderlichsten waren, wurden schon erfunden. Beim Bäcker sollten sie Unmengen von Semmeln gekauft haben, dabei war es nur ein Dreipersonenhaushalt. Jonathan saß da mit hochgezogenen Augenbrauen und lauschte den Geschichten. Auch wenn sie noch so widersinnig waren, er wollte alles erfahren, was die anderen sich zusammengereimt hatten, und ein bisschen war er über sich selbst erstaunt deswegen. Hätte er einen Schritt neben sich machen können, womöglich hätte er sich kopfschüttelnd angesehen. Und der … der Sohn?, hörte er sich stattdessen fragen – er wandte sich an keine bestimmte Person, sprach niemanden direkt und gleichzeitig alle an. Unauffällig schüttelte er die Hände aus, um wenigstens ein bisschen Erregung loszuwerden. Keine Ahnung, den hab ich kaum gesehen. Die müssen arbeitslos sein oder weiß der Teufel, jedenfalls gehen sie zu ganz ungewöhnlichen Zeiten aus dem Haus – sie wohnen ja gleich ein Stück die Straße rauf, von uns hat man einen guten Blick. Wer hatte das gesagt? Es musste Ludwig gewesen sein. Einen guten Blick, wiederholte Jonathan leise für sich, aber die anderen schienen es gehört zu haben. Sie befeuerten ihn jetzt richtiggehend, ihn, der sonst nie am allgemeinen Gespräch am Tisch teilnahm, er merkte das sehr wohl. Aber auch in dieser Situation wusste er das Wichtigste für sich zu behalten. Die Ansichtskarte! Wie hätten sie sich auf diese Information gestürzt! Hyänen. Aber er verbarg die kleine Episode sicher vor ihren hungrigen großen Leibern, das Blau des Bildes hatte sich da schon in seiner Iris eingelagert. Er wusste auch, dass sie vermutlich sogar Alexandr interessiert hätte, die Farbe seiner Postkarte, die plötzlich seine Trumpfkarte wurde, ihnen allen war er einen langen Satz voraus. Eines Abends hatte der Chorleiter etwas von der Wolga gesagt, Jonathan konnte sich erinnern – sie alle hatten nicht wenig getrunken –, die anderen hatten es wahrscheinlich gar nicht bemerkt, überhaupt schon vergessen, dass Alexandrs Augen plötzlich wässrig geworden waren, als er auf seinen Vater zu sprechen gekommen war. Der habe von der blauen Wolga geträumt für den Rest seines Lebens.

Und wahrscheinlich war sie gar nicht blau. So sind diese Flüsse nicht. Jonathan aber würde niemandem von der Beobachtung am Postamt erzählen, die ihn im unwahrscheinlichsten Fall sogar zu diesem fremden Fluss würde führen können, egal wohin, es war sein Geheimnis. Stattdessen lauschte er weiter dem Geschwätz, Ludwig klopfte sich schon auf die Schenkel und riss einen Witz über den jungen Mann. Was für ein Bürschchen, rief er aus. Wer? Jonathan glaubte einen Moment, dass er selbst damit gemeint sei. Und wirklich, zusehends bekam die Freude der anderen Risse – da lugte das Hämische durch. Er bemerkte, wie sie ihn angrinsten, einen spöttischen Ausdruck vom einen zum anderen Auge des einen großen Tiers, das sie waren, weiterreichten. Jonathan spürte die Wut unter seiner Haut kribbeln, seine Wangen wurden heiß. Sie waren es auch, deren Schuhe den Falter entzweigerissen hatten. Es wäre nicht schwer gewesen herauszufinden, welcher Fuß ihn erwischt hatte.

Gregor kam herein, mit der Hand einen Moment länger als üblich die Tür aufhaltend, weil hinter ihm noch ein Mädchen erschien. Es war groß und hatte auf den ersten Blick starke Ähnlichkeiten mit dem Vater, ein breites Gesicht und hohe Wangenknochen. Gregor hob die Hand zum allgemeinen Gruß und stellte seine Tochter vor. Jonathan nickte ihr zu, die Gespräche waren gänzlich verebbt, Sarah schaute ein bisschen unsicher einmal nach links, dann nach rechts, sie lächelte. Und es war sehr leicht, dieses Lächeln zu erwidern. Irgendjemand sagte etwas Taktloses, aber dann räumten die Männer ohnehin schnell das Feld. Alexandr hatte sie zu sich nach vorn gerufen. Er war aufgestanden, weil er Gregor erkannt hatte, Sarah jedoch schien er gar nicht bemerkt zu haben. Sie setzte sich auf einen der leer gewordenen Stühle, die plötzlich nichts Weiches mehr hatten, während die Sänger auf ihren Plätzen am Ende des Saals Stellung bezogen. Einmal trafen sich Jonathans und Sarahs Blicke. Er glaubte, er würde lächeln, aber vielleicht war doch nur sein Mund einen Spalt breit offen gestanden. Sie wandte sich schnell ab, und Jonathan tat es ihr gleich. Als er später wieder wagte, sie direkt anzusehen, fixierte sie den Chorleiter. Was für sie dabei nicht zu erkennen war, hätte Jonathan ihr gern irgendwann erzählt: Nach einem kurzen Aufwärmen stand in Alexandrs Gesicht schon dieser erwartungsvolle Ausdruck, der sich in menschlichen Zügen kurz vor der Erfüllung eines Wunsches abzuzeichnen pflegt und gewöhnlich nur wenige Sekunden anhält. Doch sein Blick veränderte sich nicht, Alexandr fand keine Erfüllung in der Musik. Sie konnten sich bemühen und all seinen Anweisungen Folge leisten, doch immer fehlte etwas, das sehr wichtig war und nicht in Worte fassbar. Dieser grauhaarige Kauz mit dem russischen Akzent, der Russe – Jonathan dachte daran, wie er die Leute oft von ihm sprechen hörte. Er selbst hielt sich fast ausschließlich an Namen, glaubte er doch zu wissen, wie es war, in gemeine Schablonen gedrängt zu werden, der Name war schlimm genug. Die Flucht gelang nur in die nächste vorgefertigte Form. Und ob es überhaupt möglich war, die Formen von innen zu zersprengen, war nicht im Geringsten sicher.

An diesem Abend machte Alexandr sie bekannt mit einem neuen Lied, einer Melodie, die so vertraut klang, als gäbe es nichts weiter zu erklären. Aber der Eindruck täuschte. Zwar war das Arrangement nicht so komplex wie manch andere, die er ihnen schon zugemutet hatte, es klang einfach und ungekünstelt, als er es ihnen zur Einführung vorspielte. Es ist die Melodie vom *Armen Heinrich*, aber der Text vom

Sträußchen am Hute, sagte Alexandr. Doch niemand kannte diese Lieder, von denen er sprach. Jonathan wechselte ein paar Blicke mit den anderen. Weil sie sich keine Blöße geben wollten – immerhin ging es hier ja um Volkslieder –, gab es auch keine Einwände. Wenn Alexandr etwas zu erklären versuchte, schien er sehr angespannt, fast als ängstige er sich insgeheim, sobald es ruhig wurde und alle Anwesenden seinen Ausführungen lauschten, wie von ihm eingefordert. Er beschrieb ihnen die Form, die sie auskleiden und füllen sollten, in Wahrheit nur ein Mittel zum Zweck, nicht der Wunsch selbst. Er predigte das genaue Hinhören und schien gleichzeitig furchtsam angesichts der uneingeschränkten Aufmerksamkeit. Ein scharfes Gehör ist wie ein reines Gewissen, offen für Neuigkeiten. Aber war denn nicht Alexandr mehr noch als alle anderen mit Altlasten beschwert? Die zweiten Tenöre waren als erste dran, sie übten die Strophe unter seinen Anweisungen, dann die ersten Tenöre, zu denen auch Jonathan zählte, der froh war, endlich singen zu dürfen. Schließlich beide Gruppen zusammen. Doch schon nach ein paar Minuten verlangte Alexandr, dass sie ihre Stimmen zügelten. Nein, so geht das nicht. Hört zu. Langsamer, langsamer. Ihr müsst euch doch gegenseitig zuhören, Herrgott, rief er. Da also war es wieder. Zuhören sollten sie. Nachdem Alexandr die Unsicherheiten bei einzelnen Sängern vertrieben und große Unebenheiten geglättet hatte – auch Ludwig und Anton im zweiten Bass waren drauf und dran gewesen, sich einen falschen Ton einzulernen –, bremste er den ganzen Chor zusammen, er wollte es leise, einfühlsam. Sie konnten es ihm nicht recht machen. Auch Jonathan kämpfte mit seiner Stimme, die er kaum hörte, immer schoben sich die anderen darüber. Schon ein paar Wiederholungen später verlor

Alexandr die Nerven, schüttelte wild den Kopf, winkte ab. Jonathan verstummte, während die meisten einfach weitersangen, bis der Chorleiter mit dem Fuß mehrmals laut auf den Boden stampfte. Aus!

In dem Moment bemerkte Jonathan, dass Sarah nicht mehr ihre einzige Zuhörerin war. Lana saß neben ihr und flüsterte ihr etwas zu. Sie erschien ohne Möglichkeit der Rückverfolgung, hinter ihr Verwirbelungen im Raum, ein Labyrinth hunderter Wege, als würde sie jedes Mal einen neuen Weg ausprobieren, oder als würde sie die Wege zerschneiden und immer neu zusammensetzen auf ganz unerwartete Weisen. Um diese Gabe – wenn es denn noch jemand außer ihm so bezeichnet hätte – beneidete er sie. Wenn sie nach der Probe noch zusammensaßen und tranken, dann gaben die Männer nicht darauf acht, ob Lana sich gerade bei ihnen aufhielt oder nicht. Man konnte sie minutenlang nicht bemerken und dann saß sie plötzlich auf dem Schoß eines der Männer, mit einem Lachen die Stimmen von fünf anderen übertönend. Sie unterhielten sich daher über Lana, als sei sie nicht anwesend. Jonathan betraf das nicht direkt, nur selten fand er es überhaupt wert, ein Wort zu verlieren. Und Lana würde sich ohnehin einen Reim auf alles Geschwätz machen. Was sie jetzt Sarah zuflüsterte, konnte Jonathan nicht verstehen, Alexandr schimpfte, und war er sonst auch unscheinbar und zurückhaltend, so entwickelte er doch eine Präsenz, wenn er dirigierte oder ihnen die Leviten las. In Wahrheit machte er sich auf diese Art nur selbst zum Angriffspunkt. Nach der Probe sprach man in der Runde auch über Alexandr, wenn er im Raum war, man hielt sich nicht zurück, aber nicht aus demselben Grund wie bei Lana. Sie wussten, dass er da war und sie hören konnte, dass er immer etwas länger blieb, gewiss nicht als Erster und ebenso wenig als Letzter nachhause gehen würde. Oft faselten sie dann etwas von einem frischen Wind, der fehle. Aber wer diesen Wind bringen sollte, wurde nicht diskutiert, es gab keinen Anwärter auf das Amt des Chorleiters. Ein kleiner Männerchor in der Provinz, dessen Namen niemand kannte – es gab attraktivere Ziele. Auch war es nicht so, als zweifelte jemand ernsthaft an Alexandrs musikalischem Gespür. Dies im Hinterkopf, blieben Gespräche in dieser Richtung ein Nullsummenspiel, auch wenn man die Hälfte verschwieg. Was auch immer in der Runde besprochen oder verlacht wurde, es war nie revolutionär. Jonathan schüttelte manchmal den Kopf und manchmal nickte er, das tat er auch am heutigen Abend. Plötzlich aber schlug Lana mit der flachen Hand auf den Tisch, dass Anton sich das Glas gegen die Zähne stieß. Besser ihr Halunken würdet endlich aufhören zu saufen, damit ich nachhause komm. Aber dann war sie schon weg.

Der Mond nahm schneller ab als zu, das war ihm als Kind so vorgekommen, und diese Geschichte hatte er nicht mehr umschreiben können im eigenen Kopf. Er hätte eigentlich nur geradeaus der Straße folgen müssen, doch stattdessen bog er nach links und wanderte die Anhöhe hinauf. Bei der großen Robinie hielt er sich rechts. Fürs Erste wollte er sich nur das Gebäude in Erinnerung rufen, oder auch sich vergewissern, dass wirklich Licht brannte in der alten Trauner-Villa, dass dort wieder jemand wohnte. Doch ein weitläufiger Garten rückte das Haus in einige Distanz zur Straße. Das Gartentor war nur angelehnt, offensichtlich ließ es sich nicht mehr schließen, verzogen und zerfressen vom blühenden Rost – auch so konnte die Zeit zu den Menschen sein, die

Türen offenhaltend. Von hier aus hatte Jonathan keinen freien Blick auf das Haus. Hinter dem Zaun wuchsen die Sträucher hoch und dicht, doch weil der Winter Jonathan ein wenig in die Hände spielte, hätte er trotz allem schon ein erleuchtetes Fenster als Loch ins Innere erkennen müssen. Die Villa lag aber ganz im Dunklen. Alle schliefen, es war spät. Das war einzusehen, und trotzdem, Jonathan hatte ihn sich vorgestellt, den fremden jungen Mann, wie er an einem Tisch saß und las oder schrieb. Auch jetzt noch, um diese Zeit. Die Eltern schliefen mit Sicherheit schon. Wie Jonathans Eltern in ihren Betten. Jede Nacht dieselben Orte für die Köpfe, nur ein paar Zentimeter Abweichung. Nur die Träume, die sie weit voneinander entfernten und von sich selbst.

In seiner Wohnung spürte er die Erschöpfung. Er hatte sich schon ausgekleidet, als er ein eigenartiges Geräusch hörte. Ein weinendes Kind oder eine Katze, er öffnete die Terrassentür, weil ihm schien, es käme von draußen, schleppte sich schutzsuchend durch die Dunkelheit. Jonathan schaltete das Licht im Zimmer aus, denn plötzlich hatte er Angst, gesehen zu werden, aber da war nur die Stille zwischen dem dünnen Mond und ihm.

6

Die Wolkenschatten zogen über das Land wie eine Herde großer Tiere, aufgeschreckt flohen sie in Richtung der Hänge. Und jetzt fiel Schnee. Alexandr stützte die Ellbogen auf den Fenstersims, bereit, sich mit den Händen abzudrücken und die Arme durchzustrecken, sich nach oben zu stemmen – als wäre er wieder ein junger Knabe, eine Elastizität in den Gliedern und Gelenken, sodass er sich, wäre er plötzlich vornübergekippt und hinuntergefallen, nur leicht verletzt hätte. Die Kälte machte ihm nichts aus, obwohl vom reglosen Herumstehen jeder zu frieren begonnen hätte. Alexandr sah auf den Fluss hinunter, auf die linke Uferseite, die Wiesenseite, die Heimat des Vaters, die vielleicht auch seine eigene war, die ihm aber wie eine ferne Verwandte vorkam, in deren Zügen er sich lange suchen musste. Er war zu früh von ihr getrennt worden, nicht einmal die kleine Schule hatte er je von innen gesehen. Die bäuerlichen Gehöfte waren noch immer gezeichnet von den Hungerjahren, aber mit der Zeit war ein bisschen Wohlstand zurückgekommen. Der Vater hielt Ziegen, und neben dem Stall war noch ein Verschlag für die Hühner. Das war vor der Kollektivierung gewesen. Alexandr konnte sich von seiner Position am Fenstersims aus gut in das Bild vertiefen. Er sah, wie sein Vater die Sense zurück in den Stall räumte, sah die Hände der Tante auf der Haut einer Ziege. Schön das Bild. Und das Gegenteil davon. Die Mutter tot im Wochenbett, ein Leben gegen das andere eingetauscht. Der Vater – der war ja zu diesem Zeitpunkt eben erst einer geworden – hatte sich ungeheure Sorgen um den schwächlichen Buben gemacht. Tante Nelly, die das Kind versorgte. Nach der Arbeit badeten die jungen Leute zur Abkühlung im

Großen Karaman, einem Nebenfluss der Wolga. Doch kam der Nachbar eines Tages des Weges geradelt, in der Hand die Zeitung, mit der er aufgeregt winkte, als wolle er Mücken verscheuchen. Auf diese Weise erfuhren sie vom Deportationserlass. So hatte der Vater es Alexandr erzählt. Er selbst konnte sich an kaum etwas aus dieser Zeit erinnern. Abends waren schon Soldaten im Dorf. Sie gaben ihnen eine Woche, um sich auf die Aussiedlung vorzubereiten. Die Gebete geheime Angstkanalisation an jenen vorbei, die sie zu Feinden gemacht hatten. Nach kurzer Zeit verschwand die überlieferte Landschaft vor Alexandrs Augen, wurde ersetzt durch das Nachbarhaus, das nur ein schattiger Garten mit verschnittenen Hecken auf Abstand hielt. Das eine gegen das andere getauscht. Und die Kälte wurde echt, während auch die letzten Reste des Wolgatraumbilds sich auflösten. Alexandr atmete ein, knetete seine Stirn mit Daumen und Zeigefinger.

Er musste sich auf den Weg machen. Sofort! Er war spät dran. In weniger als einer Stunde musste der Chor in der Kirche singen, in Gedenken an ein ehemaliges Mitglied, verstorben am Freitag. Ihm sagte sein Name nichts – als Alexandr vor einigen Jahren ins Dorf übersiedelt war und wenig später den Chor übernommen hatte, musste jener den Gesangsverein schon verlassen haben. Da er tot war, sollte man einander plötzlich kennen. Alexandr und seine Sänger waren für diese Fälle immer vorbereitet, sie hatten ihr einschlägiges Repertoire. Der Tod änderte sich nicht, die Lieder kaum. Er grämte sich nicht ob des Umstands, dass sie viel in der Kirche sangen und davon abgesehen nur wenige Auftritte hatten. Ihr Platz war auf der Empore – und Alexandr konnte sich dort, weil ihm die fremden Blicke in seinem Rücken stets unangenehm waren, sogar ein klein wenig entspannen. Er schloss das Fenster. Als er einen Moment auf seine Hände schaute, sah er das Relief der trockenen Haut, auch die Schmerzen in den Knien ließen nicht auf sich warten. Er hatte sein Alter zurück. Irgendetwas jedoch schien ihm anders, er konnte es nicht benennen. Am Weg zum Badezimmer blieb er einen Augenblick vor der Küchenzeile stehen, weil er das Abbild seines Gesichts vermisste, das sonst über den Wandspiegel über dem Schuhregal huschte, bevor er um die Ecke bog. Der Spiegel war verhängt mit einem dunklen Tuch. Ungläubig betrachtete er sich den Umstand genauer, aber tatsächlich verdeckte ein Stofffetzen das Spiegelglas. Wem konnte er gehören? Und weil er gar so dünn war, meinte Alexandr beim Näherkommen einen Augenblick lang eine Silhouette zu erkennen, die sich in der Spiegeloberfläche dahinter abzeichnete und nicht seine eigene war. Aber das war ganz unmöglich. Er wandte sich um, weil er einen Moment den Eindruck gehabt hatte, einen warmen Hauch, den Atem eines Tieres, im Nacken zu spüren. Er war allein. Nur die Holzwände des Raumes bogen sich in der Mitte leicht nach innen, als seien sie plötzlich schwach vom jahrelangen Tragen. Alexandr hatte einen komischen Geschmack im Mund. Jetzt stürzte er zum Spiegel, schob das Tuch zur Seite und sah – nichts. Er selbst war nicht dort, wo er war. Mit den Händen begann er, die Spiegelfläche abzutasten, fasste genau dorthin, wo seine Augen hätten sein müssen, sich aber nur ein Teil des Zimmers hinter ihm spiegelte und das Fenster auf der anderen Seite. Dann ließ er davon ab und berührte sein Gesicht, fast zögerlich, aber – keine Auffälligkeiten, lange Nase, dichte Augenbrauen. Sofort machte er sich wieder am Spiegel zu schaffen. Er hob ihn leicht an, sodass die kleine

Schlaufe zur Aufhängung vom Nagel rutschte. Das Tuch fiel auf den Boden wie von einem Sterbenden ausgeatmet. Substanzlos. Langsam schritt Alexandr mit dem Spiegel in der Hand die Wohnung ab. Sein Körper war ganz steif geworden. Auf der Bettdecke lag bereits der gute Anzug bereit, er hatte ihn heute Morgen frisch aufgebügelt. Alexandr stand mit dem Rücken zum Bett. Problemlos konnte er den Spiegel direkt vor seine Brust halten und so das Kleidungsstück hinter sich betrachten, seine Brust gab es nicht. Mit einem Mal aber begann er daran zu zweifeln, ob der kleine ovale Gehilfe denn überhaupt etwas richtig abbildete, wenn schon nicht den, der ihn trug und schwenkte. Alexandr drehte sich um und studierte den Anzug auf seinem Bett nun direkt. War nicht im Spiegelbild das Ende des rechten Ärmels in Berührung mit der Hose gelegen? Nun aber war der Ärmel abgespreizt, ein paar Zentimeter Blumenmuster-Bettwäsche, die zwischen ihm und dem Hosenbein zum Vorschein kamen. Das Spiegelbild hatte einen weiteren Fehler – oder war es kein Fehler, sondern eine Einmischung, eine Interpretation, eine Möglichkeit? In Alexandrs Nacken stellten sich die Härchen auf. War der Spiegel nur eine Bewegung voraus? Oder war es die Welt ohne ihn selbst, ohne Alexandr, den Chorleiter, den *Deutschen*, den *Russen*? Er erinnerte sich, dass er den Anzug vor seiner kurzen Träumerei am Fenster noch einmal aufgeschüttelt hatte. Hatte der Spiegel auch einen Sprung in der Zeit? Jetzt wendete er ihn so, dass er durchs Fenster den Himmel sehen konnte – es fielen noch ein paar Schneekristalle aus den Wolken. Soweit alles richtig. Dann kippte er die Fläche langsam. Ein großer Fluss wurde sichtbar, ein grauer Strom, hölzerne Ställe und kleinere Hütten, Rauchfäden, die rundherum aufstiegen, dort hinten eine unscheinbare

Kirche, weiter weg, das musste ein Friedhof sein, weiß-graue Stämme vereinzelter Bäume zwischen den Gräbern. Alexandr erstarrte, ihm war plötzlich so kalt, als wären alle Fenster scheibenlos. Die Erzählungen des Vaters gleich hier, er hätte nur einen Sprung tun müssen. Deswegen das Tuch!

Die Männer bezogen ihre übliche Aufstellung und das war diese: Ingo neben Stefan, daneben Jonathan, die ersten Tenöre. Dann kamen die ersten Bässe, Gerald, Toni, Gregor, Armin, Christian, Karl, Konstantin. Mitte rechts die Männer mit den tiefsten Stimmen, statt zweiter Bässe nannte Alexandr sie manches Mal liebevoll die *echten* Bässe, Martin, Björn, Andi, Anton, Ludwig. Die größte Gruppe, jene der zweiten Tenöre, hatte Alexandr ungewöhnlicherweise ganz rechts im Halbkreis aufgestellt, so konnten sie den ersten Tenören, mit denen sie in vielen Stücken die Melodielinie in paralleler Stimmführung sangen, die Lippen lesen, sich besser synchronisieren. Außerdem liefen sie nicht Gefahr, bei schlechter Akustik in die benachbarte Stimmgruppe hinüberzuwechseln – Dominik, Matthias, Franz, Josef, Gerhard, Sigi, Martin, Thomas und ganz außen Michael. Alle hatten ihre Plätze eingenommen, alle außer dem zweiten Stefan im Chor, den viele nur bei seinem Nachnamen Haas nannten, und dem jungen Leopold – beide erste Tenöre, einer von ihnen sogar als Countertenor zu gebrauchen. Für einen Chor von so geringer Größe bedeutete ihr Fehlen einen hörbaren Ausfall. Alexandr ärgerte sich darüber, aber er zeigte es nicht, kein Fluch kam heute über seine Lippen. In der Kirche klang die Stille hohl, Schuhe klopften gegen das Holz der Bänke. Hier und da ein Flüstern oder Husten. Er strich sich mehrmals durch die Haare, wie es vor dem ersten Stück seine

Angewohnheit war – ein merkwürdiger Glanz lag in dem einen, das zwischen seinen Fingern hängen geblieben war. Die Menschen hatten Platz genommen, der Pfarrer hielt sich mit einer Hand am Altar fest. Alexandr schlug die Stimmgabel an und führte sie zum rechten Ohr, sang seinem Chor die jeweils ersten Töne vor, sie begannen mit Mendelssohns op. 116, dem Trauergesang, in einem eigenen Arrangement – den Chorsängern auf die Leiber, auf den Leib, geschrieben.

Alexandr zweifelte an Gott. Er hat uns verlassen, hatte der Vater gesagt, aber weiter an ihn geglaubt, natürlich musste es ihn geben – wenn er sie doch verlassen hatte. Er stand vielleicht nur ein paar Steinwürfe entfernt mit dem Rücken zu ihnen und wollte sich nicht umdrehen. Sein Berühren trennt des Geistes Leben von der E-e-erdenhü-ü-lle-e schwerem Band. Der Vater war aus dem Arbeitslager entlassen worden, ausgezehrt, dem Tod geweiht. Und irgendwie, ja, irgendwie, hatte Tante Nelly es geschafft, ihn in einer monatelangen Prozedur des Fütterns und Wärmens wieder zu beleben. Alexandr hatte den eigenen Vater schon kaum mehr erkannt, hätte ihn aus Angst vor seiner elenden Gestalt wohl sterben lassen, so groß war die Furcht, das Leid zu vergrößern, dass er ihm in der ersten Zeit nach der Rückkehr kaum Gesellschaft leisten konnte. Da waren die Zuneigung und gleichzeitig der Widerwille gewesen, den Vater zu berühren, den vier Jahre Abwesenheit von ihm trennten. Die Tante hatte immer wieder Lebensmittel ins Lager gesandt. Für sie war das die schwerste Zeit gewesen, das Alleinsein in der Fremde. Lange hatte der Vater kein Wort über die Trudarmee erzählt, kein einziges Wort, oder in Wahrheit nur dieses: Mach dir keine Mühe, Schwesterchen, ich bin ein Dochodjaga. Tante Nelly verdankte er so viel, seiner älteren Schwester mit den besonderen Falten auf der Stirn. Alexandr hatte die beiden einmal beobachtet, als sie spät abends beim Ofen gesessen waren, sich im Flüsterton unterhaltend. Er hatte sehen können, wie der Vater mit dem Daumen die Stelle ihres dritten Auges berührte, eine Kreisbewegung ausführend. Seine Schultern hatten sich unter dem dicken Schafspelz, den Tante Nelly ihm umgelegt hatte und den er schon seit Monaten trug, immer noch abgezeichnet. Er sprach am liebsten von der Heimat, denn für ihn gab es keinen Zweifel daran, wo sie sich befand. Alexandr vermisste später am meisten seine Erzählungen von der Wolga, die Geschichten – denn in ihnen war *seine* Heimat gelegen. Anfangs hatte er ihn dabei nicht direkt ansehen können. Als Kind hatte er den Vater vor allem wegen dessen kaputter Zähne bedauert. Nicht fest zubeißen zu können, stellte er sich schrecklich vor. Noch heute hatte er Angst davor, dass ihm eines Tages die Zähne ausfielen, er spürte es schon jetzt, dass seine Kräfte nachgelassen hatten, dass er in dieses Alter kam, vielleicht bald zu alt für das Kauen von zähem Fleisch. Auch darum war er nachsichtiger mit seinem Chor geworden, er konnte nicht mehr so wie früher. Hatte er je wirklich etwas gekonnt?

Hast du Lana gesehen? Alexandr schaute Gregor nicht ins Gesicht, als er den Kopf schüttelte. Gregor klopfte ihm auf die Schulter mit einem Lächeln, das sagen wollte: Wir haben das Beste draus gemacht. Der Großteil der Leute war bereits gegangen, war auf dem Weg zur Zehrung. Alexandr und mit ihm ein paar andere Menschen standen noch immer zwischen den Gräbern. Die Zeremonie war vorüber und der Tod wieder etwas Alltägliches, das jedem passieren konnte. Alexandr hatte ebenfalls nach Lana Ausschau gehalten, es überraschte ihn, dass sie nicht gekommen, nicht plötzlich irgendwo aufgetaucht war. Wie geht es deiner Tochter?, fragte er an Gregor gewandt. Sag ihr, die erste Stunde machen wir nächste Woche. Der Mann war verlässlich, erschien zu jeder Probe, gab keine leeren Versprechen, sagte nicht kurzfristig ab, darum schätzte Alexandr ihn, obwohl er in musikalischer Hinsicht nur als hoffnungsloser Stümper durchgehen konnte, stets bemüht. Die Stunden mit Sarah waren ihm auch deswegen nicht ganz recht. Aber wie stolz hatte Gregor während so mancher Probenabende von ihr erzählt – sie hatte sich zuletzt sogar für die Jugendmeisterschaften im Stabhochsprung qualifiziert. Dazu gehörten Fleiß und Disziplin, das stand fest. Laut, wie es sonst nicht seine Art war, hatte er im Tonfall des stolzen Vaters über ihren Erfolg gesprochen, jetzt blieb er an den Dienstagabenden nach der Probe nie sehr lange. Alexandr konnte das verstehen, das Schweigen überhaupt viel besser als das andere. Er müsse heim, sagte Gregor oft nur. Sie bleibt sonst zu lange auf. Morgen ist Schule. Als wäre sie ein kleines Kind, es wieder geworden, auf die Hälfte ihrer Größe zurückgeschrumpft.

Ein ganzer Mensch in Halbstadt, wie hätte man das sein können? Der einzige Ort, dem man nach dem Zerfall der Sowjetunion seinen deutschen Namen wiedergegeben hatte, war für sie nur eine kurze Zwischenstation geworden, der erste Versuch, nach der Deportation Anfang der Vierzigerjahre, der Verbannung aus der Wolgarepublik und den leidvollen Jahren bei Krasnojarsk in Sibirien, wo der Vater seine Zähne und seine Seele verloren hatte, eine neue Heimat zu finden. Einen Ort zu finden, wo die Erinnerung an die Gegenwart anschloss. Wenn man genau darüber nachdachte und die kein Ende nehmenden Auswanderungsbewegungen vor Augen hatte, blieb Halbstadt für die allermeisten ihresgleichen eine solche Zwischenstation. Von Halbstadt hatte der Vater sich damals etwas anderes erhofft. In Halbstadt, hieß es, gab es viele, die so waren wie sie. Immerhin war es eine alte Tochterkolonie, einst von deutschen Siedlern gegründet. Vor allem wollte der Vater nicht in Kansk, dem ersten Ort der Verbannung, bleiben. Zwar war die Kommandantur Mitte der Fünfzigerjahre aufgehoben worden, doch durften sie noch immer nicht in ihre ehemaligen Siedlungsgebiete zurückkehren, verbannt *auf ewige Zeiten* waren sie per Dekret von 1948 gewesen, noch so viele Jahre später! Das beschlagnahmte Eigentum wurde nicht zurückgegeben, im Grunde blieb alles wie vorher, nur eine Art Binnenmigration hatte eingesetzt. Alle waren auf der Suche nach verlorenen Familienmitgliedern, Freunden, Zuversicht. So viele Menschen brachen auf, auch im Gebiet Krasnojarsk machten sie sich bereit. Die meisten wollten weiter in den Süden, nur dem Vater gefiel die Idee, nach Halbstadt zu siedeln. Ihn plagten seit der Trudarmee Schmerzen in den Gelenken und im Rücken. Halbstadt war nicht weit. Und trotzdem: Was waren das für Distanzen! So waren er, Tante Nelly und Alexandr an diesen trostlosen Ort gekommen, hatten im Vergleich zu anderen Familien nur eine kleine Strecke hinter sich gebracht, und blieben auch nicht lange, denn der Vater hatte Halbstadt gehasst schon am ersten Tag. Das sind nicht unsere Leute. Keine Perspektiven. Er hatte sich bei Alexandr entschuldigt und einen neuen Versuch vorgeschlagen. Du musst studieren! Der einzige Ort, an den sich der müde Heimatlose jedoch wirklich wünschte, war ein anderer gewesen. Im Gegensatz zu ihm hatte Tante Nelly nie von der Wolga erzählt. Auch heute war es noch so, als hielte der Vater seine Hand über die Zeit vor der Zwangsumsiedlung wie über eine alte Truhe – und darin lag etwas Tröstliches. Ein Zweig voller goldener Blätter.

Als Alexandr aufblickte, war Gregor schon weg, vielleicht hatte er ihn angelächelt, kurz die Hand zum Abschied gehoben, ihn an der Schulter berührt, bevor er gegangen war, aber Alexandr hatte es nicht bemerkt. Jetzt waren kaum noch Menschen auf dem Friedhof. Langsam verwandelte sich der Ort, gut die Hälfte der Elemente, aus denen er bestand, durch etwas anderes ersetzt. Ein paar verlorene Kühe standen zwischen den Grabsteinen und knabberten verzagt an den Blättern giftigen Rhododendrons. Dabei waren einige der Sträucher eingehüllt für den Winter, doch die Tiere zerrten die Blätter unter den Jutesäcken hervor. Die Pflanzen waren ihnen fremd – diese neue Weide, auf die irgendjemand sie verschleppt haben musste. Sie mussten insgeheim damit gerechnet haben, dass die neue Umgebung bitter schmeckte, und darum akzeptierten sie das erstbeste Grünzeug, fanden sich damit ab. Alexandr versuchte eine Handbewegung zu machen, um sie zu den anderen Beeten zu scheuchen, hinüber zu Thymian, Purpurglöckchen und Erika. Aber da trat mit einem Mal eine Frau hinter einem der Grabsteine hervor, die trug ein blaues Tüchlein auf dem Kopf, brünette Haarsträhnen fielen darunter hervor. Sie hatte viel zu große Schuhe an, ein schmutziges Kleid und einen Überwurf gegen die Kälte. Nun kam ein Wind auf, es wollte wieder schneien. Alexandr grub seine Hände in die Manteltaschen und machte ein paar Schritte auf die Frau zu. Beim Näherkommen bemerkte er etwas in ihrem Gesicht, das ihm bekannt vorkam. Nicht zum ersten Mal war sie unerwartet erschienen. Ihr war egal, was die anderen von ihr dachten, oder es gab in Wahrheit gar nichts Wichtigeres für sie. Sie musste die Kühe nur kurz ansehen und die Tiere drehten sich um und suchten sich andere Gräber, andere Pflanzen. Alles passierte geräuschlos. Die Birken traten in den Hintergrund, als machten sie Platz, der Schnee wuchs über die dunklen Stellen der weiß-grauen Stämme, wo die Borke aufbrach in augenförmige Wölbungen.

7

Es war Samstagnachmittag, kurz vor vier. Jonathan setzte sich an einen Tisch in einiger Entfernung, um nicht den Eindruck zu erwecken, er sei nur wegen ihnen hier. Die Familie war zu dritt unterwegs und schien in eine heftige Diskussion verwickelt, doch war es ihm unmöglich, die Wortfetzen zu etwas zu verbinden, was nicht einem wilden, brüchigen Gefüge gleichgekommen wäre, wie Kies oder Geröll zusammengehalten durch eine feinkörnige Matrix, verkittet im Konglomeratgestein. Jonathan verfluchte die Hintergrundmusik, die aus den Lautsprechern fiel und sich an den Gegenständen im Raum abrieb, dieses Tonrauschen, das das Verstehen zu einem noch schwierigeren Filterprozess machte. Sie hatten sich den runden Tisch ganz hinten im Raum ausgesucht, Jonathan schaute aus der gegenüberliegenden Ecke zu ihnen hinüber. Schon die letzten Wochen hatte er versucht, so viel wie möglich über die zugereiste Familie herauszufinden, Familie Miller, aber die meisten seiner Erkenntnisse waren in Wahrheit gar keine, lediglich Machwerke einer heiß laufenden Gerüchteküche – das schnell und schneller Fabrizierte schmiss man den Leuten nur so auf die Tische. An den erfundenen Geschichten beteiligten sich auch Dorfbewohner, die vorher nur Ohren und Augen, nicht aber Münder gehabt hatten, die plötzlich selbst Dichter sein wollten. Die Millers hatten die alte Villa gekauft, das war das Offensichtliche. Sie war umgeben von einem wild wuchernden Garten, die Fassade mit einem Grünschleier behaftet. Der Sohn – Abel mit Namen –, der etwa in Jonathans Alter sein musste, vielleicht ein bisschen jünger, war Mittelpunkt der gegenwärtigen Diskussion, so viel war herauszuhören. Er saß leicht nach vorn gelehnt, die Ellbogen aber nicht auf der Tischplatte aufgestützt, nur die Hände mit den schönen langen Fingern auf der Glasplatte. Jonathan könnte nachher den Abdruck studieren. Er rührte in seinem Kaffee – schnell hatte er ein paar Splitter Kandiszucker in das Getränk fallen lassen –, das half ihm sich zu konzentrieren, und gleichzeitig gab die Geste ihm den Anschein, ganz mit sich selbst beschäftigt zu sein. Dabei war der Kaffee von Anfang an nur lau gewesen, und der Zucker löste sich nur widerwillig.

Die Millers waren dabei, die alte Trauner-Villa zu renovieren. Das war eigentlich das falsche Wort, denn die Änderungen, die sie an dem Gebäude vornahmen, waren grundlegender. Einen großen Container hatten sie sich kommen lassen und warfen jeden Tag alte Möbelstücke und den Schutt eingerissener Wände hinein, einen alten Schlitten, ein Dreirad, vier Barhocker. Jeder Gegenstand fiel mit einem anderen Geräusch, und Jonathan hatte festgestellt, dass sie auf unterschiedliche Weisen fallengelassen wurden. Abel hatte eine Kiste hineingelegt, als gebe er etwas zu Schweres in einen Einkaufswagen, der unten mit leichten, weichen Dingen schon ausstaffiert war, als lägen dort nicht nur die Habseligkeiten der toten Frau Trauner und ihrer Hunde, sondern ein Wert. Frau Miller, die kurz darauf mit einer anderen solchen Kiste – zum Verwechseln ähnlich – aus dem Haus gekommen war, hatte diese geradezu über die Kante geschleudert, als sollten sie ein für alle Mal aufhören zu winseln, die Erinnerungsstücke. Jonathan hatte es mit eigenen Augen gesehen. Nicht sehen konnte er ins Innere. Wie sah es in der Villa aus? Darüber hatte er so gut wie nichts in Erfahrung bringen können, was nicht Spekulation gewesen wäre von Leuten, die in Langeweile vergingen und nur darum fantasievoll waren. Noch nicht.

Seinen Tagesablauf hatte er dergestalt verändert, dass er nach der Mittagspause einen Spaziergang durch den Ort machte. Auch das war eigentlich nicht richtig, es war kein Spaziergang. Sein Weg führte ihn schnurgerade zu der Villa, wo er sich einige Zeit lang in den Schatten der Kastanien herumdrückte, von wo aus er hin und wieder die Frau oder den Mann aus dem Haus kommen sah, die etwas wegwarfen, einen Moment mit der Hand zur Stirn gehoben innehielten, als könnte man sich in solchen Minuten von stundenlang erarbeiteter Erschöpfung kurieren, sie einfach abwischen. Seine Beobachtungen noch ausgiebiger zu gestalten, traute Jonathan sich nicht, sicher würden sie ihn sonst bemerken, das konnte er nicht riskieren. Die gute Dreiviertelstunde, die er insgesamt in diesen Weg investierte und die ihm im Betrieb fehlte, holte er abends nach. Jonathan blieb nun also länger im Büro, bevor er in sein Atelier, sein Zweitbüro, wechseln konnte. Sich hinüberretten. Die Eltern sahen es nicht gern, dass er die üblichen Arbeitszeiten veränderte, aber sie duldeten es. Die Firma war erfolgreich, steigende Nachfrage und Sonderaufträge verlangten allen Mitarbeitern aber sehr viel ab. Jonathan verausgabte sich in sämtlichen Bereichen, es gab nur Weniges, mit dem er partout nichts zu tun haben mochte. Auf keinen Fall wollte er genötigt werden, Produktfotos oder Imagebilder zu schießen, und auch selbst wollte er sich nicht abgelichtet finden neben Drehpflug, Scheibenegge oder einem anderen Gerät für die Bodenbearbeitung. Die Fotografie gehörte nicht in diesen Teil seines Lebens.

Weil aber so eine Art der Beobachtung – immer zur selben Tageszeit und mit nur sehr geringem Spiel der Perspektive – nicht ergiebig war, unternahm Jonathan auch am Wochenende

Abstecher zur Villa. Frühmorgens, spätabends und zu allen möglichen Zeiten dazwischen. Vor einigen Tagen hatte er das erste Foto von dem Haus gemacht. Nicht das erste Foto überhaupt von dem Gebäude, aber das erste, seitdem die Familie Miller dort eingezogen war. Er konnte ja selbst nicht genau sagen, warum er all das tat, was es war, das ihn so faszinierte an den Leuten, aber seit der Begebenheit am Postamt musste er immer wieder an den jungen Mann und die blaue Karte zwischen seinen Fingern denken. Abel Miller. Angeblich hatte er ein Jurastudium abgebrochen. Jonathan fragte sich, woher die Männer der Stammtischrunde – darunter einige Chormitglieder – ihre Informationen bezogen. Am auffälligsten an der Familie Miller war die Tatsache, dass alle drei sehr zurückhaltend waren und sie ihre Grundstücksgrenzen kaum überschritten. Das fiel natürlich auf im Dorf – dass sie da waren und gleichzeitig fehlten. Wenn man sie dann einmal auf der Straße sah, wirkten sie fast wie Heranwachsende, die es mit ihrem Vater-Mutter-Kind-Spielen übertrieben, die darin gefangen waren und keine Worte mehr hatten, um daraus auszubrechen, weder im Spiel noch im echten Leben. Die heutige Kaffeejause – alle drei hatten schwarzen Tee bestellt, dazu zwei Buttersemmeln – war vielleicht die erste Nachmittagsjause außer Haus überhaupt für sie. Und Jonathan hatte sie abgepasst! Zumindest stellte er sich das vor. Mir nichts, dir nichts dichteten die Leute hier einander solche Dinge an, kein Grund beleidigt zu sein. Jonathan schnalzte mit der Zunge. Die zusammengereimten Geschichten waren Entwürfe, Versuche, um überhaupt etwas verstehen zu können, aber dennoch – das eigene Interesse dafür berührte ihn peinlich. Ein paar Ideen hatte er bereits übernommen, von anderen behauptete er sich selbst gegenüber, es seien seine eigenen, die setzte er zusammen zu Skulpturen, verkittete das Gestein. Die Millers hätten die Küche herausgerissen, nur um sie ein Zimmer weiter zu verlegen, dorthin, wo vorher das Wohnzimmer gewesen war. Sie seien eine befreundete Familie der alten Frau Trauner gewesen, wären in jahrelangem Briefkontakt gestanden. Sie hätten die alte Frau Trauner gehasst und nur darauf gewartet, dass endlich das Haus frei würde. Sie hätten sie so sehr geliebt, dass sie ihnen das Haus vererbt hatte. Zuerst hätten sie die Betten entsorgt und sich neue Schlafstätten gebaut. Jonathan schlug sein Notizbüchlein auf, das auch ein Skizzen- und Ideenbuch war. Eine Seite darin hatte er mit Buntstiften bemalt, viele Lagen übereinander schraffiert, Farben zusammenführend, um einen bestimmten Blauton zu erhalten. Ganz gelungen war es ihm nicht. Nun, ein bisschen ist es schon wie Liebe, hörte er in dem Moment Abels Stimme. Jonathan blickte unauffällig zum runden Tisch hinüber, wo Frau Miller von ihrer Semmel abbiss und nickte. Sie hatte die Augen eines alten Teenagers. Enttäuscht sah sie aus, als würde ihr die Semmel nicht schmecken, als hätte sie gehofft, es würde ein schöner Tag werden. Die drei waren vertieft in ihr Gespräch, von dem Jonathan jetzt nur noch die allerkleinsten Fetzen verstehen konnte, keinen ganzen Satz mehr wie eben, wie diesen einen, der in die versehentliche Stille zwischen zwei Radiohits gefallen war.

Die Blätter der Lorbeerkirsche schlugen sanft im Wind. Angeblich wurden sie wegen ihres Blausäuregehalts dafür verwendet, alte Stoffe, wie sie den Königen einst in die Gräber nachgereicht worden waren, wieder geschmeidig zu machen. Da war ein leises Klopfen zu hören, ein Geräusch, wie wenn ein Gegenstand vom Tisch fällt und in eine Ecke rollt, so weit weg, dass man sich überlegt, ihn später erst aufzuheben. Jonathan machte sich klein und verschwand hinter dem Strauch, sodass er gerade noch erspähen konnte, was in den Zimmern der Villa vor sich ging. Der Schreibtisch stand direkt hinter dem Fenster. Jonathan konnte sehen, dass Abel Miller schrieb. Aus dem Rhythmus aus Absetzen und Führen, der offenbaren Länge der Zeilen, den nachdenklichen Blicken aus dem Fenster in die Nacht meinte er schließen zu können, dass es sich hier um einen Brief handelte. Jonathan sah nur die kleinen viereckigen Ausschnitte der erleuchteten Innenräume, er wagte es, sich ein bisschen aufzurichten, um eine bessere Perspektive zu gewinnen. Nun war er Abel schon so nahe, dass er sich fast ein bisschen zugehörig fühlte, als wäre er nicht der stumme Beobachter von außen, in der Kälte mit eisigen Füßen, sondern in einem Raum dazwischen, auf einer Schwelle stehend. Das Fenster zu Abels Zimmer im ersten Stock war trotz der niedrigen Temperaturen gekippt – nicht so weit, wie ein Fenster sich dabei normalerweise öffnete, ein Haken verhinderte das Aufklappen zum Anschlagspunkt. Es blieb nur ein sehr schmaler Spalt für den Luftaustausch. Obwohl er auf jede Kleinigkeit achten wollte, hatte Jonathan dieses Detail übersehen, diesen Haken. Die Lorbeerkirsche regte sich nicht mehr. Jonathan zog die Kamera hervor – er hatte sich heute für die Olympus C-2500L entschieden, seine erste Digitalkamera – und schoss ein paar Bilder von Abels Gestalt im Fensterkreuz, wahrscheinlich alle verwackelt, wie sollte es in der Dunkelheit und ohne Stativ anders sein. Dann ließ er die Kamera wieder in der schwarzen Tasche verschwinden. Vom Anblick Abels konnte er sich nicht losreißen. Er hatte noch nie ein solches Gesicht gesehen. Gerade die zarten geröteten Stellen auf den Seiten, links mehr als rechts, wo aus der Wangenhaut der Bart zu sprießen begann, der gleichmäßig dichter wurde zum Kinn hin, trugen zu dem Eindruck von Vollkommenheit bei und balancierten die Schönheit von Augen und Mund aus, zogen eine Trennlinie, sodass man sich nicht im beglückenden Absuchen des Gesichts verlor, sondern erst an den Augen oder eben dem Mund verweilen konnte. Abel sah seit einiger Zeit von seinem Platz hinter dem Tisch aus nach draußen in die Dunkelheit. Schließlich folgte Jonathan seinem Blick. Der Mond? Sah der junge, schlanke Mann da im Fensterkreuz den Mond an, der war, als gäbe es ihn nicht, nur ein in den Himmel geschnittenes Loch? Ja, es musste das sein, denn bei den Sternen konnte man sich nicht aufhalten, es war ein Nebel vorgeschoben.

Als Jonathan seinen Blick durch die Dunkelheit zog, ihn zurücklenkte, und sich wieder ganz Abel zuwenden wollte, der eingehenden Betrachtung seiner Gestalt, erschrak er. Seine Beine wären fast weggeknickt, der ganze Körper umgefallen wie ein ungenügendes Stativ. Abel starrte ihn direkt an. Jonathan spürte, wie seine Kehle sich zuschnürte, er bekam kaum noch Luft. Aufgeflogen. Er war enttarnt! Wie getroffen von einem herabfallenden Gesteinsbrocken. Abel hatte ihn entdeckt, ihn, wie er da neben der Lorbeerkirsche in der Finsternis hockte und hinaufschaute, mit der schwarzen Fototasche über der Schulter, in dunkelblauer Kleidung, die Kappe auf dem Kopf. Ein Eindringling im Garten. Jonathan konnte sich nicht bewegen, er war festgefroren – und tatsächlich hatte es in dieser Nacht fünf Grad minus. Die Lorbeerkirsche nahm ihr Rauschen wieder auf und jetzt war ihm, als rage er aus ihr geradezu hervor wie ein Leuchtturm – aus weiter Ferne sichtbar zwischen den Wellen. Was würde jetzt geschehen! Er fühlte seine Hände nicht, nicht sein Gesicht, den Mund. Es gab kein Wort, mit dem er sich hätte erklären können. Abel stand auf, löste den Haken aus der Öse, schloss das gekippte Fenster erst und öffnete es dann zur Gänze. Sehr langsam, er hatte Zeit. Es gab vielleicht keine Uhr in seinem Zimmer. Oder im gesamten Haus nicht. Da sah Jonathan, wie plötzlich die Mutter hinter seinem Rücken auftauchte, sie schien übermenschlich groß. Das ist doch nicht dein Ernst, bitte sei gescheit, hörte er sie sagen. Ihre Stimme war viel zu laut. Abel schüttelte unmerklich den Kopf. Als hätte er längst resigniert. Dabei löste er den Blick von Jonathan unten im Garten, gab ihn frei – oder hatte er doch nur für einen Moment die immergrünen Büsche betrachtet, ohne ihn entdeckt zu haben? Du denkst nicht weiter als bis zu den Spitzen deiner Zehen. Und bitten wir dich um einen Gefallen, dann erwischen wir dich immer am falschen Fuß. So habe ich dich nicht erzogen. Jonathan vernahm die Worte von Frau Miller ganz deutlich, fast schlugen sie ein Echo in seinem Körper. Beinahe hätte er die Stimme mit der seiner eigenen Mutter verwechselt – oder war diese das Echo? So bekannt der Tonfall, die Struktur des Vorwurfs. Es war ein erlernbares Handwerk, der Schuld ein Gefäß – vielleicht so etwas wie eine Amphore – zu formen, die später sehr simpel zu befüllen war. Letzteres war in der Tat ein Kinderspiel, wenn nur erst das richtige Gefäß hergestellt worden war. Abel hatte das Fenster wieder geschlossen, diesmal endgültig. Die Mutter stand noch immer in seinem Rücken, als er wieder am Schreibtisch Platz nahm. Jonathan fühlte sich schwach, seine Hände zitterten, der Fotoapparat um seinen Hals zog an ihm. Da spürte er etwas um seine Füße schleichen. Er war noch nicht bereit, einen Schritt zu tun und davonzulaufen, darum ging er langsam in die Knie und streckte die Hand aus. Ein gurrendes Geräusch. Die Katze hatte er noch nie zuvor gesehen, wahrscheinlich gehörte sie zu einem der Nachbarhäuser. Jonathan konnte wieder klar denken. Noch ein paar Kreise drehte sie um ihn, bis er seine Füße wieder bewegen und sich in den Schatten der Pflanzen gedrückt auf den Weg nachhause machen konnte. Die Katze begleitete ihn bis zum alten Feuerwehrdepot. Von dort schaffte er es allein.

8

Wann fliegst du nach Nizza?, fragte Gregor, der am Küchentisch saß, in einer Zeitschrift blätternd, die er aus dem Stapel gezogen hatte. Die Hälfte des Tisches war vollgeräumt mit Medikamenten, Messstreifen, Gläsern, Zangen und Pinseln – sie musste endlich ein bisschen Ordnung schaffen. Lana kniete am Boden, mit der linken Hand stützte sie sich ab, ihre rechte Hand tastete langsam über den Fliesenboden. Wahrscheinlich sah es so aus, als wollte sie Wasseradern in der Erde ausfindig machen. Sie hatte sich noch nicht ganz angezogen, trug nur einen roten BH, aber nicht den, den sie von Gregor geschenkt bekommen hatte, der passte nicht recht. Vielleicht bemerkte er es gar nicht. Bei seiner Frage verzog sie das Gesicht zu einer Grimasse, hielt kurz inne mit der suchenden Hand. Weiß noch nicht. Sie stand auf, und einen Moment war ihr schwarz vor Augen. Du könntest mir auch helfen, sagte sie. Du hast gesagt, ich soll mich nicht bewegen. Lana sah ihm über die Schulter, es war ein komisches Sehen – scharf und verschwommen zugleich, sodass einem schlecht werden konnte. Eine brünette Frau räkelte sich auf einem gelben Sofa, zwei ausdrucklose Augen wie Perlen in ihrem Gesicht. Das Möbelstück musste sehr unbequem sein, unter ihrem Gesäß bildete sich keine einzige Falte auf dem Stoffüberzug, als säße sie auf einem Stein. Das blaue Kleid, das sie trug, schmiegte sich an ihren Körper. Ein kleiner Bauchansatz zeichnete sich ab, das war ein bisschen überraschend. Rechts neben dem Sofa – eigentlich war es eine Chaiselongue – befand sich eine Topfpflanze, ebenso schwebend im Raum, schattenlos, die kitzelte ihre bloßen Fußsohlen, doch ihr Gesicht war wie aus Stein, gleich wie das Möbelstück, auf dem sie liegen musste, für die Ewigkeit. Nur die Falten im glänzenden Zeitschriftenpapier vom Umblättern, Hinschmeißen, vom Umgang mit etwas Wertlosem, gaben ihr eine gewisse Individualität zurück. Was hast du Sarah neulich eigentlich eingeflüstert?, fragte Gregor und schlug die Zeitschrift zu, warf sie auf den Stapel. Lana blinzelte mehrmals. Bitte was? Bei der Chorprobe, sagte er, sie kommt mir seitdem irgendwie komisch vor. Lana war wieder in die Knie gegangen und sah sich genervt um. Und woran merkst du das, das Komisch-Sein? Na, ich merk das schon als Vater, dauernd passt ihr etwas nicht, nichts kann man ihr recht machen. Beim Frühstück darf es plötzlich kein Müsli mehr sein, von der vielen Milch bekäme sie eine schlechte Haut. Von heute auf morgen! Und wenn sie am Abend raus geht, dann geht es mich plötzlich nix mehr an, ob sie mit den Freundinnen ins Kino oder zum Billard fährt. Wo würdest du denn hinfahren – vielleicht ist sie dort. Lana verstand die Aufregung nicht, aber sie kannte Gregors Sorgen, wie ein Lebenselixier kamen sie ihr vor. Ja, und?, fragte sie. Deswegen machst du dir gleich ins Hemd? Wie er da so über ihr saß und schimpfte, fand sie ihn immer unerträglicher. Ich habe ihr gar nichts eingeflüstert, aber freu dich doch, dass sie jetzt was Neues lernt, ein Instrument, meine ich, wenn du schon nicht willst, dass sie wieder zum Sport geht. Zum Sport geht, äffte Gregor sie nach und wackelte mit dem Kopf. Er wippte auf dem Stuhl herum. Was war das nur mit ihnen? Lana fragte sich, wie es sein konnte, dass Lust und Wut so nahtlos ineinander übergingen, dass das Eine das Andere nicht fordernd begrenzte. Als Gregor sich erhob, stampfte er mit dem Fuß auf, als hätte er sich kurz vor der Berührung mit dem Boden noch kontrollierend zurückgehalten. Er schnitt zwei

Scheiben Brot ab und öffnete den Kühlschrank, fand keine Butter und griff darum zu einem mit Alufolie umwickelten Päckchen. Einstweilen hatte Lana die zweite Linse gefunden, sie kurz abgespült und eingesetzt. Sie konnte endlich wieder normal sehen und wäre jetzt durchaus bereit gewesen, Gregor zu beruhigen, ihn wieder in ihren Armen einzufangen – er hätte ihr durch die Haare streicheln, ihr eine Wimper aus dem Gesicht blasen und sich etwas von ihr wünschen dürfen. Aber Gregor musste wieder anfangen und ließ nicht ab von dem elenden Gespräch. Sarah ist ein liebes Mädchen, aber irgendwie verklemmt, sagte sie noch. Gregors Hals schwoll an. Wenn er nicht so berechenbar gewesen wäre. Er klappte die Alufolie auseinander. Was ihn ansah, war ein toter Fisch, klare, runde Augen, ein paar große Schuppen fehlten im silbernen Kleid. Gott, jetzt stell dich nicht so an, fluchte sie und riss ihm das schimmernd verendete Tier aus der Hand.

Die kurze Nachricht von Bernard beschäftigte sie den ganzen Nachmittag, immer wieder schaute sie auf den Computerbildschirm und las seine Mail, die klang wie zwischen Tür und Angel geschrieben oder das Gegenteil davon – stundenlang ausersonnen, wieder und wieder lektoriert, zensiert, bis nur diese schlichten drei Sätze übrig geblieben waren. Für längere Besuche war ihre Wohnung doch gar nicht geeignet, zwar war sie nicht klein, trotzdem gab es kein Gästezimmer, kein zweites Bett, dazu ein viel zu hartes, kleines Sofa, der kalte Fußboden. Auch die Jahreszeit schränkte Lana ein wie ihr enger Filzmantel. Was sollten sie zusammen unternehmen, womit sollte sie ihn die lange Zeit beschäftigen? Was würde er von ihr erwarten, wie malte er sich den Ort aus, an dem seine Mutter lebte? Ihre Finger verkrampften sich, als führe dort das Gefühl der Befangenheit in ihren Körper, gerade die beweglichsten Stellen besonders betroffen. Die Haarsträhne, die ihr vors Gesicht gefallen war, wickelte Lana im Mund um ihre Zungenspitze, bis es wehtat. Wie stellte Bernard sich das vor? Er war kein intellektueller Grübler – obwohl sie ihn einst dafür gehalten hatte. Nur immer der Gute wollte er sein, an allen Fronten. Die Rolle, die er begehrte, war nicht die des verwundeten Helden, nein, seine Hände sollten sein wie jene von Sanitätsschwestern, selbstlos sich aufopfernd, er wollte das Leben der mutigen Krieger retten, mit oder gegen deren Willen. Bei manchen wenigen konnte er sagen, es habe nicht sein sollen, zu spät, und niemand stellte auch nur eine Frage – lauter unfragwürdige Tode, andere Geschichtsausgänge. Und die restlichen, die Wiederbelebten, sollten dann doch klein beigeben und dankbar sein. Und weil es ja Helden waren, dankbar auf ewig. Lana lag in die weiße Decke gehüllt im Bett, auch das Leintuch war locker und alt vor Falten, die übliche morgendliche Unordnung gab ihr ein bisschen Sicherheit. Sie starrte an die Zimmerdecke, sah schon, wie Bernard sich über sie beugte, den Kopf schüttelte. Leider ein hoffnungsloser Fall. Da hatte er sich natürlich von ihr trennen müssen. Obwohl sie schneller hatte sein wollen. Keine Spur von Dankbarkeit für ihn. Aber sie musste zugeben, die Rolle des Helfers und Retters stand ihm gut, auch im Beruf hatte er damit Erfolg. Die geplante Geschäftsreise würde er natürlich antreten, obwohl Lana sich kaum vorstellen konnte, dass seine Funktion von derartiger Wichtigkeit war. Es hätte zahlreiche andere Möglichkeiten gegeben, den gemeinsamen Sohn unterzubringen, er könnte zum Beispiel in irgendein Camp für Kinder – die Tage fielen in die französischen Winterferien. Er war jetzt zwölf, genau das richtige Alter für so etwas. Oder Bernards neue Freundin – warum konnte die sich nicht um Tom kümmern? Die Unterbringung während Bernards Abwesenheit hätte kaum einer Planung bedurft, nur kleiner Absprachen innerhalb der überschaubaren Welt von Nizza, aber die Mail erwähnte nichts davon. Kaum Worte, eine Antwort eigentlich nicht nötig auf die kurze Frage, ob es ihr denn recht sei, wenn Tom für zwei Wochen zu ihr käme. Eingerahmt von zwei Phrasen, eine davon die übliche Begrüßung – *Salut Lana* –, und da wuchs schon eine enorme Distanz aus jedem Buchstaben ihres Namens –, die andere ein dummer Abschied, hinter den sie einen Punkt hätte setzen wollen. Es gab keine Möglichkeit, diesen präzisen Vorstoß zu parieren. Oder war es in Wahrheit der kleine Tommi selbst, der den Wunsch geäußert hatte? Und da konnte sie gar nichts dagegen haben, sie war ja kein Unmensch, obwohl sie auch kein Mensch war wie die Großmutter, so jemand, den die anderen nicht verdient hatten. Lana stellte sich das Gesicht ihres Sohnes vor, aber es war nur ein prototypisches Kindergesicht, das sie entwarf – wie ein Kind ein Kind zeichnen würde. Mit gelben Haaren und Stachelfingern. Immerhin reicherte sie die Zeichnung an mit einer winzigen Narbe durch die linke Augenbraue und ein paar Sommersprossen. Lana schloss kurz die Augen, und als sie sie wieder öffnete, fiel ihr an der Zimmerdecke ein Fleck auf, nein, es waren in Wahrheit fünf kleinere und ein größerer, hellerer. Der Abdruck einer schmutzigen Handfläche. Lana konnte sich nicht erinnern, wann und warum sie dort eine Hand aufgelegt hatte. Eine ganz fremde Berührung in ihrem Schlafzimmer, eine kalte Stelle, und gleichzeitig der Hauch von Liebenswürdigkeit dort oben außer Reichweite.

Jedes Mal wieder war sie überrascht gewesen, wie klein Bernards Wohnung doch war. Zweimal im Jahr kam sie nach Nizza, meistens im Frühling und im Spätsommer. Aber es brachte sie der Stadt nicht mehr näher wie früher. Die Wohnung lag nicht sehr weit vom Bahnhof entfernt, von dort waren es höchstens zehn Minuten zu Fuß, dann fand man sich schon im ungewöhnlich hellen Stiegenhaus in der Rue de Russie wieder, die Haustür unten war häufig nur angelehnt. Zweiter Stock, drei Schritte nach links, Wohnung Nummer fünf. So geht man im Geist die Wege ab. Bernard, der die Tür aufzieht und sogleich in ihrem Schatten verschwindet. Durch diese Öffnung hineingeschlüpft plötzlich im Vorraum mit bloßen Füßen, die Sandalen in das Holzregal gestellt, es war schon so warm draußen. Dann konnte man an die Tür gleich zur Linken klopfen. Eigentlich musste man nicht klopfen. Das war jetzt Toms Zimmer, früher eine Art Arbeits- und Freizeitzimmer in einem, nicht nur das. Ein bodenlanger gelber Vorhang hing vor dem Fenster, ein zeitloser Ledersessel, ein Schreibtisch, vergessene Zimmerpflanzen in zu kleinen Töpfen. Am späten Nachmittag fiel dort ein besonderes Licht ein, das war wie ein geheimes Vermögen, ein unumkämpftes Erbe, da war sich Lana immer sicher, ein wertvoller Stoff. Obwohl es nun Kinderzimmer war, hatte sich daran kaum etwas verändert. Nur ein Bett für den Sohn hatte Bernard noch hineingequetscht. In diesem Raum hatten Lana und Bernard einst die meiste Zeit miteinander verbracht, es war so eine Coup-de-foudre-Geschichte gewesen. Einzelne Wortfetzen der Nachbarn und Geräusche von der Straße, Autohupen, Schimpfwörter, die sich in Lanas Seufzer gemischt hatten, das Stöhnen, *putain*. Die Wände waren sehr hellhörig und in jenen Momenten war sie sich jedes noch so leisen Geräusches bewusst gewesen. Sie hatte auf diese Weise sogar ein bisschen Französisch gelernt, nur ein bisschen, denn Bernard, der die eine so gut wie die andere Sprache beherrschte, hatte nur auf Deutsch mit ihr gesprochen, als wolle er ihr seine Sprache verheimlichen. Vielleicht hatte er sonst kein Geheimnis. Lana gönnte es ihm.

Die Risse in den Hausfassaden waren Gesichter mit breiten Mündern. Wie konnte sich in nichts als einer waagrechten Linie, aus der grauer Schutt bröckelte, ein solcher Vorwurf verstecken? Mit der Hand konnte man Teile ausbrechen, dann tat sich da und dort ein neues Loch auf, Zähne oder Zungen, die über die Unterlippe ragten. Graffitis hatten sich hier noch nicht durchgesetzt, es sprachen nur die blanken Mauern mit Lana. Auf dem gesamten Weg begegnete sie keinem Menschen. Es war ungewöhnlich warm geworden, aber die Blätter der Buchen am Waldrand hingen noch als nasse Lappen an den Ästen. Ein Nicht-Loslassen-Wollen. Eine seltsame Eigenheit und es hieß ja, die Bäume würden individuelle Entscheidungen treffen.

Sie öffnete das Gartentor vor dem neuen Mehrparteienhaus. Das hatte etwas Lächerliches, dieses Türchen – gerade so hoch, dass es knapp bis zur Hüfte reichte –, ebenso wie das einfallslose Haus dahinter. Es passte überhaupt nicht ins Dorf. Lana konnte sich schon vorstellen, dass Jonathan nicht gern hier wohnte. Aber wenigstens war er endlich von zuhause ausgezogen. Sie drückte auf die Klingeltaste, nochmal, nochmal. Natürlich hätte ein Anruf zur Ankündigung nicht geschadet, aber wie sich am Telefon erklären? Dann drückte sie die höchste Nummer am Bord, das war die Zwanzig. Sofort ertönte der Türsummer. Jonathan wohnte im Erdgeschoß.

Genau genommen hätte sie auch ums Gebäude herumgehen und gegen die Terrassentür klopfen können, doch irgendwie schien ihr das nicht richtig – nicht bei ihm, er war immerhin jemand, der zu Tode erschrecken konnte. Lana hörte, wie sich in einem der oberen Stockwerke eine Tür öffnete, gefolgt von der Stille des Hinunterhörens, dann schloss sich diese Öffnung wieder. Kein Rufen, kein weiterer Laut, nichts. Unweigerlich musste Lana sich kurz vorstellen, es wohnte vielleicht eine sehr alte Frau in der zwanzigsten Wohnung ganz oben, die nicht mehr wusste, was Besuch ist. In den Wohnhäusern in dieser Straße wohnten ansonsten fast nur Singles und junge Pärchen in Jonathans Alter – die Zeit überbrückend, bis sie ihr Elternhaus erbten –, Lana kannte viele von ihnen flüchtig. Die weißen Fliesen verliehen dem Stiegenhaus die Atmosphäre eines Ärztezentrums. Lana klopfte an Jonathans Wohnungstür. Sie spürte, dass er da war. Zögerlich öffnete er, nur eine Handspanne breit, einen Spalt. Seine Hose fiel ihr trotzdem sofort auf – dass es kein Rock war, war alles andere als eindeutig. Jonathan sah sie verdutzt an. Nach einer knappen Begrüßung schob sie sich schon in seine Wohnung, während er noch steif im Weg stand.

Entschuldige, aber ich brauche unbedingt dieses Foto zurück, weißt du. Sie räusperte sich. Welches Foto?, fragte er. Na, tu nicht so, du hast ja von allen Fotos gesammelt, von mir hast du auch ein paar bekommen! Jonathans Unschlüssigkeit, seine Überraschung machten Lana ungeduldig. Im Grunde hätte ihr das peinlich sein müssen. Sie war sich der Absurdität ihres Kommens und ihrer Forderung völlig bewusst. Jonathan murmelte etwas vor sich hin, neben seinen Schuhen stehend, die sich im Vorzimmer stapelten. Ja, murmelte er schließlich und ging zwei Schritte ins Wohnzimmer, ich sehe gleich nach, wo ich sie habe. Lana folgte ihm, drängte ihn weiter. Während er in einem angrenzenden Zimmer verschwand, blieb sie auf dem dünnen Perser in der Mitte des Raumes stehen, zu ihren Füßen lauter springende Fische. Zum Warten genötigt, begann sie damit, die Einrichtung der Junggesellenwohnung zu studieren, und war ein bisschen erstaunt, wie konservativ sie doch anmutete – sie wunderte sich über die große dunkle Wohnwand mit Fernseher, die Vitrine gegenüber aus demselben Holz mit einem bronzenen Kerzenständer darauf. Statt der vorgesehenen fünf Teelichter klebte nur eine Kerze in Form einer zusammengerollten Schlange an der Form fest. In der Ecke zur Terrasse und dem Vorgarten stand ein dunkelblaues Sofa. Vor den geschlossenen Vorhängen ein Stativ von der Größe eines Kindes. Tommi. Auf dem niedrigen Tisch davor waren Fotos in einer Reihe aufgelegt, daneben ein aufgeschlagenes Heft, Stifte und … Wonach suche ich eigentlich genau?, hörte sie Jonathan plötzlich aus dem Nebenraum fragen, als wäre er erst jetzt erwacht und hätte realisiert, dass sie in seinem Wohnzimmer stand, wartend. Aber nein, natürlich – Lana hatte vergessen, dass sie ihm die Fotografien anonym übergeben hatte. Sie hatte genau darauf geachtet, nur Bilder auszuwählen, auf denen er nichts wiedererkennen konnte, und hatte sie in einem Kuvert in seinem Briefkasten versenkt. Lana machte ein paar Schritte auf Jonathan zu, schaute durch die offenstehende Tür zu ihm hin, der am Boden vor einer Schranklade kniete, die Hände im Schatten des Hohlraums verborgen. Es sah aus, als fehlten ihm die Unterarme. Also, da ist ein kleiner Bub abgebildet, ein Volksschüler, ich glaube, er schaut aus dem Fenster, oder auch nicht, aber ein großes Fenster ist da auf jeden Fall, oder mit gelben Vorhängen davor, vielleicht sieht man nur

Vorhangstoff, kein Fenster. Blaue Augen hat er. Jonathan hielt inne. Er stand auf, und Lana hatte plötzlich Lust zu rauchen. Nicht hier, sagte er nur und zog sich eine andere Hose an. Einfach so. Lana stand stumm daneben. Dann fuhren sie in sein Zweitbüro.

Die Skulptur setzte sich zusammen aus miteinander verschweißten Blechabfällen, ein bisschen fühlte sich Lana an die merkwürdigen Gebilde erinnert, die an Silvesterabenden beim Bleigießen entstanden. Das konnte ein Flügel sein, der an einem Schiffsbauch hing, oben eine winzige Gestalt, die auf einer Stelze tänzelte. Auf den nächsten Blick das Ganze doch mehr Wrack als Glücksbringer. Lana fühlte sich nicht wohl im Leuchtstoffröhrenlicht, das den Werkraum erhellte – sie hatte begriffen, dass Jonathans Rede von seinem Zweitbüro eher ein großes Bastelzimmer meinte. Und hier fand sie auch ihre Vorstellungen von künstlerischer Beengtheit bestätigt, rechts und links hölzerne Kisten und mannshohe Stellagen, vollgeräumt mit lauter Dingen, für die sie keine Bezeichnung hatte. Neben den Materialien für seine Skulpturen und den dafür benötigten Gerätschaften wie Bohrmaschine oder Lötkolben, die sie auf einer Werkbank unter einer ganzen Wand voller Zangen entdeckte, bewahrte Jonathan hier auch seine Fotoausrüstung auf. In seiner Wohnung hatte sie nur dieses Stativ bemerkt. Auf einem der Regale reihten sich nun Objektivlinsen aneinander, sie besaßen keine Deckel, lauter stille Beobachter, die ihr hinterherzuschauen schienen, als sie Jonathan zum Schreibtisch folgte. Er zog einen Rollwagen unter der Tischplatte hervor und drehte den Schlüssel in der obersten Lade. Dann öffnete er die unterste. Suchst du einstweilen hier?, fragte er. Anstatt zu nicken ging Lana sofort in die Knie. Wirr übereinander stapelten sich die Fotos, eine kleine Wühlkiste voller Schnappschüsse. Wie sollte sie darin ihren Sohn wiederfinden? Aber kein Weg führte daran vorbei – am alten Hochzeitsbild, einem Pärchen am See, der Honigschleuder und der Kücheneinrichtung mit Ameisenstraße und Kinderhänden, hier der Dom, die bekannte Sehenswürdigkeit – und plötzlich das Bild eines stillen Gartens mit unscharfen weißen Plastikstühlen, wie sie früher einmal jeder hatte. Bernard war nur von hinten zu sehen, er hatte sich nicht zu ihr umgedreht, sein Bruder machte ein unvorteilhaftes Gesicht, weil er gerade sprach. Sie separierte das Bild von den anderen, indem sie es hervorzog und auf den Tisch legte. Als wäre diese Erinnerung etwas Besseres. Lana fand noch zwei weitere Fotos, die sie Jonathan vor einiger Zeit überlassen hatte. Aber das, wonach sie suchte, war nicht darunter. Jonathan hatte sich einstweilen auf einen Stuhl an der Wand sinken lassen. Hier ist es nicht, sagte sie und wandte sich zu ihm um. In Jonathans feinen Zügen zeichnete sich zunehmend Ärger ab. Er gab kein widerwilliges Wort von sich, aber Lana merkte auch so, dass ihre Anwesenheit ihm nicht recht war, dass er nur darauf wartete, sie wieder hinaus ins Freie zu begleiten. Jetzt ging er zu ihr hinüber, griff ohne ein weiteres Wort nach einem grünen Ordner, der auf dem Tisch lag, und begann, die darin abgehefteten Papierbögen durchzusehen. Oben klebte jeweils ein Foto, darunter handschriftliche Texte, von denen Lana nur einzelne Wörter aufschnappen konnte, so schnell blätterte Jonathan die Bögen um. Dann konzentrierte sie sich nur noch auf die Fotos, um das eine Bild nicht zu verpassen. Das ist er! Jonathan griff zum Stanleymesser und schnitt den Sohn frei. Voilà.

Als sie ihre Wohnungstür hinter sich zuzog, trug Lana vier Bilder bei sich. Es roch nach Kaffee. Gregor machte sich in der Küche zu schaffen. Noch immer war es ungewohnt, dass er einen eigenen Schlüssel hatte. Sie hatte ihm ihren Schlüsselbund einmal in die Hand gedrückt mit der Aufforderung, er solle sich gefälligst einen nachmachen lassen. Nun kam er nicht oft und immer mit Voranmeldung, auch diesmal. Eigentlich sinnlos, der Schlüssel. Aber Kaffee hatte er schon gemacht. Sie freute sich, dass er da war. Die Bilder legte sie auf den Küchentisch. Gregor drehte sich um. Er fragte nicht, wer der Bub vor dem gelben Hintergrund war, er hatte ein Auge für Kinder. Lana spürte seine kaffeewarme Hand im Nacken. Tommi blickte sie an, ein Auge größer als das andere. In Wirklichkeit war der Unterschied kaum zu erkennen, nur auf diesem Bild, das sie darum nicht gemocht hatte. Er saß vor dem Fenster in seinem Zimmer, die gute Tageszeit mit dem besonderen Licht war schon vorüber, deswegen war der Vorhang zugezogen – in der Mitte, in der Überlappung der beiden Stoffteile, ein dunkler senkrechter Streifen. Tommi trug ein Kinderhemd – Lana erinnerte sich zuerst nicht, warum Bernard und sie ihn so zurechtgemacht hatten, aber plötzlich fiel es ihr wieder ein. Es war Bernards Geburtstag gewesen, mittags hatten sie Freunde eingeladen, der sechsjährige Tommi hatte damals den ganzen Nachmittag lang in dem blöden Hemd spielen müssen, weil sie meinten, dass er besonders hübsch darin aussehe. Bernards Freunde übten sich in Bewunderung, wie es sich gehörte. Weder sie noch Bernard hatten dieses Foto von Tom geschossen, es musste Chloé oder – wie hieß er? – dieser Pascal gewesen sein.

Nach dem Sex war Gregor eingeschlafen. Sie würde ihn in spätestens einer halben Stunde wecken müssen, er musste rechtzeitig nachhause zu seiner Tochter und würde ihr böse sein, wenn sie ihn schlafen ließe. Lana drehte die Ringe an ihrer Hand. Nur noch ein paar Minuten. Ihr ging ein Gedanke nicht aus dem Kopf. Irgendetwas in Jonathans Wohnung hatte sie irritiert. Nicht die spießige Einrichtung – die hatten wahrscheinlich seine Eltern für ihn ausgesucht. Es war etwas anderes. Eigentlich idiotisch, sich in Anbetracht der vielen Absonderlichkeiten seiner Kunst und der Fotosammlungen genau über dieses Detail zu wundern, denn mehr war es nicht, aber: Auf dem Sofatisch im Wohnzimmer war Lana ein Notizheft aufgefallen, daneben ein Farbregister, wie diese Art Prospekte, aus denen man sich eine passende Wandfarbe fürs Eigenheim aussuchen konnte. Allerdings waren aus diesem Exemplar fast alle Farben herausgetrennt gewesen, übrig geblieben war nur die blaue Palette. Aber das war nicht alles. Direkt daneben hatten sich Fotografien aneinandergereiht, waren so drapiert, dass sie sich jeweils um gut einen Zentimeter überlappten. Es war zu vermuten, dass sie eine logische Abfolge bildeten. Gar einen individuellen Tagesablauf nachzeichneten? Dies waren keine bunt durcheinandergewürfelten Fotos wie das Sammelsurium in Jonathans Zweitbüro gewesen. Das Stillleben auf dem Sofatisch hatte ganz im Gegenteil den Eindruck erweckt, als hätte Lana ihn in seinen Plänen gestört, als wäre Jonathan durch ihr Kommen gezwungen gewesen, sich davon loszureißen, von dem abzulassen, woran auch immer er sich da zu schaffen machte. Seine Fingerabdrücke auf allen Bildern. Urheber dieser Fotos konnte nur er selbst sein, da war Lana sich sicher, denn sie waren einheitlich in Format und Qualität und … und sie zeigten alle einen jungen Mann, den sie nicht kannte, vor der Kulisse des Dorfes. Und vor einer Villa.

9

Die gelben Vorhänge sind schwer, dahinter ist ein Fensterflügel geöffnet. Trotzdem kein Luftzug, der sich im Vorhang oder im Hemd des Buben fängt. Eine Bewegungslosigkeit der Stoffe, die nicht zu Lasten der Fotografie geht. Das Kleidungsstück ist neu, verhält sich dem Körper gegenüber noch scheu, beult sich aus, steht ab, ist eine steife Hülle um ihn. Der Bub sitzt, als würde er gemalt, sein Körper leicht seitlich ausgerichtet, nur die Augen kommen aus dem Bild heraus – das rechte (nein, sein linkes Auge) ein bisschen kleiner als das andere. Dieses Zukneifen als das einzig Lebendige in dieser Miene (mit der er fragt: Du? Nicht mehr als dieses Wort.) Über dem kleineren Auge eine Braue mit einer farblosen Narbe. Und ein merkwürdiges Fehlen von Wimpern, das wirkt wie ein Verstärker für jedwedes Anzeigen von Kränkung. Und wenn es länger dauert, das Schweigen vor dem Abdrücken, dann vielleicht eine zweite Frage: Was wirst du jemals damit anfangen? Der Bub ist sechs oder sieben Jahre alt – man kann sehen, dass er schon zur Schule geht, dass er schon Pflichten abseits der Spiele hat und nachmittags in irgendwelche Hefte schreibt, die er herzeigen muss, obwohl er es gern tut – weil er es jetzt muss, ist es nicht mehr das Gleiche. Während die eine Hand nicht sichtbar ist, liegt die andere auf dem Leder des Fauteuils, in einer Manier, als wäre er ein Reiter, der sein Pferd lobt, zuerst dreimal sanft klopfen, dann ein längeres Handauflegen. Vielleicht sind sie soeben von einem langen Ausritt zu Erkundungszwecken zurückgekehrt. Hinter dem Vorhang vermutlich schon das nächste Wohnhaus, aber wer weiß, ob nicht dahinter, in der Ferne, ein Steppenland beginnt, wenn solche Landschaften denn einfach so beginnen können. Das Hemd ist noch weiß. Wer hat es ihm angezogen? Vielleicht will man ihm später zeigen, wie er ausgesehen hat, und die Sache mit den Augen wird dann nicht mehr auffallen, es wächst sich aus. Dann werden die Eltern so erzählen: Schau, du warst ein hässliches Kind, aber so hübsch bist du heute! Man wird es nicht glauben. Der Tag kann morgen sein. Oder er war schon.

Wer hat hier gewohnt?, fragte Jonathan und machte ein paar Schritte, um durch ein Fenster in den Innenraum zu spähen. Die Hütte gefiel ihm. Alexandr zuckte mit den Schultern und antwortete dann: Frau Seiger. Die Jonathan nicht kannte, und dennoch war aus dem Tonfall für ihn zu schließen, dass sie nicht mehr am Leben war. Sie standen am Fuße der Außentreppe zu Alexandrs Wohnung im ersten Stock. Der Chorleiter hatte Jonathan eingeladen, er hatte noch ein Foto für ihn gefunden, das er ihm geben wollte, aber es war nicht nur das. Jonathan spürte, dass es noch einen anderen Grund gab. Bei der Gelegenheit kannst du ein bisschen länger bleiben, hatte Alexandr gesagt, als wäre es ihm auch darauf angekommen, jeder Spontanität vorzubeugen. Oder die Wahrheit war einfach, und Alexandr war zu viel allein. Jonathan mochte den russlanddeutschen Chorleiter, den Aussiedler mit seiner unscheinbaren Gestalt und seiner Bescheidenheit, in dem dennoch große Kraft steckte. Wie wütend und laut er plötzlich werden konnte, wenn man ihn zu lange nicht verstand. Es gab Felder, auf die man in seiner Gegenwart nicht die Füße setzen durfte.

Jonathan war zum ersten Mal in Alexandrs Wohnung. Kein Platz für Firlefanz, für irgendeine Form unnötigen Anhäufens von Nebensächlichkeiten – und doch bewahrte auch er solche geheimnisvollen Dinge auf, die ihren Wert sofort verloren haben würden mit dem Ableben des Mitwissenden.

Jonathan vermutete sogar, dass er – obwohl er so viel weniger besaß als andere – von solchen Gegenständen sehr viele hatte. Nebensächlichkeiten war das falsche Wort, vielleicht war dies das Wertvollste. Die kleine Unterkunft hatte etwas von einem Versteck. Du hast gesagt, es geht immer ums Licht, erinnerte Alexandr ihn. Heute sind keine guten Verhältnisse zum Fotografieren, schätze ich. Jonathan machte eine wegwerfende Geste und ließ sich der Aufforderung folgend auf der Bettkante nieder, denn in Alexandrs Wohnung gab es außer dem Klavierhocker nur einen einzigen Stuhl. Dort nahm Alexandr jetzt selbst Platz. Sie tranken schwarzen Tee mit Marmelade. Nicht gekocht, nur Himbeeren und Zucker kurz erwärmt, dann eingefroren, erklärte Alexandr, der gar nicht steif war jetzt, und Jonathan hatte Lust, die Hand des älteren Mannes zu berühren, als könnte sie ihn einen Schritt weiter ziehen. *Warenje*, sagt man, beharrte der Chorleiter, nicht Marmelade. Aber Jonathan hatte seine Aufmerksamkeit einer Fotografie zugewandt, die im Regal an ein paar Buchrücken lehnte und die Namen der Autoren verdeckte. Ersetzte. Darauf zu sehen waren fünf Männer inmitten eines Waldes, die Gesichter mager und müde der Blick, zwei schienen zu lächeln, vielleicht versuchten die anderen das auch, die Kleidung zu groß und zu dunkel. Es war eines dieser Bilder, die einen glauben machten, die Farben seien ebenfalls nicht immer schon da gewesen. Alexandr gab noch einen Löffel der klebrigen roten Paste in den Tee und rührte im Uhrzeigersinn. Sie unterhielten sich ein bisschen über den Chor – Alexandr wollte ihn ein Solo singen lassen, es zumindest einmal ausprobieren. Das hatte er vor ein paar Wochen im Gasthaus schon erwähnt. Sonst komme immer Stefan zum Zug. Und ganz ehrlich, das klingt nach nichts. Das sagte Alexandr wirklich! Wenn er singt: Hast du dort oben vergessen auf mich? Das klingt nach nichts. Jonathan nickte, und als Alexandr zur Küchenzeile ging, um mehr Wasser zu kochen, stand er auf und trat vor das Regal. Er fuhr mit dem Finger über die Bücher, die ein ganzes Regalbrett füllten, über ein Meter Kinderbücher. Soweit er wusste, hatte Alexandr selbst keine Kinder, aber die meisten Bücher waren neu oder zumindest nicht alt genug, um die Lektüre seiner eigenen Kindheit und Jugend zu sein. Der Name *Hänsel* war verdeckt von dem Foto der Männer im Wald, *und Gretel* wuchs aus den schwarz-weißen Stämmen empor. Auf dem Foto stand in Bleistiftschreibschrift *Reschoty, 1946*. Und diese Männer hatten sicher keine Brotkrumen, die sie verstreuen konnten, um den Weg zurück aus dem Wald zu finden. Vielleicht gab es so einen Weg gar nicht. Jonathan hatte keine Ahnung, wo dieser Ort lag, aber er traute sich nicht, danach zu fragen. Stattdessen wandte er sich ab und sagte laut: Gibt es Postkarten von der Wolga? Alexandr kam mit der wieder aufgefüllten Teekanne in der Hand auf ihn zu. Er machte ein Gesicht, als hätte Jonathan die Frage in einer ausgestorbenen Sprache gestellt. Sie setzten sich wieder. Einer von ihnen hatte noch einen Rest des alten, schon kaltgewordenen Tees in der Tasse. Vielleicht hatten sie die Tassen vertauscht. Alexandr trank schnell aus und erzählte dann ein bisschen von dem Fluss, an den er sich nicht erinnerte – das eine schloss das andere nicht aus. Es waren die überlieferten, die erzählten Ufer. Und die Farbe?, fragte Jonathan mehrmals dazwischen, aber Alexandr konnte darüber nichts sagen und er wusste auch nichts über die Familie Miller, auf die Jonathan nach einiger Zeit geschickt das Gespräch gelenkt hatte. Gerade als Jonathan schon das Interesse verlor und sich wieder auf den Weg machen wollte, es werde ja schon so früh dunkel jetzt, erwähnte Alexandr die Villa. Du warst schon einmal in dem Haus? Jonathan starrte ihn an. Ja, antwortete Alexandr, Frau Trauner hat mich einmal eingeladen. Sie hat sich sehr für Musik interessiert. Wir haben uns einen Abend lang CDs angehört. Ich habe gedacht, sie würde mich wieder einladen, aber das ist nicht passiert. Wir sind halt doch feig, wir alten Leute. Sie war deutlich älter als ich. Angst hat große Augen, sagt man, die hatte sie auch. Alexandr erzählte noch ein bisschen von der Villa, der schönen, geschwungenen Treppe, dem leicht modrigen Geruch im Erdgeschoß. Zumindest als ich dort war, ist mir das aufgefallen. Manche Türen im Haus hatte sie versperrt, vielleicht wegen der Hunde, die waren auch nicht mehr die jüngsten, zwei kluge Golden Retriever. Jonathan war ein guter Zuhörer. Zumindest als er bei Alexandr war.

Das Licht hatte sich verändert, man konnte durch den Hochnebel direkt in die Sonne schauen, die Erde satt und feucht. Jonathan bat Alexandr, das Fenster leicht zu öffnen, genau so. Und sich dahinter zu stellen, nein, ein bisschen weiter weg. Dann lief er zur Tür und eilte die Holztreppe hinunter, blieb im kleinen Vorgarten stehen, die Kamera vorm Gesicht. Er suchte nach diesem einen Bild, das Klarheit schaffen würde, das mehr zeigen würde als nur Alexandr hinter seinem Fenster mit den Reflexionen aus Himmel und kahlen Bäumen in seinem Gesicht. Bevor er abdrückte, glaubte er jedes Mal für den Bruchteil eines Moments, Alexandrs Gestalt sei zur Gänze verschwunden, doch es war nur eine merkwürdige Täuschung. Natürlich stand der Chorleiter dort, wo Jonathan ihn positioniert hatte, stand da ihm zuliebe wie ein Vater, der ein wenig Zeit hatte. Für Nebensächlichkeiten. Einer der Männer auf dem Foto, das an den Büchern lehnte, musste Alexandrs Vater sein, aber Jonathan hatte es nicht eingehend genug studiert, darum konnte er nicht mit Sicherheit sagen, ob der Vater einer der beiden Männer war, die lächelten, wie von einer fernen Macht, einer Hoffnung, die gar nicht ihnen selbst gehörte, hineingezwungen in das Lächeln. An einem Ort, den man ins Schweigen verlegt hatte, nach einem viel zu langen Winter. Jonathan wünschte sich, dass es wärmer wurde.

Und waren wir heute gut?

Mir hat's gefallen, auch dein Part. Aber ich hab nicht so viel gehört. Außerdem würdest du dich nicht trauen, diese Frage Alexandr zu stellen.

Natürlich nicht.

Lana lachte. Ich kenne euch ja.

Kann ich dich etwas fragen?

Nur zu, aber du weißt, in Wahrheit stelle ich die Fragen.

Die nach den Getränken und dem Essen vielleicht.

Also, frag schon.

Warum warst du neulich bei mir?

Was soll das für eine Frage sein, das habe ich doch gesagt.

Du wolltest die Fotos.

Sie zuckte mit den Schultern. Und ich habe sie bekommen.

Warum so dringend?

Ist doch egal.

Ja, schon, ich dachte nur –

Na dann denk nur. Ich hab sie halt ganz schnell haben müssen. Ich brauche die Fotos, um mich zu erinnern. Um mich zu erinnern an das, was gewesen ist, und so.

Hm, machte er. Ja, was sonst.

So einfach.

Er schwieg ein Echo hervor.

Lana fing es auf: So einfach. Magst noch einen Weißen?

Na gut.

Jonathans Mutter hörte gar nicht mehr auf zu reden, sobald alle anderen am Tisch saßen. Währenddessen bereitete sie das Essen vor. Und obwohl sie dabei mit dem Rücken zu ihnen stand, mussten sie ihr ohne Unterbrechung ihre Aufmerksamkeit schenken. Sie sprach von der Aufführung, der sie vergangenen Samstag in der Bezirkshauptstadt beigewohnt hatte, wo alle sich für etwas Besseres hielten. Mit meiner Cousine, ganz recht. Das übliche Spiel, ein bisschen Verwechslung hier, ein paar Zweideutigkeiten dort – so wie man es kennt. Die Frau Sighardt habe ein violettes Kostüm getragen, fuhr sie fort, unvorteilhaft um die Hüfte, der Herr Schütz aber sei zum Schreien gewesen als Butler, und sein Kostüm, ganz wunderbar. Flüssig das Thema wechselnd kam sie auf die Auftragslage in der Firma zu sprechen. Im Büro gab es ein neues Lehrmädchen, ein sanftes Geschöpf. Wird nicht lange durchhalten. Na ja, in der Produktion ist es immer dasselbe. Kein vernünftiger Maschinenbauer weit und breit. Die Mutter machte erst eine Pause, als jeder einen reichlich beladenen Teller vor sich stehen hatte. Seitdem sie so von der Arthrose geplagt war, hatte sie plötzlich das Bedürfnis, jahrzehntelang vernachlässigte Kontakte zu reaktivieren. Als hätte das etwas mit steifen Knien und Rückenschmerzen zu tun. Das tut dir auch gut, wirst sehen, darfst dich nicht immer so abkapseln, hatte sie zu Jonathan gesagt.

Die befreundete Familie erfüllte die Erwartungen. Schön ist es bei euch, sagte Christoph. Sie wohnten gut vierzig Kilometer entfernt, in einem Ort mit Schigebiet, wo Jonathans

Eltern eine Ferienwohnung mit zu kleinen Fenstern besaßen. Christophs Frau stocherte in den Fisolen. Die Tochter war Mitte zwanzig und hatte sehr schmale Handgelenke, sie trug ein einfaches dunkles Kleid – um die Taille ein blaues Band anstatt eines Gürtels, das war Jonathan sofort ins Auge gefallen, als sie zu dritt das Haus betreten hatten und die Tochter vor ihren Eltern hatte her spazieren müssen, zuerst durch die Tür geschoben. Ihr Name war Hemma. Auch ein Einzelkind, sie studierte irgendetwas. Jonathan war schon früher gekommen und hatte seiner Mutter bei den Vorbereitungen geholfen, der Vater war wie immer zu spät. Ich würde gern einen Kaffee trinken, sagte Hemma nach dem Essen, und es war das Einzige, das sie von sich aus sagte an diesem Abend, wo sie sonst nur auf die gestellten Fragen höflich und abweisend geantwortet hatte. Jonathan konnte nicht anders, als ihr daraufhin ganz offen in die Augen zu schauen, ohne etwas hinzuzufügen. Er trank keinen Kaffee, er spielte nicht mit, er schaute ihr nur unverhohlen ins Gesicht, wo er nichts zu suchen hatte – nichts, außer einer Antwort auf seine persönliche Frage: ob Abel ihr Gesicht gefallen würde? Ob er sich zu der jungen Hemma würde hingezogen fühlen, wenn er ihr denn so gegenübersäße wie jetzt er selbst an diesem Tisch mit den Eltern zusammen? Wenn Abel kurz mit ihm Platz getauscht hätte? Sie nahm die schmalen Handgelenke vor die Brust, das Band war an ihrem Kleid nach oben gewandert, das müde Glänzen von Samt, das jeder berühren wollte mit den Finger- oder Zehenspitzen vorm Eintreten in den Schlaf. Die dunkelblaue Farbe war eine Einladung.

Jonathan stellte sich Abel vor, wie er gerade jetzt, in diesem Moment, ebenso mit seiner Familie am Esstisch saß und über den vergangenen Tag sprach. Darüber, was sie in den

Räumen der alten Villa noch gefunden hatten, ob das je aufhörte, als müssten sie das Haus besetzen, als würde es noch verteidigt von der Frau Trauner und den eingeschläferten Hunden, die immer wieder Dinge in den Weg legten. Noch einen ganzen Dachboden voller überflüssig gewordener Kindheitserinnerungen mochte die frühere Hausherrin bereithalten zum finalen Schlag, wenn auch nur noch aus Verzweiflung geführt. Frau Miller hatte den größten Teil des Hauses auf eigene Faust erobert, hatte zuallererst sämtliche Lebensmittel entsorgt, die noch in der Küche waren, die ungeöffneten Mehlpackungen ebenso wie den auskristallisierten Honig, in dem so mancher Gast schon vor Jahrzehnten seinen Löffel hatte kreisen lassen – der heute bei einem solchen Versuch vielleicht abbrechen würde. Fast alle Möbelstücke waren ersetzt worden, und auch die Bücher waren prüfend durch die Hände der Frau Miller gewandert – viele schnell getroffene Entscheidungen, eine Trennung der Gegenstände nicht nach ihrem unterstellten Wert, sondern nach dem Stoff, aus dem sie erzeugt worden waren, das letzte Auseinanderdividieren war eine so stupide Angelegenheit ohne jeden Zauber. Jonathan schaute seine Mutter an, als wäre sie genauso. Dann sah er wieder zu Hemma. Ob Abel, der da so schweigsam am Tisch saß, nun einen Zauber in den schmalen Handgelenken, in Hemmas samtenem Band entdeckte? Jonathan sah, wie sie die Kaffeetasse zum Mund führte, den Löffel auf halbem Weg herausnahm und ihn sich zuerst zwischen die Lippen schob, tonlos weich. Abel konnte *keinen* Zauber darin entdecken! Jonathan gab ein leises Schnaufgeräusch von sich, aber weder Hemma noch seine Eltern hörten ihn. Der Vater, Abels Vater, hatte diese Art sich leicht zurückzulehnen, sodass die vorderen Stuhlbeine sich zwei Zentimeter vom Boden lösten, die Füße ließ er dabei am Boden. Das gelang nicht mit jedem Stuhl, aber wenn, dann fühlte er sich sichtlich wohler, wenn die Mutter die Aufgaben für die nächsten Tage vor ihm und dem Sohn ausrollte, die Strategie – vor Abel, der keinerlei Augen hatte für die schöne Hemma, die Jonathan gegenübersaß. Jonathan wiederholte es immer wieder still für sich, dass Abel nichts fand an dieser Frau, an Frauen überhaupt, dass er viel lieber mit ihm zusammen, allein mit ihm, einen Kaffee trinken würde – keinen Kaffee, einen Tee oder nur ein Glas Wasser, außerhalb der Villa, denn drinnen waren noch nicht alle Räume erobert und in der Nacht könnte man kein Risiko eingehen. Und was man schon sein Eigentum wähnte, trug noch nicht die eigenen Fingerabdrücke, war noch anfechtbar. Nachdem Hemma und ihre Eltern den Kaffee ausgetrunken hatten, servierte die Mutter ihnen Süßwein, aber Hemma lehnte ab, sie legte schnell die Hand über das frische Glas. Ohne zu wissen, warum, wünschte Jonathan sich, dass sie ihre Hand in umgekehrter Weise hielte – mit der Handfläche nach oben –, und Abel lächelte ihm zu wie sein Komplize. Sie waren sich schon ganz nah gekommen. Abel ließ von da an nicht mehr von ihm ab, Jonathan musste immerzu an ihn denken.

Zunehmend empfand er die Schultern der anderen Männer als unangenehm breit. Ihm blieben kaum Platz und Luft zum Singen, wie in sauerstoffarmes Gewässer bugsiert. Zwischen Stefan rechts, der auch ein erster Tenor war, aber einer, der große Probleme damit hatte, sich Texte zu merken, und Gerald, der zu seiner Linken sang und schon zu den ersten Bässen gehörte, stand Jonathan an einer Grenze. Er blickte Lana nach, die eben den Proberaum verließ. Irgendetwas war anders an ihr, seit sie bei ihm gewesen war und nach den Bildern verlangt hatte, als wären sie nie ein Geschenk gewesen, als bliebe alles Geschenkte immer fremdes Eigentum, als wäre der neue Besitzer kein Besitzer, sondern höchstens ein Verwahrer. Aber Jonathan wusste, dass dem nicht so war. Wenn sie den Raum betrat mit ihrer schwarzen Schürze, war dieses Kleidungsstück das Einzige, das sie als Angestellte des Wirtshauses auswies. Sie trug sie ungewöhnlich hoch, was ihre Taille betonte. Lana blickte nie beflissen um sich und fragte die Sänger, ob sie noch etwas bräuchten. Sie ließ sie immer spüren, dass sie nur um ihrer selbst willen hier war. Und oft schienen die Leute gar nicht zu wissen, was sie wollten, bis Lana es ihnen kredenzte. Es waren zweieinhalb Wochen vergangen seit dem Nachmittag, da Jonathan sie in sein Zweitbüro führen und ihr die Fotos hatte aushändigen müssen. Er ärgerte sich nicht nur wegen der Bilder, sondern weil sie sein Projekt durchkreuzt hatte, weil er jetzt wusste, dass der Bub vor den gelben Vorhängen zu Lanas Leben gehörte, auch wenn es nur ein Ausschnitt daraus war, er hatte jetzt nicht mehr die uneingeschränkte Deutungshoheit über die Fotos, hatte diese Macht verloren. Und er hatte nicht einmal mehr das Bild. Er spürte einen Stoß gegen die Schulter, drehte den Oberkörper ein wenig, Alexandr legte Wert darauf, dass sie eng beieinanderstanden, wenn sie sangen. Irgendetwas hatte Lana aus ihrer Bahn – aus ihren unergründlichen Bahnen – gebracht, und auch wenn es sehr abwegig schien, hatte Jonathan das Gefühl, mit dafür verantwortlich zu sein. Als hätte er das Bild schon besessen und verändert, als hätte er ihr ein anderes Bild zurückgegeben. Hatte Lana das merkwürdige Zukneifen des einen Auges jetzt erst bemerkt? Jetzt erst gesehen, dass das ihr Sohn war auf diesem Foto der Bewegungslosigkeit? Denn auch Jonathan hatte begriffen, dass er das sein musste, Lana in seinem Zweitbüro musternd. Da war in ihm plötzlich die Gewissheit aufgestiegen, wie sie zu diesem Bild gehörte, zu dem gelben Vorhang und dem verkniffenen Gesicht.

In dem Moment musste Jonathan husten, dann räusperte er sich. Es tat ihm sofort leid, aber zu spät – ein scharfer Blick Alexandrs war nicht mehr abzuwenden, nicht wenn so ein Geräusch in die letzte gesungene Phrase hineinklang, die Auflösung sein sollte. Aber Abel hatte sich nun einmal bemerkbar machen müssen, er musste ja irgendwie zeigen, dass er auch da war. Jonathan konnte es nicht glauben, aber es war tatsächlich, als hätte sich jemand anderer exakt zur selben Zeit mit ihm geräuspert – und das musste Abel sein. Mit dem Ausklingen des Schlussakkordes verschwand dieses merkwürdige Gefühl wieder, er sang das g pianissimo und nach zwei Taktschlägen hatte er seine eigene Stimme zurück, hörte nur noch sich selbst im Zusammenklang mit den anderen Sängern, keinen Abel mehr. Drei, vier. Den ganzen weiteren Abend musste er daran denken, wie er es anstellen würde, wie er Abel kennenlernen sollte auf eine Weise, die nicht aufdringlich und auch nicht nichtssagend sein durfte. Er wollte im rechten Licht stehen vor diesem fremden jungen Mann, den er schon so gut kannte.

10

Der Föhn lag in der mittleren Schublade, Sarah hatte ihn früher so gut wie nie verwendet. Sie schob den rechten Arm behutsam nach vorn, der Ellbogen lag noch auf der Armlehne auf, dann zog sie am Griff der Schublade. Das schwarze Gerät kam zum Vorschein wie eine im Verborgenen liegende Statuette, ein wohlgeformter Körper ohne Brust, Bauch, Beine, er war ganz Kopf und Hals. Der Föhn war schwer – sein Gewicht überraschte Sarah, die sich jetzt ungeschickt an ihm zu schaffen machte. Sie legte ihn auf den Tisch, aber der Stecker am Ende des Kabels blieb irgendwo hängen. Ein unangenehmes Geräusch, das Abstürzen, wie bei allem, was auf den Boden fiel. Als habe sie ein zusätzliches Loch im Ohr nur für diesen Ton. Tatsächlich wurde das Geräusch im Ohr zum Ton. Sarah ärgerte sich, weil es ihr vor zwei Tagen schon gelungen war, sich die Haare zu föhnen, fast ohne Mühe. Heute schmerzte die Schulter wieder, sie konnte sich das nicht erklären. Oder vielleicht konnte sie es doch – immerhin war sie, seitdem sie regelmäßig ihre ersten Tonfolgen am Klavier übte, damit beschäftigt, ganz neue Bewegungen zu lernen, schwieriger für den Kopf als für die Finger zwar, aber dennoch herausfordernd für die faul gewordenen Gliedmaßen. Sie trug keine Armschlinge mehr, und auch die Handschiene lag auf dem Tisch wie eine leere Muschelschale. Angeschwemmt. Sarah besah sich ihre Haare im Spiegel – die Farbe, die Struktur, die Länge bis zu den Schultern, das kam ihr zu normal vor, nichtssagend. Sie wäre lieber wie die Venus von Brassempouy gewesen, das erste Porträt der Menschheitsgeschichte. Der Körper war verlorengegangen, vielleicht hatte es ihn nie gegeben oder war es ein Unfall, aber das machte nichts. Ihre

Wimpern gefielen ihr, sie waren lang und seidig. Statt den Föhn aufzuheben, griff Sarah jetzt nach dem grünen Etui, in dem sie ein paar Schminkutensilien aufbewahrte. Die rechte Hand war immer noch wie benommen, steif und ein bisschen taub, aber dennoch machte sie sich ans Werk – auch das eine Präzisionsarbeit. Nichts im Vergleich zu dem bisschen Malen, das die Therapeutin gleich nach der OP vorgeschlagen hatte. Du kannst ja etwas basteln. Ihr Vater stand mit einem Fuß im Zimmer. Einfach so. Er sah sie an, als müsse sie ihm etwas befehlen. Nein, alles in Ordnung, es war nur der Föhn.

Draußen am Balkon landete eine Rauchschwalbe einen Monat zu früh und warf einen Blick ins warme Zimmer und auf Gregor, der noch einen Augenblick stehenblieb, als wolle er noch etwas sagen. Doch es schien ihm entfallen zu sein. So leicht, dass es auf dem Boden aufkommend gar kein Geräusch, keinen Ton, gab. Sarah summte eine Melodie, die sie am Klavier üben sollte. Im Spiegel ein plötzliches Aufflackern – ein Augenblick nur, eine Unachtsamkeit, und sie rutschte mit der kleinen Bürste von den Wimpern ab. Schwarze Streifen auf dem Lid. Die eigenen Finger im Gesicht wie fremde.

Die erste Stunde mit Alexandr war kurz gewesen. Sie hatten ausgemacht, dass sie den Unterricht im Gasthof abhalten würden, der Wirt hatte nichts dagegen. Sie hatte dem Chorleiter ein paar Takte eines Stücks vorgespielt, das ihr vor ein paar Jahren eine Freundin am Keyboard beigebracht hatte. Du kannst also Noten lesen? Nein. Alexandr hatte dann nicht weiter nachgefragt, er hatte auch nichts dazu gesagt, dass Sarah in drei Fingern der rechten Hand kaum die Kraft hatte, die schweren Tasten niederzudrücken. Das ist ganz normal. Sarah wusste, dass er log. Er hatte von Anfang an beteuert, dass er kein Lehrer sei. Gut, hatte Sarah gesagt, das macht nichts. Die richtige Körperhaltung und die Positionierung der Hand waren die Inhalte der ersten Stunde gewesen. Dann hatte Alexandr ein paar Notenbände aus seiner Tasche geholt, die kyrillischen Buchstaben am Einband konnte Sarah nicht lesen. Das sind Kinderlieder, damit können wir anfangen. Aber zuerst musst du lesen lernen. Einen Augenblick hatte Sarah auf die unbekannten Buchstaben der Einbände gestarrt, ehe ihr klar wurde, dass er damit natürlich die Noten meinte. Die Musikstücke lesen. Er hatte ihr im Anschluss ein paar Tipps gegeben, wie sie es schnell verinnerlicht haben würde. Du kannst dir kleine Kärtchen machen. Ist keine Hexerei, das zeig ich dir, aber üben musst du selber. Du bist alt genug. Alexandr hatte gesagt, sie sei alt genug, er hatte nicht gesagt, dass sie zu alt sei, wie der Vater.

Der hohe Benachrichtigungston erklang in dem Moment, als sie den Kopf seitlich drehte und sich in die Position begab, in der sie meistens einschlief, zum Fenster gewandt. So im Bett liegend streckte Sarah den Arm aus und entsperrte den Bildschirm ihres Telefons, indem sie die Sterntaste drückte. Sie lächelte, weil sie den ganzen Tag lang auf diese Antwort gewartet hatte. Morgen Nachmittag würde sie sich mit Lana treffen – es war also ausgemacht –, um mit ihr ins Kino zu fahren. Sie wollten sich dort *Ceux qui m'aiment prendront le train* ansehen. Das war Lanas Vorschlag gewesen, Sarah wäre nie im Leben auf die Idee gekommen, sich Karten für einen französischen Film zu besorgen, sie wusste gar nicht, dass das Kino in der Bezirkshauptstadt, wo sich auch ihre Schule befand, solche Filme im Programm hatte, und dass es Leute aus der Umgebung gab, die dafür Geld ausgaben, glaubte sie schon gar nicht. Nur an Dienstagen, sonst alles Hollywood, hatte Lana ihr geantwortet, und: Keine Sorge, ist untertitelt!! Zwei Rufzeichen. Als wäre das wichtig. Sarah war es im Grunde egal, ob sie etwas verstand. Ihrem Vater hatte sie erzählt, dass sie mit ihrer besten Freundin ins Kino fuhr, er hätte sonst irgendeinen Einwand gehabt, oder zigtausende wohl eher. Was er sich denken würde, wenn Lana morgen Abend nicht im Gasthof sein würde? Sie hatte sich extra freigenommen. Und Sarah war sogar ein bisschen stolz darauf, dass sie das ihretwegen tat. Das hieß, sie war ihr nicht egal. Zwar kannten sie einander noch nicht sehr gut, aber dass Lana oft genau dann Dienst im Gasthaus hatte, wenn Alexandr ihr dort eine Klavierstunde gab, war vielleicht kein Zufall, sie hatten auf diese Weise schon ein bisschen Zeit miteinander verbracht. Da war etwas an dieser Frau, das Sarah faszinierte. Sie verstand ihren Vater ja! Die Unabhängigkeit, die Lana ausstrahlte, die anderen das Gegenteil einbrockte. Sie war wie einer dieser Plätze, die die Welt zusammenhielten. Wo man, wenn man nur lange genug wartete, jedem Menschen begegnen konnte, sie war die Piazza di Trevi, der Times Square oder vielleicht die Puerta del Sol. Aber Sarah wollte sie lieber für sich allein, sie stellte es sich schön vor, mit ihr in einem Abenteuer zu liegen, vielleicht in einem Zelt am Ufer des Yssykköl – sie hatte vor nicht allzu langer Zeit eine Reportage über den kirgisischen See gesehen. In ihn mündeten einhundertachtzehn Flüsse. Dort eine Nacht verbringen. Doch Lana wäre in Wahrheit der See selbst, erst am nächsten Morgen wieder eine Frau in einem Zelt. Die Dunkelheit war um diese Zeit wie ein schwarzes Seidentuch, in das sich der Körper wickelte, im zarten Prozess, obwohl Sarah ganz still dalag. Nur der gleichmäßige Atem bewegte sie.

Keine Spur von Schnee mehr, in manchen Ecken zurückgeblieben nur eine undefinierbare graue Masse. Auch von den Berghängen, die hier um einiges niedriger waren als im Dorf, war die weiße Farbe einfach aufgesogen worden. In den Augenwinkeln der feuchte Staub der vergangenen Stunden. Es regnete jetzt, die Armbanduhr zeigte Viertel nach fünf. Schon über eine halbe Stunde wartete sie auf ein vorfahrendes Auto, auf einen Anruf oder irgendein größeres Zeichen, warum nicht. Sie stand unter dem Vordach beim Eingang des Gymnasiums, verlagerte das Gewicht mal auf das eine, dann auf das andere Bein, als plötzlich die Schulglocke zu hören war. Eine merkwürdige Zeit für das Läuten. Alle Rhythmen des Schulgebäudes zu fortgeschrittener Stunde waren ihr unbekannt, schienen fast irreal. Es war, als hörte der Ort nach dem Unterricht gar zu existieren auf. Und darum war es mehr als seltsam, die Schule so fremd im Rücken zu haben, zu einer Zeit, zu der sie für gewöhnlich schon zuhause oder jedenfalls im Bus saß, doch bestimmt nicht mehr hier war, vielleicht auch mit Freundinnen zusammen am Hauptplatz unterwegs. Es gab dort seit kurzem ein Teehaus, das sie alle sehr mochten. Das wird nicht lang leben, hatte ihr Vater gesagt. Sarah stellte sich vor, mit den Händen eine heiße Tasse zu umfassen. Sie hatte das Gefühl der Kälte bis jetzt unterdrücken können, weil sie so angestrengt gewartet hatte, doch mittlerweile waren Ringfinger und kleiner Finger weiß geworden. Sie hob und senkte die Schultern ganz langsam, wie man ihr es gezeigt hatte. Als ein paar Menschen die Straße entlangkamen, die Gesichter vom Schatten dunkler Kapuzen verschluckt, hörte sie damit auf.

Da tauchte auf der anderen Straßenseite eine Frau auf. Den dunklen Schirm hielt sie sehr tief und genau in der

Normalen zum Einfallswinkel des Regens, sodass man annehmen musste, es handle sich um eines dieser billigen Modelle, die sich bei der kleinsten Böe auf links drehten oder zu Bruch gingen. Sie trug eine Hose, die zu den Knöcheln hin weiter wurde und längst nicht mehr modern war, darüber einen Mantel, der ebenso blau war wie der Schirm. So intensiv die Farben, dass es schien, als seien diese der primäre Trägerstoff, die Fasern nur eine Zugabe. Sarah betrachtete die Gestalt durch den Schleier des Regens, wie sie aus der Allee mit den Hainbuchen kam und über den Zebrastreifen eilte, ohne auch nur einmal den Kopf zu drehen – was nur eine Vermutung war, denn ihr Kopf war ganz versteckt hinter der Zerbrechlichkeit des Schirms. Sarah hörte ihren Namen und lächelte. Ein wenig wollte sie aber ihre Freude verbergen, weswegen sie die Hände in den Taschen stecken ließ. So erfroren!, rief Lana. Warum wartest du denn nicht drinnen? Komm schnell! Sie gingen die Allee hinunter bis zu ihrem Auto. Bei manchen Schritten quietschten die Schuhe. Sarah lauschte und war ganz stumm vor Glück. Lana machte eine Kopfbewegung, hopp, steig ein. Sie entschuldigte sich nur einmal für ihr Zuspätkommen. So müssen wir wenigstens die Werbung nicht sehen. Im Wagen stellte sie die Lüftungsschlitze so ein, dass sie auf Sarahs Füße zeigten. Dir wird gleich warm. In dem dicken roten Anorak kam Sarah sich vor wie ein aufgeplusterter Vogel. Lana schnallte sich erst an, da waren sie schon ein paar Minuten unterwegs. Dass die Freundin ihres Vaters kein Vorbild war, gefiel Sarah.

Nach dem Ende des Films ließen sie sich Zeit. Im Eingangsbereich des kleinen Kinos befand sich ein Imbissstand mit ein paar Tischen und Stühlen. Dort sitzend konnten sie die Musik des Abspanns hören, denn die Tür zum Saal stand noch immer offen. Lana tippte sich an den rechten Mundwinkel. Ein Du-hast-da-was-Fingerzeig. Sarahs Augen wurden einen Moment weit, sie schämte sich in Lanas Gegenwart, ganz gleich wofür. Zuerst führte sie die Serviette an die falsche Seite ihres Mundes und Lana schüttelte den Kopf: Immer noch da. Weil Sarah nicht verstand, in ihrem Spiegel zu lesen, der echt war wie eine dunkle Wasseroberfläche, nicht links und rechts vertauschte, sondern vorne und hinten, brauchte sie länger, um sich in ihr richtig zu sehen. Das Blut war in ihre Fingerspitzen zurückgekehrt mit dieser speziellen Art von Kribbeln, die sie hasste. Natürlich hatte sie sich gefragt, ob Lana den Ausflug nur vorgeschlagen hatte, weil sie sich dazu verpflichtet fühlte – ein Freundschaftsdienst für Sarahs Vater, oder eine Herablassung. Doch war das nicht unwahrscheinlich? Immerhin hatte sie ihm nichts davon erzählt. An dem Abend der Chorprobe, als Lana sich kurz neben sie gesetzt hatte, hatte Sarah beschlossen, sie wiederzusehen, egal was ihr Vater sagte. Es war nicht schwierig für sie gewesen, Lanas Telefonnummer herauszubekommen, sie kannte alle Passwörter ihres Vaters. Lana war ein schönes Wort. Während des Kinofilms – sie waren außer ein paar älteren Damen die einzigen Besucher gewesen – hatte sie gefühlt nur jedes fünfte Wort oder noch weniger verstanden. Zwar hatte sie die Untertitel gelesen, aber nicht die gesamte Zeit über, und außerdem war es nicht dasselbe. Die Lücken hatte sie mit Seitenblicken gefüllt und dem Gefühl stiller Freude, das sich breit machte, wenn sich einem plötzlich Möglichkeiten auftaten, eine ganze Reihe von Möglichkeiten, so ein Gefühl.

Wer ist das?

Wer denn? Oh, das. Das ist Tom.

Dein Sohn?

Ja. Mach bitte das Handschuhfach wieder zu. Behalt die Taschentücher ruhig, braucht kein Mensch so viele.

Wie alt ist er?

Jetzt spinnt dieser Radio schon wieder. Zwölf, ja, fast.

Dann ist das ein altes Bild.

Das ist es.

Er wohnt nicht bei dir, oder?

Nein. Wie hat dir der Film gefallen. Das Ende?

Dann ist er also in Frankreich.

Ein unbefriedigender Schluss … Wie kommst du darauf?

Ich habe an den Film gedacht.

Lana warf ihr einen ungläubigen Blick zu. Sarah war klar, was sie dachte. Der Film, sagte sie wieder.

Ja, du hast schon recht. In zwei Wochen kannst du ihn kennenlernen, dann kommt er nämlich zu Besuch. Sozusagen.

Spricht er Deutsch?

Er hat es in der Schule.

Darf ich mir einen Kaugummi nehmen?

Klar.

Was ist das für eine Farbe?

Mhm?

Dein Lippenstift.

Ah, keine Ahnung. Anthurienrot, oder so.

Nun war es das zweite Mal, dass sie bei ihnen zuhause war. Sarah hörte Lanas Stimme deutlich, aber was sie sagte, war kaum zu verstehen, ihr Vater hatte die Tür zum Gang geschlossen, eigentlich zugeworfen. Warum benahm er sich so?

Die beiden waren unten in der Küche, vielleicht saß Lana auf dem Platz, der sonst ihrer war. Sarah stand oben an der Treppe im ersten Stock und horchte hinunter. Er hatte es herausgefunden. Erst hatte er nicht die leiseste Ahnung gehabt, aber nachdem Sarah sich von der Kälte des Regens, die sie an dem Abend im Kino die vielen Stunden über mit sich herumgetragen hatte, eine Blasenentzündung geholt hatte, war er schrecklich wütend geworden. So hatte sie ihn noch nie erlebt. Sie hatte es ihm nicht sagen wollen, aber dann war es ihm doch aufgefallen. Weil er auch immer zuhause war! Eine Katastrophe!, hatte er gerufen. In letzter Zeit war er sehr gereizt und machte sich dabei aber doch nur lächerlich in seinen Übertreibungen. Rötlicher Urin. Es tat schon weh, aber so schlimm war es nicht. Er fuhr sofort mit ihr zum Arzt, der ein Antibiotikum verschrieb und komisch schaute. Nie wieder, hatte der Vater fünf- oder sechsmal im Laufe des Tages gesagt. Auf der Suche nach dem Thermophor hatte er schließlich noch die Kiste entdeckt, in der Sarah alle Bastelmaterialien verstaute, die er ihr schenkte. Die Pinsel und Farben, die getrockneten Blätter und buntes Papier, Scheren und Kleber. Nicht, dass sie davon nichts verwendet hatte, nur war es ihr eben irgendwann langweilig geworden – warum diese Dinge zu neuen Gebilden zusammensetzen, die auch nicht mehr erzählten? Das war kein Schlüssel, für nichts, die Acrylbilder, die Scherenschnitte, die Collagen. Nie wieder, hatte Sarah gesagt, sie hatte jetzt Wichtigeres zu tun. Ihr Vater hatte die Kiste stumm wieder zugemacht, aber die Enttäuschung war in seinem Gesicht kleben geblieben wie ein Streifen Tesafilm, durchsichtig, aber etwas, das die Haut beengt. Er tat ihr leid. Plötzlich war er einer der Menschen geworden, die nicht wussten, was sie schenken sollten. Er hatte diesen Streifen noch im Gesicht, als Sarah ihn fragte, warum er Lana denn nicht einlud. Wir kennen uns ja jetzt. Warum sollst nur du Geheimnisse haben? Er stutzte, war erstaunt, dann sagte er: Frag sie doch, sie wird nicht kommen. Aber sie war gekommen. Und deutlich hatte Sarah gespürt, dass sich plötzlich etwas verändert hatte – als hätte sich mit einem Mal etwas zwischen den Vater und sie geschoben, nichts besonders Großes, Schweres, aber trotzdem störend. Ein Vorhang, ein Scherenschnitt. Vielleicht hätte man dieses Etwas leicht zerreißen können. Dann ein Klingeln an der Tür. Sarah hatte sich zurückgehalten, war oben geblieben, mit dem porösen Thermophor am Bauch. Sie wärmte sich nur ihre Finger daran, die schon ein erstes trauriges Lied spielen konnten, und lauschte.

11

Er hatte mehrfach mit dem Gedanken gespielt, alles aufzuschreiben. *Alles* – das klang nach detaillierter Einrichtungsplanung oder nach sorgfältigen Listen, die sämtliche Fischarten des kaspischen Meeres verzeichneten, oder nach der jugendlichen Vorstellung von wahrer Liebe, wenn man dachte, man liebe alles an dem anderen, und doch nicht einmal alles kannte. In Wahrheit nur ein Platzhalterwort, weil er nicht genau wusste, was es war, wenn er über *all das* nachdachte. *Tränen sind Linsen* – zwischen den anderen Werken verschwand der kleine, wenn auch nicht allzu dünne, in schwachem Orange gehaltene Sammelband Waldemar Webers beinahe. Gut hundert Seiten knapper Gedichte, manche davon nur ein paar Zeilen lang und ohne Überschrift. Im zweiten Teil des Buches Essays zu verschiedenen Themen und Anlässen. Wenn er sein Schreiben beendet haben würde – sollte er denn je ernstlich damit anfangen –, dann wäre es sicher kein umfangreicheres Werk, im Gegenteil, er würde nur ein ganz schmales Bändchen zustande bringen. Es war ihm *alles* viel zu viel. Er hatte keine Wörter, vor allem nicht für den Beginn und für das Ende, egal wo er einsetzte und aufhörte, es fühlte sich falsch an, wie gelogen, und auch der bewusste Bruch mit der Chronologie wäre so ein Fehler. Alexandr schaute auf der Uhr durch die Zeit. In seiner Erinnerung tauchte die Familie Weber auf – das war kein seltener Name gewesen. In Mannheim an der Wolga hatten sie eine Nachbarin gehabt, die hatte Annegret Weber geheißen. Wohin es sie wohl verschlagen hat?, hatte Tante Nelly später manchmal gefragt. Alexandr konnte sich vage an sie erinnern, eine kleine, kräftige Frau, die eine gute Freundin der Tante gewesen sein musste. Nach der Übersiedlung hatten sie sie nie wieder gesehen.

Nun, sagte er, wir verloren sie aus den Augen. Alexandr schaute zu seinem Gast, der die ganze Zeit über mit seinem Blick das Muster im Teppich nachzeichnete, in der Mitte die Silhouetten von Schafen oder Ziegen und Pferden, die von den Farben allein satt werden mussten. Er mochte Jonathan, aber irgendetwas war nicht ganz, wie es sein sollte, stimmte nicht mit ihm. Nicht, dass er nun öfter zu Besuch kam – zu einem alten Kauz wie ihm, auch das hätten andere Burschen seines Alters wohl reichlich seltsam gefunden –, es war etwas anderes. Aber warum Jonathan kam, wusste Alexandr selbst nicht genau zu sagen. Hatte er ihn wirklich eingeladen oder ihm nur eine Tür geöffnet? Manchmal brachte Jonathan ein paar Fotos oder Skizzen für Skulpturen mit, aber das war nicht der wahre Grund seiner Besuche. Doch wenn es war, wie Alexandr es sich vorstellte, dass nämlich seine kleine Wohnung eine Art Schutzraum sein konnte, eine milde Bleibe für einen Außenseiter, so öffnete er gern seine Tür. Es gab hier keine Pflicht zu sprechen, eine Aussage zu machen, zumindest nicht für Jonathan. Die Peinlichkeit, die im Schweigen gelegen war, bei ihrem ersten verkrampften Vier-Augen-Gespräch im Gasthof – bei den Chorproben gab es so eine Intimität nicht –, hatte sich nicht wieder eingestellt. Jonathan betrachtete ein braunes Tier im Nomadenteppich neben Alexandrs Füßen. Und wirklich, er hätte es gern weitertreiben wollen zu einer anderen Weide, aber niemand im Raum rührte sich, als wären ihnen die Beine zu schwer.

Nun, die zweite Familie mit dem Nachnamen Weber haben wir in den Vierzigerjahren in Kansk, in der Region Krasnojarsk, kennengelernt. Da war ein Mädchen, das hieß eigentlich Irma, aber nannte sich Irina, ich habe mit ihr die Mittelschule besucht. Ich habe sie insgeheim das Mädchen mit dem trotzigen Gesicht genannt. Ich bin in sie verliebt gewesen. Sie hat noch einen älteren Bruder gehabt, der hat mich nicht mögen. Später ist sie mit ihrer Familie in den Kaukasus übersiedelt, sie haben versucht, von dort die Ausreisegenehmigung durchzubringen, glaubten sich irgendwie schon näher dran dort oder zumindest den Behörden noch unbekannt. Ich habe Irma – Irina habe ich sie nie genannt – ein paar Briefe geschickt und nie wieder etwas von ihr gehört. Alexandr bewegte das orangefarbene Buch von Waldemar Weber in den Händen, als könne er auf diese Weise dessen Gewicht in der Welt schätzen. Aber es wollte nicht schwerer werden. Da stand er auf und steckte das Büchlein zurück ins Regal. Zurück zwischen die mächtigen Bücher mit harten Einbänden in kräftigeren Farben. Vielleicht habe ich ihr sogar einmal ein Gedicht geschrieben, sagte er. Ich war so einer, ein Sentimentaler. Er sah, dass Jonathan lächelte. Dann verstummte er ganz plötzlich. Er war der Chorleiter. Er musste die Distanz halten und hatte jetzt doch eine Grenze überschritten, es war ihm einfach so passiert. Ein Klirren war zu hören – Jonathan rührte in schüchternen Schwüngen die Himbeer-Warenje in seinen Tee. Uns fehlte ein eigener Lebensraum, weißt du?, sagte Alexandr, nachdem er sich geräuspert und wieder in seine Rolle gefunden hatte. Der junge Mann nickte zur Antwort und rührte dann auch diese Worte ein. Der Tee war plötzlich kalt geworden. Mein Vater hat von der Wiedergeburt der Wolgarepublik geträumt. Das war ein wirklicher Traum, das kannst du dir nicht vorstellen!

Am 27. August wurde ich am frühen Morgen geboren. Nur einen halben Tag lang verbrachte ich mit der Mutter, sie starb abends im Kindbett. Der Vater saß da und wusste nicht, was tun. Wie sollte man sich das auch vorstellen? Als wäre einem plötzlich das gesamte über die Jahre hinweg gesammelte Wissen von der Welt aus einem Loch in der Stirn gefallen. Ausgeraubt der Kopf, wie vom Raben, der mit dem Schnabel schon fortwährend klopfte. Tante Nelly, die Schwester des Vaters, war es dann, die ihm zu Hilfe kam, und sie war es auch, die die Idee mit der Ziegenmilch hatte. Ich hatte einen älteren Bruder, der starb ein paar Wochen nach meiner Geburt am Scharlach. So hat für mich das Leben in Mannheim begonnen. All die Namen von Orten, die es nicht mehr gibt, waren wie kleine Anstecknadeln, die wir in der Haut trugen. Nach dem Tod meiner Mutter dachte Vater wohl, Gott könne ihn nicht tiefer kränken, aber es war erst der Anfang. Nachdem der Erlass veröffentlicht worden war, mussten wir das zurückgelassene Hab und Gut auflisten, als bekämen wir es irgendwann zurück! Dann pferchte man die Menschen in Viehwaggons zusammen und pfiff zur Abfahrt. Wochenlang fuhren wir durchs Land, von dem wir kaum etwas sahen. Von der langen Reise habe ich nur noch in Erinnerung, dass Großmutter starb, aber wir wussten nicht einmal, wo wir an diesem Tag waren, der Zug hatte zwar einmal angehalten, jedoch auf offener Strecke, kein Bahnhof in Sicht. Ich wollte nur endlich raus aus dem Zug, bis wir dann wirklich ankamen. Hunger hatten wir. Und abgeladen bei der ehemaligen Kanzlei in einem Dorf im Gebiet Krasnojarsk, Nähe Kansk, wurde uns ein winziges Zimmer zugeteilt. Alle schleppten ihre Sachen dort rein, da sollte die Reise enden. Tante Nelly versuchte meine Fragen später wegzulächeln, bevor ich sie ausgesprochen hatte. Wann immer ich sie etwas fragen wollte, strahlte sie diese Zuversicht aus, die irgendwie nur vorgespielt und in dem Moment des Vorspielens aber wahr ist. Sie hatte Gott in einem Auge und im anderen mich, so eine Ehre wurde mir nie wieder zuteil. So geliebt zu werden, das ist einmalig. In Wahrheit hat es sie bis zum Ende gequält, dass die Gräber der Verwandten so weit entfernt lagen. Ob im Verbannungsort bei Kansk oder in Alma-Ata, wohin wir 1956 übersiedelten, wir waren die ersten der Familie, die fern der Heimat alt werden mussten. Auch in Halbstadt hatten wir es probiert, so etwas wie einen Neuanfang. Mein Vater glaubte nach der Trudarmee, dass wir dort wieder glücklich werden konnten, irgendwann, immerhin sei es einmal ein deutscher Rayon gewesen. Aber nach nicht einmal zwei Monaten zogen wir weiter. Vor allem in dieser Zeit hatte die Tante versucht herauszufinden, was mit den anderen aus unserem Dorf passiert war. Wohin sind sie alle verschwunden? Ich war sehr verwundert, dass ich Tante Nelly dann, nachdem mein Vater 1961 gestorben war, tatsächlich nur zwei- oder dreimal Blumen kaufen oder einen Kranz fürs Grab binden sah. Aber Tante Nelly wusste es besser, und wenn ich ihr einen Seitenblick zuwarf, lächelte sie und das bedeutete, die Zukunft sei für mich ein Flur mit sich öffnenden Türen. Ich würde nur weise wählen müssen, durch welche ich einmal gehen wolle.

Vorsichtig stieg Alexandr die Treppen zum Vorgarten hinunter, die heute rutschig waren – nur ein weiteres Beispiel für eines der gefährlichen Zwischenstadien: die dünne Kristallschicht, die sich nachts über das Holz gelegt hatte, im Auftauen begriffen. Wie es seine Gewohnheit war, warf er dabei einen flüchtigen Blick durch die Fenster der unteren Wohnung. Sie stand noch immer leer, Frau Seigers erwachsene Töchter hatten dem Anschein nach keine Eile mit der

Vermietung. Unten angekommen nahm er die Hand vom Geländer, wechselte den Schirm, der ihm als Gehstock gute Dienste leistete, von der rechten in die linke Hand. Er wollte schon auf die Straße hinaustreten, da hörte er plötzlich ein Scheppern. Jetzt ein leises Klopfen. Rascheln. Es war ihm nicht sofort klar, aus welcher Richtung die Geräusche kamen. Das Rascheln klang wie der Wind in trockenen Blättern, aber die Bäume standen kahl, und die Fichten ließen in der Bewegung nur ihre Nadeln ineinandergreifen wie Zahnräder. Alexandr fasste sich an den Hinterkopf, wo der Wind die zurückgekämmten Haare leicht anhob, drehte sich im Gartentor um und warf einen Blick zurück. Er schaute hinauf zum Dach der Hütte, zu seiner Wohnungstür, dann folgte er mit dem Blick den Stufen nach unten – da fiel ihm auf, dass sich hinter einem Fenster im Erdgeschoß ein Lichtschein regte. So war doch bis eben nichts als Dunkelheit zu sehen gewesen! Wieder hörte er Klopfen auf Holz, dann ein Tripp-trapp, das Quietschen eines Scharniers, Scheppern von Metall auf Metall. Vielleicht ein Schlüssel, der sich in einem Schloss drehte – Geräusche, wie alte Möbelstücke sie von sich gaben, wenn man an den Türen und Laden rüttelte. Vielleicht war jemand in der Wohnung? Es konnte nur eine der Töchter sein, die Hinterlassenschaften der Mutter sortierend. Oder auf der Suche nach etwas Bestimmtem. Während Alexandr ein paar Schritte auf die Hütte zu machte, landeten auf der Eberesche drei Krähen. Plötzlich war es totenstill. Normalerweise vertrug er die Kälte gut – auch heute hatte er nur seinen Filzmantel und seine braunen Halbschuhe angezogen –, doch da er an jenes Fenster herantrat, wo er meinte, den Lichtschein gesehen zu haben, fröstelte ihn. Er spürte die Krähen in seinem Rücken, die nichts taten als schauen. Tatsächlich war das Licht in der Küche eingeschaltet worden, aber die Glühbirne hinter dem grünen Lampenschirm gab nicht ausreichend Licht ab, um das Zimmer zu erleuchten. Genau wie in Alexandrs Wohnung waren Küche, Wohn- und Schlafbereich ein und derselbe Raum, allein das winzige Badezimmer durch eine Holzwand abgetrennt und fensterlos. Obwohl er den Eindruck gehabt hatte, auch das Klappern von Besteck zu hören, schien im Küchenbereich alles an seinem Platz zu sein – so wie Frau Seiger es Anfang Herbst zurückgelassen hatte für die Nachwelt. Trotzdem gab es Kleinigkeiten, die ihn seltsam anmuteten, die verändert schienen. Alexandr ging zum anderen Fenster, um auch einen Blick auf das Bett werfen zu können. Kein Mensch in der Wohnung. Neben dem Bett stand der Schreibtisch an der Wand. Das Fenster auf der Stirnseite der Hütte, zu dem Alexandr jetzt kam, war zu seinem Erstaunen nicht vollständig geschlossen, es stand leicht offen und bewegte sich wenige Millimeter hin und her. Diesen zarten Wind konnte Alexandr durch den Mantel nicht spüren, nur auf der dünnen Haut seiner Wangen. Ein Klirren. Auf dem Boden vor Frau Seigers Schreibtisch lag ein kleiner Schlüssel. Dann fiel die Lampe vom Tisch. Jemand musste sie umgestoßen haben. Alexandr starrte in ein schwarzes Auge. In dem Moment hüpfte die Krähe auf die Stuhllehne, von dort auf den Sitzpolster und auf den Steinboden, wo sie reglos verharrte. Ein Krächzen, das klang, als käme es gleichzeitig und zu gleichen Teilen von dem eingedrungenen Untier in der Wohnung, von dem Scharnier des Fensters und von den drei Krähen im Baum, die Wache hielten. Die drei waren deutlich kleiner als die Krähe in der Wohnung. Oder war es ein Rabe? Alexandr stolperte vor Schreck zwei Schritte zurück, wäre fast über seinen Stock, den Schirm, gefallen. Er lief zum Gartentor und ließ die Hütte hinter sich in einer überstürzten Flucht.

Es wurde bereits dunkel, als er zurückkehrte. War es ihm während des Gehens gelungen, das Gefühl von Panik zurückzudrängen, überfiel ihn nun die Angst, der nächste auf der Liste zu sein. Niebel, Alexandr, Breite Gasse 9. Fast rechnete er damit, dass er seine Wohnungstür offenstehend vorfinden würde. Wir haben schon auf Sie gewartet. Doch alles war ruhig. Die Tür war fest verschlossen. Alexandr schaltete alle Lampen ein, ließ sie ein paar Minuten brennen, dann reduzierte er auf das übliche Halbdunkel. Unten in Frau Seigers Wohnung hatte er keinen Lichtschein in der Küche mehr gesehen, auch kein Geräusch war zu hören gewesen, als er durchs Gartentor und zur Treppe zu seiner Bleibe geschlichen war. Der Rabe war verschwunden.

Die Entwicklung in den Stimmen der Sänger stand in keinem Verhältnis zu Zeit und Mühe, die Alexandr in seine Schützlinge investierte. Er wollte hören, dass er verstanden wurde – nicht in Form von Versicherungen, sondern in dem veränderten Klang der Lieder selbst. Besonders ärgerte er sich aber über die fehlenden Grundlagen, den Mangel an Pflichtgefühl und Disziplin. War er denn dazu da, ihnen *das* beizubringen? Nachdem er bestimmt hatte, dass Jonathan Stefans Solopart übernehmen sollte, war Stefan drei Wochen in Folge nicht zur Probe erschienen. Der zweite Stefan, dem beim Singen dauernd die Luft ausging, war natürlich weiter gekommen, konnte aber den Ausfall seines Namensvetters nicht kompensieren. Sie benahmen sich wie eitle Pfauen. Dabei war es schon lange Alexandrs Plan gewesen, Jonathan allein singen zu lassen, jetzt hatte es sich eben auf diese Weise ergeben. Er machte es besser als Stefan, er hatte die schönere Stimme, aber vor allem verstand er es auch, die Melodie mit Aussagekraft zu singen, sie selbstständig zu formen. Wer hätte den Unterschied nicht gehört?

Alexandr setzte sich ans Klavier. Obwohl es so alt und träge war, mochte er es insgeheim lieber als das elektronische Instrument bei sich zuhause, das er günstig erworben hatte, nachdem er hierhergekommen war. Er hatte geglaubt, sich damit anfreunden zu können, mit dem blechernen Klang, den gewichteten Tasten, die die Spielschwere nur simulierten, doch gelungen war es ihm nicht wirklich. Allerdings, das musste er zugeben, war das E-Piano für seine Zwecke völlig ausreichend. Wie hätte Herr Menze sich über ein derartiges Gerät gefreut! Nein, wie hätte er gestaunt! Damals hatte es so etwas ja überhaupt noch nicht gegeben, nirgendwo. Der alte Herr Menze in Kansk, bei dem er einst Klavierunterricht genommen hatte, war ein bescheidener Mann gewesen, aber mit eisernem Willen. Man hatte es sich nicht erklären können, wo er das Instrument, auf dem er spielte, aufgetrieben hatte und vor allem, wie er es angestellt hatte, es trotz eines Risses im Stimmstock wieder spielbar zu machen. Heute setzte Alexandr sich mehr aus Verlegenheit ans Klavier, das Lauberger & Gloss im Gasthaus diente ihm hauptsächlich zur Veranschaulichung, denn er selbst sang nicht gern vor. Auch Stücke begleitete er normalerweise nie am Instrument. Nur wenn es also darum ging, etwa Dynamik oder Rhythmus zu verdeutlichen, dann nahm er es zu Hilfe. Und wenn er Arrangements schrieb, brauchte er ebenfalls ein Klavier, er schrieb die Stücke passgenau für seine Sänger, so dass es Segen und Fluch zugleich war. Ob diese Werke vor Finesse glänzten? Wahrscheinlich nicht, aber dass sie banal oder langweilig waren, das wollte er auch nicht glauben, obwohl er viel Wert darauf legte, die Arrangements nicht zu überfrachten. Es ging nicht darum, die Notenzeilen möglichst kompliziert zu befüllen, sondern neben der Melodie die anderen Stimmen so zu gestalten, dass der Gesamtklang den gewünschten Ausdruck transportiere, eine gewisse Vorstellungswelt erzeugte. Er sah Herrn Menze nicken. In der Sowjetunion hatten sie ganz andere Lieder gesungen, es war nicht mit seiner jetzigen Tätigkeit zu vergleichen. O Susanna, ein weißes Blümelein hab ich gefunden – alte Lieder wie dieses. Die waren wirklich eintönig. Aber es waren eben ihre Lieder gewesen, die deutschen Volkslieder, und so wollte auch der Chor heißen, den Alexandr in Alma-Ata gegründet hatte, Volkschor. Er hatte etwas gegen diesen Namen einzuwenden gehabt, aber schließlich nachgegeben. Herr Menze an seiner Stelle hätte sich durchgesetzt. Wenn Alexandr arrangierte, dann hatte er nicht diese Stadt im Kopf. Von der Dämmerung in der Kulundasteppe ausgehend, vergegenwärtigte er sich das besondere Licht, das sich an den Grashalmen noch festzuhalten versuchte und an den Birkenblättern zog, als wäre es ein letztes Atemholen vorm Untertauchen. Ein Licht, das alles nackt zurückließ, so ausgeliefert war jeder Körper in der Landschaft. So ausgeliefert der Musik. Und obwohl es ein warmer Frühlingstag gewesen war, hatte Alexandr sich dann am Feuer wärmen müssen – oder war es nicht vielmehr sein Vater gewesen, der gefroren hatte, seitdem er zurückgekehrt war? Alexandr konnte sich in Wahrheit nur an zwei Nachmittage erinnern, da er mit ihm an den See zum Angeln gefahren war. Sie hatten zwei Klappstühle bei sich gehabt. Und der Vater hatte geraucht. Der Fisch hat keinen Geschmack, hatte er gesagt. Merkst du das? Es ist, als wären sie alle hohl.

Alexandr hatte den Vater selbst nie singen hören, aber mehrmals hatte dieser die Bitte ausgesprochen, man möge doch etwas singen, irgendwas, egal in welcher Sprache. Die Kälte und die Stille, das hatte er nicht mehr vertragen, und doch war seine Haut immer kühl gewesen, wenn Alexandr sie berührte, und obwohl der Vater gerne sprach und erzählte – die Stille zwischen seinen Wörtern war tiefer, als der Irtysch lang war. Alexandr spürte das vertraute Stechen in den Knien, als er vom Klavierhocker aufstand – er war zu niedrig eingestellt, aber warum? – und sich auf seinen Platz begab, die Hände hob, bereit, den Einsatz zu geben.

Alexandr hatte damit begonnen, das Stück vom *Armen Heinrich* erneut umzuschreiben, ein paar Dinge im Arrangement zu verändern. Genau genommen war es ja ohnehin nur noch die Melodie dieses Volksliedes, die dem Ganzen zugrunde lag, aber auch sie hatte Alexandr schon verändert, sie zerteilt und neu zusammengefügt, und erweitert um den ein oder anderen Weg. Der Text stammte von einem anderen Lied. Doch so wie er es jetzt arrangiert hatte, gefiel es ihm plötzlich nicht mehr. Er wollte Jonathan auch hier eine Solopartie singen lassen, ihn zum einsamen Wanderer werden lassen – *er* musste am besten verstehen, was das bedeutete, hatte Alexandr ihm doch mehr von sich erzählt als jedem anderen im Dorf. Und außerdem gönnte er es dem Burschen, einmal Anerkennung zu bekommen für seine schöne Stimme. Jonathan sang den ersten Teil der Strophe, dann setzten im folgenden Teil die zweiten Tenöre ein. Der Gesang wurde zweistimmig. Erst bei der Wiederholung der letzten Phrase sang der gesamte Chor, dieser Part bildete eine Art Refrain am Ende der einzelnen Strophen, wurde dabei jedes Mal leicht variiert. Zwischen dritter und vierter Strophe hatte

Alexandr eine Überleitung vorgesehen, hier sangen sie keinen Text, sondern fügten sich in ein Summen, begleitet vom rhythmisierenden Element im zweiten Bass. Die letzte Strophe hatte er in eine andere Tonart transponiert, einen Halbtonschritt höher jetzt. Da steht er nun am Grabe und schaut voll Wehmut zurück, konnt' wenig nur genießen das irdische Glück. Auf das gemeinsame punktgenaue Abschließen einer Phrase legte Alexandr besonderen Wert. Die kurze Stille nach dem letzten Ton – da tat sich ein Raum auf. Ganz egal, nur sing doch bitte was für mich, hatte der Vater abends am Seeufer gesagt, und den Fisch ins Feuer geworfen.

Du warst die letzten Male gar nicht da. Nein, bei mir ist es ein bisschen stressig zurzeit, entgegnete Lana. Natürlich. Alexandr kannte die dummen Ausreden der heutigen Zeit. Ich hab mir frei nehmen müssen, die Rosi springt ein – die nächsten zwei Wochen auch, sagte sie. Lana warf einen Blick in den Rückspiegel. Sie war einfach auf der Fahrbahn stehen geblieben. Alexandr wusste nicht recht, was er sagen sollte, war überrascht, dass sie nicht einfach vorübergefahren war. Insgeheim war es schön, ihr Gesicht noch ein Weilchen zu sehen. Wohin willst du? In ihrer Stimme hörte Alexandr ein merkwürdiges Vibrato. Er hob seinen Einkaufskorb so hoch, dass Lana ihn sehen konnte, obwohl sie ihn natürlich vorhin schon bemerkt haben musste. Er mochte Fragen nicht, deren Antwort offensichtlich war, aber Alexandr verzieh ihr, die heute so aussah, als wäre sie gerade fünfundzwanzig geworden, als machte sie eine Ausfahrt mit ihrem ersten eigenen Auto. Sie schien aufgeregt und geradezu froh darüber, aufgehalten zu werden. Auch eine blutjunge Lana hätte es sein können, unterwegs zu einem Vorstellungsgespräch. Soll ich dich das Stück mitnehmen?, fragte sie. Alexandr überlegte nicht und stieg ein, fast fühlte es sich an wie seine Pflicht. Wieder so ein Frage-Antwort-Spiel. Und wohin willst *du*?, sagte er. Lana schaute in alle möglichen Spiegel, es war der erste Tag in diesem Jahr, der schon ein Deut Frühling war. Ein Tag im März wie ein Guckloch ins unabwendbar Bevorstehende. Zum Flughafen. Fast hätte Alexandr die Antwort überhört. Dann machte sie eine so lange Pause, dass er nachfragen wollte und Lana, die gleichzeitig die Stimme wiedergefunden hatte, ihm ins Wort fiel. Sie lachte. In dem Moment hätte er kameradschaftlich seine Hand auf die ihre legen wollen. Du musst einen Gang hinaufschalten. Ist der Spiegel überhaupt richtig eingestellt? Du reckst dich jedes Mal so. Langsam, du kannst nicht hinter die Kurve sehen. Natürlich sagte er kein Wort, bewegte sich nicht. Das Leben allein hatte ihn steif gemacht, vor allem die Beine und den Rücken. Ich hole jemanden ab, sagte sie, als er am Dorfplatz ausstieg und ihr zum Abschied zunickte. Lana fuhr vorsichtig los. Gut so, dachte Alexandr. Sie holt ihren Sohn. Die Welt war klein und im Chor wussten es längst alle. Es gab so viele Spiegel überall.

12

Da saß er nun am roten Sofa und nahm sich eines der Brote, die Lana schnell belegt hatte. Sie hatte sich die Begrüßung, diese komischen ersten Minuten, schwieriger vorgestellt und fühlte sich fast schäbig dafür, da saß er jetzt, widmete sich bescheiden dem Essen. Lana füllte zwei Gläser mit Saft und setzte sich neben ihn. Während der Autofahrt hatte Tom fast kein Wort gesagt, er war sehr schüchtern und das war nur verständlich. Allein verreisen in diesem Alter! Wann war sie zum ersten Mal ohne Familie oder Freunde ins Ausland gefahren? Mit siebzehn nach Genua – das war keine große Distanz gewesen, aber für sie hatte es sich damals angefühlt, als wäre sie ganz auf sich allein gestellt und gleichzeitig – sobald sie jemand ansprach –, als seien alle hinter ihr her. Sie konnte sich erinnern, dass sie gleich nach der Ankunft im Hotelzimmer ihren Pass nicht mehr gefunden und eine schreckliche Angst bekommen hatte, die ihr die Luft zum Atmen nahm. Dabei hatte sie ihn nur kurz am Waschbecken abgelegt und dann dort vergessen. Nicht einmal ein Nachtkästchen hatte es in diesem Zimmer gegeben, so ein kleines Möbelstück, das einem die letzte beschwerende Last – und sei sie noch so klein und leicht in Wahrheit – noch abnimmt vor dem Traum. Ein Buch, ein Glas Wasser. In ihrer Wohnung dagegen gab es Nachtkästchen, und überhaupt musste Tommi keine Angst haben, er konnte seine Sachen hier nach Belieben verstreuen, auch im Kleiderschrank hatte sie zwei Regale frei gemacht für ihn. Aber der Flug! Was hatte Bernard sich nur dabei gedacht, Tommi so allein zu lassen? Ein Hallo ohne H. Alles gut, Tom ist gut angekommen, wir fahren jetzt heim, hatte sie gesagt, das Handy weggesteckt und an seiner Stelle Tommis Hand genommen, damit er nicht verlorenging. Niemand schien hinter ihm her zu sein. Die Brille, die er trug, hatte sie noch nie gesehen. Die Gläser fast rund. Lana hatte früher einmal eine sehr ähnliche gehabt. Auch wegen dieser unerwarteten Neuheit war sie sehr unsicher gewesen, als sie ihn durch die Ankunftshalle geführt hatte. Ein Kuss, der Anruf, ein bisschen Musik während der Autofahrt, und zuhause angekommen blieb die Zeit plötzlich stehen. Sie hatte die Heizung stärker aufgedreht. Fährst du Schi?, fragte sie. Tom schüttelte den Kopf. Irgendwann stellte sich heraus, dass er jetzt sehr gerne Geschichten über Drachen las, aber nur solche für Erwachsene. Lana lachte nicht. Er behauptete, dass er es am Telefon erwähnt hätte, sie erinnerte sich nicht an diesen Anruf. Er zeigte ihr ein Buch mit silbernen Schuppen am Einband. Es war der erste Gegenstand, den er aus seinem Rucksack geholt hatte. Das Gepäckstück, das in Wahrheit Bernard gehörte, hatte er im Vorzimmer stehen lassen, als würde er gleich wieder aufbrechen. Lana holte den Rucksack abends ins Wohnzimmer, wollte in einem unbeobachteten Moment ihre Hände darin verschwinden lassen. Mittlerweile war es fast zu warm, doch trotzdem drehte sie die Heizung nicht zurück, schlief vielleicht auch darum schlecht. Toms Atem. Manchmal zuckte er im Schlaf. Er lag neben ihr im Bett, das Gesicht Richtung Kleiderschrank gedreht, zwei Regalbretter im Innern, die die Leere höhlte. Genügend Platz, siehst du. Lana beugte sich über ihn, um mit der Hand die Brille, die er auf dem Nachtkästchen abgelegt hatte, zu erwischen. Dann sah sie nach draußen, die runde Kappe einer Straßenlaterne fixierend. Die neuen Leuchten strahlten orange. Die alten, die immer weniger wurden, weiß. Auch die Laternen in ihrer Straße waren vor kurzem ausgetauscht worden. Sie faltete die Bügel von Tommis Brille auf, nahm sie ganz nah zu sich, dann schaute sie durch die runden Gläser und beobachtete, ob die Konturen an Schärfe gewannen. Oder das Licht.

Das Reiten war nichts für sie, aber weil sie jetzt schon einmal hier waren, gab sie sich große Mühe, dass Tom davon nichts merkte. Zwar hatte der Regen am Morgen aufgehört, doch der Boden war weich, und so stapften sie durch Schlamm und Pferdeäpfel auf den Stall zu. Nachdem sie ihm das gesamte Dorf gezeigt und zum Schluss bei der Abzweigung zur alten Mühle den Reiterhof erwähnt hatte, war Tom gesprächiger geworden. Vielleicht hatte das gar nichts mit der Erwähnung der Pferde zu tun, aber Lana war froh gewesen, endlich eine Idee für eine echte Unternehmung zu haben. Immerhin war es auch *ihr* Urlaub, sie hatte alle Termine im Kalender durchgestrichen – nicht jeden abgesagt, aber manche Leute sollten ruhig wissen, wie es war, versetzt zu werden. Im Gegensatz zu anderen, bei denen man die Tür nie schließen sollte. Drachen lebten in Höhlen, hatte sie gelernt, doch gab es auch solche, die unter Wasser wohnten und um einiges größer und gefährlicher waren als ihre nächsten Verwandten in der Luft, die die Menschen schon kannten und töteten. Sie hatte Tom gebeten, ihr zu erzählen, worum es in der Geschichte ging, die ihn am Abend so fesselte und wegen der er auch nicht mit ihr zusammen fernsehen mochte. Und in der Früh war sie wach geworden und hatte festgestellt, dass er schon vor ihr aufgewacht sein musste, weil er im Bett neben ihr sitzend gelesen hatte. Eine Zeit lang hatte sie ihn von schräg unten beobachtet, als wäre er ein unheimliches Kind, dann wandte er sich plötzlich zu ihr und sagte: Papa hat mir das Buch gekauft. Sie musste immer wieder daran denken. Tommi sagte

Lana zu ihr. Die Reitlehrerin half ihm auf den Rücken einer sanften schwarzen Stute. Das ist Moonlight. Na toll, Lana konnte sich das nicht verkneifen. Wieder so ein Name. Sicher hatte kein Drache je so geheißen.

Tommi drehte auf der Stute schon die zweite Runde, er hielt sich am Sattel fest, und folgte den Anweisungen der Reitlehrerin, als ein Auto vorfuhr. Eine halbe Stunde zu spät, aber Lana musste froh sein, dass er sich überwunden hatte und überhaupt kam, nachdem sie ihn erst gestern angerufen und kurzfristig um diesen Gefallen gebeten hatte. Natürlich würde sie ihn das nicht umsonst machen lassen, er sollte nur sagen, was er verlangte. Jonathan war mit dem Firmenauto gekommen, das Logo des Betriebs seiner Eltern auf beiden Seiten der Karosserie. Er nahm eine schwarze Tasche von der Rückbank, hängte sie sich über die Schulter – so auf sie zukommend, fragte Lana sich einen Moment, ob das dieselbe Kamera war, mit der er nachts durch die Straßen schlich. Denn sie war ihm vor ein paar Wochen begegnet, als sie gegen halb zwölf vom Gasthof aufgebrochen war. Ein bisschen mit den Gästen mitgetrunken hatte sie, ja, aber mit Sicherheit nicht so viel, dass sie Jonathan nicht ganz sicher hätte identifizieren können, wie er von der Quelle her kommend ins Dorf gegangen war, in dunkler Kleidung mit Schritten, die leise waren, als ginge er auf dicken Socken. Und eine schwarze Tasche hatte er durch den Lichtkegel einer Straßenlaterne getragen, die noch weiß leuchtete. Lana war reglos stehen geblieben. Er hatte sie nicht bemerkt und auch jetzt sprach sie ihn nicht darauf an, als er seine Kamera aus der Tasche nahm und sie fragend ansah. Bereit? Das Modell war kleiner, als sie erwartet hatte, aber so genau konnte sie sich nicht an die in seinem Zweitbüro aufbewahrten Apparate erinnern. Wie ein Amulett, sagte sie nur, und Jonathan zuckte mit den Schultern. Tatsächlich war es sein Ein und Alles. Komm.

Lana lächelte hier und da zu ihm hin, und sonst hielt Jonathan sich so dezent im Hintergrund, dass er niemanden störte. Er war da und gleichzeitig auch nicht. Die Reitlehrerin ließ Moonlight weiter mit Tom an der Longe laufen. Die erste Aufforderung, es ihm nachzutun, hatte Lana gekonnt ignoriert, aber dann gab sie sich einen Ruck. Na gut, was soll's. Sie ritt also einige Runden im Kreis, fand sogar ein bisschen Gefallen an der gleichförmigen Bewegung – eine Art Wirbel, stellte sie sich vor, der entstehen konnte, wenn Moonlight schnaubte, dann ahmte sie das Geräusch nach, sie hörte Toms Lachen, noch eine Runde und noch eine, dann aber schon das Gefühl ausbrechen zu müssen, um nicht mitgerissen zu werden. In dieser Hinsicht war sie sich sicher und sagte es Tom: Unterwasserdrachen sind viel cooler als die anderen. Anschließend gingen sie zu dritt essen. Jonathan sagte, dass er keinen Hunger habe, aber Lana bestand darauf ihn einzuladen. Die Kamera hatte er zurück in die ausgepolsterte Tasche gesteckt und diese neben sich auf die Bank gelegt, sodass sein Oberschenkel sie berührte. Sie dachte an die Bilder von früher. Und an diese neuen. Die kannst du ja dann Papa zeigen – einen Moment wollte sie das wirklich sagen, aber sie biss sich auf die Zunge, hätte sich selbst ins Gesicht schlagen können in dem Moment. Einmal hatte ihre Großmutter genau das getan und dann war sie ganz bleich geworden, Lana hatte sie trösten wollen. Als Jonathan sich nach dem Essen verabschiedete und sie ihm nachschaute, wie er in den Wagen stieg und den Motor anließ, beschlich Lana ohne bestimmten Grund das Gefühl, dass es ein Fehler gewesen war, ihn anzurufen und um diesen Gefallen zu bitten. Ein paar schöne Fotos – die Idee war ihr spontan gekommen –, warum nicht, mehr war es nicht, was sie wollte, aber jetzt, da sie Jonathan beobachtete, der ohne die Hand zum Gruß zu heben davonfuhr, wünschte sie sich, sie hätte jemand anderen engagiert. Ein Schauder lief ihr den Rücken hinunter, als sie daran dachte, wie sie die alte Aufnahme von Tom zurückgefordert hatte. Was hatte er daruntergeschrieben? Was kritzelte er nur unter all die fremden Fotos in dem Ordner und *warum* tat er das? Das Bild von ihrem Sohn vor dem gelben Vorhang hatte sie daheim in ein Buch gesteckt, das Buch auf die Kommode im Vorzimmer gelegt – unentschlossen, wohin damit. Irgendetwas daran kam ihr anders vor, als sie es in Erinnerung hatte, Tommis Augen oder war es eine Kleinigkeit den Stoff betreffend, irgendeine Veränderung in dem Leder des Sessels? Eine Nebensächlichkeit nur, auf den ersten Blick, wie ein neuer Abdruck darauf, der alles veränderte, auf den zweiten.

Gregor hatte viermal angerufen, das war eine komische Zahl. Viermal hatte sie den Anruf ins Leere laufen lassen. Das erste Mal hatte er angerufen, um so zu tun, als wäre nichts gewesen und um sie nach Tom zu fragen, so viel war sicher. Das zweite Mal, um sich zu entschuldigen. Er hatte eben doch eingesehen, dass das nötig war. Aber Lana wäre über die seichten Worte, die wie große Lacken am Boden standen, hinweggesprungen. Sie hätte ihn das ausbaden lassen. Das dritte Mal – ja, wozu der dritte Anruf? Ein Vorwurf, warum sie sich nicht meldete und nicht reagierte, so ließen sich doch keine Probleme lösen. Aber was war überhaupt los mit ihr? Er hatte doch schon einen Rückzieher gemacht und würde ihr die Füße küssen, wenn es das war, was sie wollte. Das vierte Mal vielleicht ganz ohne Absicht, fast nüchtern, nur um von sich selbst zu erzählen und hier und da ihre Stimme zu hören. Das gefiel ihr am besten, sie hätte abheben können bei diesem vierten Anruf, aber da hatte Tom sie plötzlich gefragt, ob ihr Nizza denn nicht mehr gefiel. Und sie hatte wieder an seinen Satz von vorgestern Früh gedacht: Papa hat mir das Buch gekauft. Bei diesem vierten Anruf von Gregor hätte sie also abheben können, wenn Tommi nicht in diesem Augenblick zum Kind geworden wäre, das sie dem Vater in der schönen Stadt am Meer überlassen hatte. Aber was hieß überlassen! Bernard, der so getan hatte, als sei sie verrückt und nicht in der Lage, für sich selbst zu sorgen, schon gar nicht für den gemeinsamen Sohn. Bernard, der ihr ein Bein gestellt, sie aufgefangen hatte, und dann zwei Schritte vor ihr weitergegangen war, dem sie dankbar sein sollte, der es selbst mit anderen Frauen getrieben und sie als gierig bezeichnet hatte, nur weil sie sich wie er umzusehen wusste. Auch an Gregor hatte sie etwas gefunden. Vielleicht sollte sie ihn vertrösten, aber wie sie sich beim letzten Mal in seiner Gegenwart gefühlt hatte – in der Küche, da sie sich nur noch hatte umdrehen und gehen wollen, was sie aber nicht gekonnt hatte –, das machte sie immer noch unbeweglich.

Sie hatte die Aufregung nicht verstanden und auch nicht gewollt, dass Gregor es ihr erklärte. Hier war es darum gegangen, Recht zu haben. Ihm ein bisschen entgegenzukommen und einen Besuch abzustatten, es wäre an der Zeit dafür gewesen, hatte sie gefunden. Aber Gregor war ganz offenbar überrumpelt gewesen. Er hantierte mit dem Geschirr in der Küche, als hätte man ihn damit betrogen – vermeintlich wertvolle Artefakte, die sich als Fälschung herausgestellt hatten. Ganz egal, wenn etwas zu Bruch ging, lauter Fehlinvestitionen, zu nichts zu gebrauchen. Er schob die Gläser in die Schränke, die Schüssel warf er in eine der großen Laden neben dem Kühlschrank, schmetterte das Besteck in die Schublade, Messer auf Löffel, ganz egal. Was ist denn mit *dir* los?, fragte sie, da atmete er lautstark aus: Du bist unverantwortlich. Die Tür zum Gang hatte er hinter ihr geschlossen – Lana schaute jetzt dorthin, überlegte, ob Sarah auch im Haus war. Das Gespräch war ihr schon jetzt zu blöd, obwohl es noch gar nicht begonnen hatte. Wieso? Weil du sie erst im Regen warten lässt und dann mit ihr in irgendein Scheißkino fährst. Lana stellte ihre Tasche auf den Tisch, lehnte sich an die Tischkante, während er mit drei Gabeln in der Hand predigte. Ich verlange, dass du mir sagst, wenn du etwas mit ihr unternimmst. Sie ist noch ein Kind und ich bin in der Verantwortung. So aufgebracht hatte Lana ihn noch nie erlebt. Es hätte sie nicht gewundert, wenn er das Edelstahlbesteck verbogen hätte wie der schlechteste Zauberer aller Zeiten. Aber was rede ich?, schrie er, du bist ja auch eines! Lana konnte sich nicht bewegen. Und vor allem tu nicht so, als ob du ihre Freundin wärst. Da war er wieder, der Konjunktiv. Ich weiß nicht, was du mit deinem Sohn verbrochen hast, aber Sarah wirst du nicht so enttäuschen. Lana fragte sich, ob Gregor wirklich all das sagte, was sie hörte. Aber er hatte gewonnen, sie fühlte sich wie ein Kind. Nur – diese Frage entstand zwischen den Zinken der Gabeln – sprach er da wirklich von ihr? Weil er sie doch in Wahrheit nicht kannte. Ein überforderter Schulbub, der sich vor aller Zukunft fürchtete und davor, irgendwann einmal seinen Ansprüchen ans gute Leben nicht zu genügen, einmal in der Versenkung zu verschwinden wie eine Muräne. Er hat so vor sich hingelebt, na ja, mehr kann man nicht sagen – Angst davor, dass das alles sein würde, woran die Leute sich später erinnerten. Hinter ihm an der Wand hing das Porträt einer afrikanischen Frau mit einer auffälligen Frisur und einem Tuch über den Schultern. Sie hatte die Augen geschlossen, oder den Blick nur tief gesenkt – mit Bestimmtheit war es nicht zu sagen, der Betrachter entschied es für sie. Ein Porträt ganz in Brauntönen gehalten. Wahrscheinlich hatte Sarah es gemalt. Sie hatte viele Begabungen, die er nicht sah, nicht wirklich. Vielleicht fehlt dir nur eine Frau im Haus, hätte sie Gregor sagen können, sie hätte schon irgendetwas zu sagen gewusst. Nachdem er sich umgedreht hatte, konnte sie endlich ihre Tasche nehmen – als wäre das erst jetzt möglich geworden – und ihm den Rücken zukehren. Doch da sie gleich darauf seinen Blick im Nacken spürte, wandte sie sich einmal noch um. Er sah sie zum ersten Mal so an – mit Mitleid, als wäre sie eine Kreatur der Wildnis, eingereiht neben Bären, Löwen, Antilopen hing sie als Heringskönigin von der Decke in einem Museum, fast schon verzweifelt im Bemühen, wild zu sein. Aber er sprach ihr das wahre Leben ab, als hätte er die Weisheit der ganzen Welt an einem einzigen Abend in sich hineingeschaufelt. Und Lana war immer noch hungrig, leer. Sie hatte sich nicht verpflichtet, hing lose im Raum. Sie hatte die Schuhe nicht ausgezogen, zur Anpassung nicht geeignet. Als sie an der Stiege vorbeigegangen war, hatte sie kurz zu Sarah hinaufgeschaut. Selbstverständlich, dass das Mädchen dort gestanden war. Gregor war hinter ihr hergelaufen. Keine Sorge, ich tu nicht mehr so, als ob ich deine Freundin wär.

Darum beantwortete sie jetzt auch den fünften Anruf nicht, als er kam.

Sie ließ die Hand unter die Bettdecke gleiten, dort war die Haut noch kühler als der Stoff, bald würde das Verhältnis sich ändern. Die Bettwäsche bedruckt mit einer Schlangenhaut, dann war es also Haut auf Haut. Das Angleichen der Temperaturen. Bernard hatte sie einmal gefragt, an wen sie dabei dachte. So lange war das her. Und weil ihr eben das nun in den Sinn kam, hätte sie jetzt, so viele Jahre später, antworten können, an dich, und nicht gelogen. Lana wickelte sich tiefer in das Schuppenkleid, eine Hand verschwand zwischen den Beinen. Der ganze Körper nur gemacht, um zu verschwinden, und deswegen hatte man die Geister erfunden. Die andere Hand lag auf ihrer Brust, dort wo man den Anfang und das Ende vermutete. Der Körper bebte, wurde heiß. Sie atmete tief, aber das gesamte Bett war ein Reptil mit vier Augen, und alle Geräusche, die es von sich gab, waren leise, die kleinsten Bewegungen geschmeidig. Vielleicht hockte es auf einem warmen Stein durch die Dunkelheit und der Schlaf war nur eine Methode des Wartens. Von der Brust rutschte die Hand auf ihren Bauch, der ihr nur im Liegen gefiel. Es schien, als wäre alles an Bedingungen geknüpft. Sie versuchte, sich so wenig wie möglich zu bewegen. Das Herz schlug so heftig, als wäre es tatsächlich ein Ende, das brannte wie Feuer. Sie schaute auf die andere Bettseite hinüber, wo sich nichts regte, aber vielleicht war sie kurz unsichtbar geworden, warum also sollte Tommi aufgewacht sein. Ob er Heimweh hatte, von zuhause träumte? Sie kontrollierte sich selbst auf Bedingungen ihrer Zuneigung, bis der Stein, das Bett, diese Restwärme abgegeben hatte und das Reptil alle Augen schloss in seiner plötzlichen Starrheit.

13

Sie wollten es nicht wahrhaben und es gab nichts, was er dagegen tun konnte. Das Selbstmitleid schlich auf leisen Pfoten herbei und strich zwischen seinen Waden und dem Sofa auf und ab, auf der Suche nach den empfindlichen Punkten unter den blauen Stoffen. Er hatte den Plattenspieler in Betrieb genommen, den sein Vater ihm vor einiger Zeit geschenkt hatte, weil er bei ihm schon seit Jahren nicht mehr in Verwendung gewesen sei. Auch die bescheidene Plattensammlung hatte Jonathan sich ein paar Tage später abgeholt. Wir haben sowieso keinen Sinn mehr dafür, hatte der Vater nur gesagt. *Goodbye Yellow Brick Road* war einst Jonathans Lieblingsalbum gewesen. Er musste an seinen früheren besten Freund denken. Natürlich hatte er damals versucht, auch Oliver von der Qualität dieses Albums zu überzeugen – nach der Schule, wenn er ihn zu sich nachhause lotste, weil er die ganze Woche über nachmittags sturmfrei hatte. Die Eltern waren erst abends heimgekommen. Hin und wieder hatte die Mutter Kontrollbesuche gemacht und war plötzlich am Nachmittag hereingeschneit. Und, was treibst du? Für den Fall hatten sie stets ein paar Hefte und Schulbücher im Wohnzimmer verstreut.

Jonathan legte sich auf die Couch und zog die Beine an. Vielleicht sang er ein paar Zeilen mit, aber er hörte sich nicht einmal selbst. Wenn er an die Schulzeit dachte, kam er sich unendlich alt vor, noch eindringlicher war das Gefühl nur, wenn er auf Fotos von damals die Gesichter seiner Eltern sah, die sich so stark verändert hatten. Weißt du denn nicht, dass die Bilder nur Schatten wiedergeben, hatte Alexandr gesagt. Jonathan schüttelte den Kopf. Er würde nie vergessen, wie die Mutter dreingeschaut hatte an diesem Tag, der ein Tag wie jeder andere gewesen wäre, wenn sie nur nicht plötzlich im Wohnzimmer gestanden wäre, viel zu früh. Sie hatte Jonathan gestellt, ihn festgenagelt auf ihre bange Vorahnung, als hätte sie nur einen Beweis gebraucht.

Jonathan und Oliver waren im Wohnzimmer auf dem Sofa gesessen und hatten ein bisschen gelernt, sich immerhin ein paar Vokabeln abgeprüft, ehe sie die Hefte vergaßen und konzentriert der Musik lauschten. Jedes Mal, wenn Oliver ihn besuchte, hatte Jonathan eine neue Platte vorbereitet, was aber nicht bedeutete, dass Oliver sich nicht auch ganz andere hätte aussuchen können. Doch meistens war er einverstanden. Jonathan hatte es gemocht, wie sein Freund mit der Ferse im Takt der Musik wippte – eine effiziente Bewegung, nur ein paar Zentimeter Ausschlag, aber das ganze Bein schien angespannt, zitterte gar leicht, wie eine schwingende Saite, als wäre er selbst Teil der Musik. Sie hatten eine Liste geführt und jedes Album bewertet, indem sie Punkte vergaben. Und es waren wirklich Punkte und nicht etwa eine Zahl und ein ausgeschriebenes Wort, sondern eben kleine Bleistiftpunkte, die sie unter den Albumtitel malten – dem Vater war es nicht einmal aufgefallen. Dabei hatten sie in manchen Fällen sogar jedes Lied einzeln bewertet, was sich aber nur auszahlte bei Alben, die ihnen wirklich gut gefielen, die zumindest die Sieben-Punkte-Marke geknackt hatten. Und es gab Tage, da waren sie ungeheuer kritisch, weil jeder den anderen beeindrucken wollte. Maybe you'll get a replacement, there's plenty like me to be found. Wie viele Punkte hatten sie diesem Album gegeben, diesem Song? Er hatte seinen Kopf auf Olivers Oberschenkel gelegt, das hatte er schon einmal gedurft, sie waren beste Freunde, es war nichts dabei, auch wenn Jonathan sich nach dieser Nähe so sehr sehnte, dass er damit angefangen hatte, an seinen Nägeln zu kauen, an der trockenen Haut der Fingerspitzen zu zupfen – das einzige Zeichen für die anderen, dass es mehr war als Freundschaft, das aber niemand zu deuten wusste, nur die Mutter, die die beiden so entdeckte, die sie nicht kommen gehört hatten, weil die Musik so laut gewesen war, oder nur so mitreißend, und die ihm fortan verbot, Oliver nachhause mitzubringen, und dann nie wieder mit sich darüber reden ließ. Als wäre gar nichts passiert – und so war denn auch wirklich nichts geschehen! – gleichzeitig aber war es, als hätten sie nur noch Geheimnisse voreinander, sonst nichts.

Seitdem die Familie Miller in das Dorf gezogen war, kam Jonathan nicht mehr zur Ruhe. Es war, als wäre jetzt der Moment gekommen, sich frei zu kämpfen. Aber wozu? Um Abel zu gestehen, was er für ihn empfand? Um dann mit ihm an seiner Seite endlich ein Leben zu beginnen, das ihm nicht so dumpf und schwerfällig vorkam? Doch Vorsicht vor falschen Hoffnungen, sie konnten ihn krank machen. Abel kannte ihn doch gar nicht, seinen Seelenverwandten. Er wusste wahrscheinlich nicht einmal, dass es einen Jonathan gab in diesem Dorf, der ihm auch nur als heimlicher Beobachter erschienen wäre, denn mehr war er nicht, Abel konnte es ja noch nicht wissen, wie Jonathan ihn auf fast schon unheimliche Art aus der Ferne verstand, konnte nicht wissen, wie ähnlich sie einander waren. Jonathan bekam eine Gänsehaut.

Als er um die Kurve gebogen war, bemerkte er plötzlich in einiger Entfernung die schlanke, große Gestalt des jungen Mannes. Obwohl er sein Gesicht nicht sehen konnte, hätte er Abel Miller auch aus noch größerer Distanz und bei schlechten Lichtverhältnissen eindeutig erkannt. Die Tasche, die er an einem Riemen über der Schulter trug, baumelte bis zur Hüfte herab – eine Tasche vom Typ, wie Anwälte oder Notare sie mit sich trugen und in denen sie wichtige Kopien beförderten, um damit später Menschen etwas vorhalten zu können. Das haben Sie unterschrieben. Jonathan fiel es manchmal schwer, seine eigene Unterschrift wiederzuerkennen, die er in Unleserlichkeit ihre Form beständig wechseln ließ. Zu Abel Miller hatte er verschiedene Theorien aufgestellt. Er absolvierte ein Fernstudium – das war wahrscheinlich. Ein Studienabbrecher war er sicher nicht, das hätte nicht zu ihm gepasst. Was das Fach betraf, schwankte Jonathan zwischen Rechtswissenschaften oder auch Volkswirtschaftslehre, beides Fächer, die man ihm nahegelegt hatte, vielleicht war es aber auch etwas ganz anderes, ja, wenn er sich durchgesetzt hatte, möglicherweise Philosophie. Aber Jonathan tippte eher auf eine der ersten beiden Varianten. Die Eltern waren wohlhabend, der Vater nach einer Depression allerdings nicht mehr in der Lage zu arbeiten. Darum waren sie aus der Stadt geflohen, gleich in ein anderes Land, wo die Mutter noch eine ferne Verwandte hatte. Jonathan wusste, dass er nur Teile ineinandersteckte zu einem großen Konstrukt, alles nur erfunden und zusammengehalten durch kleine Verbindungsstäbchen wie beim Matador. Aber um in seinen Forschungen voranzukommen, hatte er das Gefühl, solch konkrete Annahmen einmal treffen zu müssen und sie dann anhand seiner weiteren Beobachtungen schrittweise zu widerlegen – den gebauten Kran oder das Riesenrad, wenn es sich letztlich nicht drehte, wieder auseinanderzunehmen –, oder die Annahmen bestätigt zu finden.

Obwohl er um diese Zeit zurück in die Firma hätte fahren müssen, folgte er Abel, ohne sich ihm weiter zu nähern.

Es gab nicht sehr viele Wege und nicht sehr viele Verstecke im Dorf, die Linien waren klar gezeichnet, besonders da die Bäume noch kein Laub trugen, kaum Möglichkeiten zu verschwinden, selbst das Kirchendach war noch zu erkennen dort oben am bewaldeten Hügel. Und alle Augen dieser Welt schauten immerzu auf das, was sie umgab, denn so immer gleich dieses auch sein mochte, nichts war eintöniger und auf Dauer verdrießlicher als der Blick an sich selbst herab, wenn man sich doch nicht rühren, sich nicht verändern konnte. Jonathan hatte genug davon. Abel ging mit langen Schritten die Anhöhe hinauf. Zielstrebig, als hätte er einen Termin. Der Weg war ansonsten menschenleer, und weil Jonathan es nicht riskieren wollte, Abels Aufmerksamkeit – oder eigentlich seinen Missmut, denn träumte er doch gerade von dem perfekten Augenzwinkern – zu erwecken, verlangsamte er seine Schritte und ließ Abel bewusst aus seinem Blickfeld hinter dem Pfarrhaus verschwinden. Die Erde neben dem asphaltierten Weg war weich, und in der Luft lag dieser intensive Geruch, ein Föhntag in der kalten Jahreszeit, der den Verstand in die Irre führte. War es schon Frühling oder würden alle bereits aufgebrochenen Knospen – selbst nur der Täuschung anheimgefallen – in ein paar Tagen schon vom Frost in die Schranken gewiesen, und war das dann ein Grund zu trauern? Er wischte mit der Schuhsohle über die nasse Erde, wartete eine Minute, zählte die Sekunden im Geiste wie einen Countdown. Bei null angekommen ging er weiter, und musste sich zusammenreißen, nicht sofort wie angewurzelt stehen zu bleiben. Abel wartete vor dem schweren Holztor der Kirche. Was sollte das? Jonathan konnte sich nicht vorstellen, dass noch jemand kommen würde. Abel wird doch nicht …? Jetzt konnte Jonathan nicht umhin, so zu tun, als wäre er selbst nur gekommen, um vor Gott irgendetwas hinzulegen, das weder von Wert noch von Belang war. Er hätte nicht sagen können, wann er das Gebäude das letzte Mal zu diesem Zweck betreten hatte. Wenn er es nicht jemandem zuliebe tun musste, dann setzte er keinen Fuß hinein, obwohl das Licht, das durch die buntverglasten Fenster fiel, durchaus vielversprechend schien für ein paar Aufnahmen. Als er beim Eingang an Abel vorbeigehuscht war, ein formelles Grußwort murmelnd, hatte er seinen Geruch wahrnehmen können. Er hielt den Atem ein paar Sekunden an, wollte den Eindruck noch bewahren. Im Kirchenschiff war es dunkel und kälter als draußen, aber Jonathan fror nicht, eher fühlte er ein Brennen auf den Wangen. Er rutschte in eine der vorderen Sitzbänke und lauschte. Nach ein paar Minuten hörte er schließlich, dass Abel – wer hätte es sonst sein sollen – ebenfalls eintrat. Offenbar nahm er in einer der hintersten Reihen Platz, es klang, als rutschte er genau so weit die Bank entlang, dass er etwa hinter Jonathan zu sitzen kam. Wie viele Bankreihen trennten sie voneinander? Er hätte sich nur zu gerne umgedreht. In Abels Gesicht geschaut. Und wenn es nur der richtige Moment gewesen wäre, dann hätte er es getan. Aber vielleicht war es gut, einander so kennenzulernen, nur still in Gedanken, Jonathan ließ Abel Zeit, der ihn jetzt von hinten beobachtete, der seinen Rücken und seine Schultern musterte, den Hinterkopf, die dunklen Haare, die vom Wind zerzaust waren. Die Vorstellung gefiel ihm. Gleichzeitig war da die Angst, dass Abel nicht gefallen könnte, was er sah, die seine Brust beengte und seine Atmung flach und schnell werden ließ. Er war nicht vorbereitet gewesen. Gebannt starrte er nach vorne – auf das Kreuz, an dem ein lebensgroßer Jesus hing. Ganz ausgemergelt. Ausgezehrt. Insgesamt vielleicht doch ein bisschen zu klein. Er stellte sich vor, wie er den Kopf auf Abels Oberschenkel legte. Abel streichelte ihm durchs Haar, zerzauste es noch weiter, als forme er die Liebe aus Lehm. Beim nächsten Knacken der Schallplatte wurden die beiden eins miteinander. Das gefällt dir also. Wer hatte das gesagt? Plötzlich fuhr Jonathan erschrocken herum, das Poltern seiner Schuhe gegen die Holzbank füllte den Raum wie ein Schrei. Er war allein. Nur vorne neben dem Altar hing noch immer dieser Schatten.

Vor der Tür zwei Paar Flipflops, schmutzige weiße Turnschuhe und schwarze Schnürschuhe mit mittelhohem Absatz. Jonathan wunderte sich vor allem über die abgetretenen Badeschuhe, die das ganze Jahr über dort stehen mussten, denn es war gerade mal März. Oder sie trug sie nicht zu diesem Zweck, sondern wie eine Selbstverständlichkeit, wie Hausschuhe. Er schnürte seine eigenen Schuhe auf, dann platzierte er sie neben den ihren. In Socken auf dem Fußabstreifer stehend drückte er die Klingel. Lana wirkte überrascht. Jetzt waren sie quitt. In der Küche stellte sie ihm ein großes Glas Sodawasser auf den Tisch und eine Tasse mit Milchkaffee sowie Zucker. Ich habe mir das Kaffeetrinken abgewöhnt. Ach was? Davon hab ich bei den Proben noch nichts mitbekommen. Du warst auch schon lange nicht mehr da. Lana schwieg und setzte sich zu ihm. Jonathan kramte aus seiner Tasche ein dickes Kuvert heraus und überreichte es ihr. Er beobachtete sie genau, wie sie es aufriss – ihm war selbst nicht ganz klar, warum er es zugeklebt hatte – und die Abzüge herausholte. Ihre Fingernägel waren lackiert, das einzig Perfekte an ihrem Körper, heute sah sie älter aus als sonst, aber das war keine Frage von Schönheit oder dem Gegenteil davon. Sieben, acht. Er zählte. Neun Perlen waren in seinem

Glas aufgestiegen, dann sagte sie: Ich danke dir, gut sind sie geworden. Auf ihrer Stirn bildeten sich drei kleine Falten und Jonathan merkte, dass sie sich nicht wohl fühlte, dass sie ihn gar nicht hereingelassen hätte, wenn er nicht schon in Socken vor ihr gestanden wäre beim Öffnen der Tür. Was bin ich dir schuldig? Nichts. Sie seufzte. Na, komm schon, du bist zwei Stunden in der Kälte herumgestanden, und einen richtigen Fotografen müsste ich ja auch bezahlen. Das traf ihn unerwartet – einen *richtigen* Fotografen, wiederholte er bei sich. Also sag schon, beharrte sie. Jetzt legte Jonathan die Handflächen auf den Tisch, dann überwand er sich: Ludwig hat erzählt, dass du bei den Millers warst. Wegen dem alten Fischteich. Ja, und?, sagte sie. Warst du im Haus?, fragte er weiter. Fischteiche befinden sich für gewöhnlich an der frischen Luft, antwortete sie mit spöttisch verstellter Stimme. Ja, schon gut, ich weiß. Aber hast du mit ihnen gesprochen? Mit Frau Miller, natürlich. Sie hat mich ja gerufen. Aber ich weiß ehrlich gesagt nicht, was dich das angeht. Lana nahm die Arme vor die Brust und Jonathan fiel auf, dass sie sich leicht nach vorne beugte. Musst du noch einmal hin?, fragte er. Nein. Und wenn doch: Nimmst du mich mit? Ich habe gesagt: Nein. Ich muss nicht nochmal hin. Sie wollten nur wissen, ob sie Forellen halten können und welche Pumpe sie brauchen, weil die alte hinüber ist. Ist ja seit Jahrzehnten nur eine Betonhöhle im Boden mit Brackwasser. Oder glaubst du, die Frau Trauner hätte irgendwas damit gemacht? Die war wohl froh, wenn sie *im* Haus allein zurechtgekommen ist. So schnell wollte Jonathan nicht aufgeben, er hatte es sich anders vorgenommen: Kannst du nicht sagen, du hast etwas vergessen? Spinnst du? Und überhaupt: Dann willst du mitkommen, als wärst du mein Hund?

Lana hatte nach den Fotos gegriffen und ging damit durchs Zimmer. Auch Jonathan stand auf. Na ja, ich habe ja nur gefragt. Warum war sie so streng mit ihm? Hatte er ihr nicht ihren Wunsch erfüllt, musste er sich jetzt noch beleidigen lassen, und wollte sie ihm nichts als Gegenleistung anbieten außer irgendeinem Geld für einen *falschen* Fotografen, der er ihrer Meinung nach war? Sie musste doch gemerkt haben, wie ernst es ihm mit seiner Bitte war, nicht einfach so dahingesagt, aber alle ihre Handbewegungen wischten Jonathan beiseite, auch als sie ihn verabschiedete und ihm auf die Schulter klopfte in versöhnlicher Manier. Dieses Wegwischen. Mein Gott, sagte sie, warum redest du ihn nicht einfach an? Der passt so gut zu dir, sieht doch jeder.

Unten auf der Straße traf Jonathan auf Gregor. Ein flüchtiges Grußwort, und einen Blick warf er noch auf seine Schuhe, dann ging er schnellen Schrittes nachhause.

14

Hatten Anfang der Neunziger, als er die Stadt verlassen hatte, noch fast neunzigtausend Deutsche in Alma-Ata gelebt, war doch die Zahl seither rapide gesunken, eigentlich schlagartig. Alexandr verfolgte das Geschehen in seinem Herkunftsort aus der Ferne, soweit es möglich war. Hier und da ein Telefonat, ein Brief an den alten Studienfreund Michail, der ewig brauchte, bis er ankam, als müsste die Post zu Fuß transportiert und als müssten immer wieder neue Passagen durch unbegehbare Landschaften gefunden werden. Zurück ging es schneller. Manchmal hatte Alexandr den Verdacht, dass Michail nur vorgab, die Briefe würden so spät ankommen; vielleicht ließ er die Kuverts nur längere Zeit ungeöffnet bei sich liegen, so eine Art Quarantäne fürs geschriebene Wort aus dem fernen vergötterten Land. Wer weiß, was es dort für Krankheiten gibt. Michail dachte nicht an Auswanderung. Was soll ich dort?, hatte er damals zu Alexandr gesagt, als der ihm von seiner bevorstehenden Ausreise erzählt hatte. Das war schon über zehn Jahre her. Aufgeregt hatte er ihm seinen Bescheid gezeigt, war er doch einer der ersten gewesen, die einen bekommen hatten – zumindest kannte man so viele, die vergebens warteten. Dort kenne ich niemanden, hatte Michail hinzugefügt, und ich wäre auch selbst ein Niemand. Hier hab ich einen Beruf, hier ist es nicht so schlecht. Und deine Frau?, hatte Alexandr gefragt. Der hab ich es schnell ausgeredet, auch nur daran zu denken. Alexandr betrachtete den letzten Brief von Michail. In Wahrheit hieß er Michael. Und in Wahrheit hatte er am meisten Angst vor der verlernten Sprache, die in der Öffentlichkeit und auch in der Familie zu sprechen vermieden worden war. Die Russlanddeutschen verließen Sibirien, Kasachstan und all die anderen Orte, wohin sie deportiert worden waren und wo sie die Sonderverwaltung so lange festgehalten hatte, jetzt in Scharen. Michail sah seine Bekannten um die Erlaubnis kämpfen, ausreisen zu dürfen, Antrag um Antrag stellend. Alexandr vermisste den alten Kameraden, der schreiben konnte wie kein Zweiter, aber nichts daraus gemacht hatte. Er komme sich oft überflüssig vor, stand in einem seiner Briefe, als würde er mit jedem Tag mehr zu einem lebenden Fossil. Irgendwann wird jemand über den Markt hier spazieren und mich entdecken, so ein ausgestorben geglaubtes Tier.

Nach der Ausreise hatte Alexandr nicht mehr in einer Großstadt leben wollen, schon in Alma-Ata hatte er die Weite der Steppe zu vermissen begonnen, auf die sie alle schimpften, aber die auch etwas für sich hatte, vor allem im Frühling. Und war er nicht auch *hier* am Ende der Welt, hätte er da nicht gleich in die Kulundasteppe ziehen können, deren Grenze sie einst zu erreichen versucht hatten, alles hinter sich lassend? War er letztlich nur auf der Suche gewesen nach einer inneren Ruhe, dem wohligen Nebel, der sich in die Abgründe schob und die Füße auffing, wenn man über sie hinwegschritt? Oder hatte er diesen Ort gewählt, um ihn dem Vater im Geist beschreiben zu können, ihn ihm zum Abgleich vorzuhalten, auf ein Urteil wartend? Hättest du dich hier zuhaus gefühlt? Schau, da gibt es einen Fluss, der ist natürlich viel zu klein, es ist auch nur ein Bach in Wahrheit. Aber es gibt zwei Seiten, natürlich gibt es die. Siehst du? Das da drüben könnte die Bergseite sein. Der Hof mit den braunen Kühen, das könnte doch der vom alten Teofilowitsch sein, von dem du manchmal erzählt hast, dass er ein Gauner war und seine Familie und die Tiere so schlecht behandelte.

Dass er auch bestechlich war und niemand gut mit ihm auskam, vor allem nicht Tante Nelly. Bei dem Gedanken wurden Alexandrs Füße schwer. Abdrücke im weichen Boden. Die Gräber hatte er zurückgelassen. Michail kümmerte sich um sie. Einmal hatte der alte Quastenflosser ein paar Blumen gebracht. Alexandr wusste, dass sie aus Plastik waren, obwohl er das nicht geschrieben hatte.

Die Buschwindröschen blühten in jedem Rain und zeigten hin und wieder ihre Blattunterseiten im Wind, sie machten ihrem Namen alle Ehre – trugen alle denselben, den sie unter ihresgleichen nicht gebrauchten. Alexandr blieb einen Moment stehen, dann ging er weiter. Jahr für Jahr die Seligkeit, als wäre nur der Frühling lebenswert, hinter den Oberflächen der Konflikt. Die Trauner-Villa hatte einen neuen Anstrich bekommen. Das fahle Grüngelb war weiß übermalt worden. Er wanderte die Straße entlang, eine Frau mit Kinderwagen verschwand in einem Garten rechts – fast schien es, als machten alle einen Bogen um ihn dieser Tage, die einen Neuanfang verhießen, die Luft voller Ideen, oder es war nur der Zufall, der ihm einen Streich spielte. Unschlüssig ging er weiter, aber verlangsamte die Schritte, als er Herrn Miller und seinen Sohn hinter einer Forsythie auftauchen sah. Die blühte nur zur Hälfte. Allem Anschein nach war die Familie noch immer damit beschäftigt, das Grundstück auf Vordermann zu bringen. Nicht nur das, vor allem musste es darum gehen, ein Zuhause zu schaffen, und Alexandr meinte zu wissen, was das bedeutete. Er war zu dem Schluss gekommen, dass es seine Vorteile gehabt hatte, keinen Besitz anzuhäufen, auch wenn er sich dies nicht ausgesucht hatte. Doch das Zuhause war etwas anderes, das hatte damit nichts zu tun, und immer hatte er das Gefühl gehabt, als stünde es noch zur Verhandlung. Er schluckte die Angst in der Kehle hinunter. Verträge und Urkunden bewahrte er gewissenhaft in einem Ordner auf, die Rechnungen von größeren Anschaffungen, nicht weil er um seinen Besitz fürchtete, er brauchte schlicht *Beweise*. Die Millers waren stark. Wie der Vater da stand und auf die morsche Gartenlaube schaute. Er war ein siegreicher Kämpfer. Weg damit. Der Sohn pflichtbewusst nickend. Jetzt kamen so viele von ihnen. Alexandr überlegte einen Moment, ob er den Millers nicht einfach etwas über den Zaun hinweg zurufen oder gar durchs Gartentor eintreten und Frau Miller aus der Villa herausklingeln sollte – ihnen ein paar nette Worte sagen oder sie auf einen Sprung ins Gasthaus einladen. Aber er war schließlich kein offizielles Empfangskomitee! Es war noch lange nicht seine Pflicht, sich ihnen vorzustellen als der, der er wirklich war. Alexandr sprach sich die Namen leise vor: Abel Miller. Der Vater Eugen, ein neuer Name vom Standesamt. Den Vornamen von Frau Miller kannte Alexandr nicht. Er ließ die Villa hinter sich – Eugen Miller und sein Sohn waren soeben in der Gartenhütte verschwunden – und folgte dem Straßenverlauf. Ein Stück voraus bemerkte er zwei Männer, die sich lautstark unterhielten. Ihre Stimmen von weither zu hören. Doch als er zum Ende des Gehsteigs kam, waren sie – er hatte sich eingebildet, einen der beiden aus dem Chor zu kennen – schon wieder fort.

Kein Lichtschein im unteren Stockwerk. Manchmal aber träumte Alexandr von der alten Frau, die dann ein ganz anderes Antlitz hatte, aber doch Frau Seiger war. Er träumte, dass sie nachts in ihrer Wohnung begann, die Möbelstücke zu verrücken, Dinge zu verstecken. Sie würde nicht noch einmal so viel Glück haben, wenn sie wiederkämen. Das Kratzen über den Boden, das Scharren an der Decke, als wäre ihr diese Bleibe auf einmal zu klein geworden kurz vorm absehbaren Ende – oder das Gegenteil davon, nämlich viel zu groß für eine einzige zierliche Person, wie sie es war.

Tante Nelly hatte insgesamt nur zwei Briefe von meinem Vater aus der Trudarmee bekommen. Sie las sie mir oft vor, denn mein Vater hatte sie in Frakturschrift abgefasst und ich das nie gelernt. Weil mir irgendwann – und das war lange Zeit später – der Gedanke kam, Tante Nelly hätte mir womöglich nicht alles vorgelesen, was in diesen Briefen stand, suchte ich nach ihnen. Aber als mein Vater das hörte, hieß er mich, das sofort sein zu lassen, die Briefe hätte er verbrannt. Er wäre ja schließlich wieder da, ich sollte ihn ruhig fragen, wenn ich etwas wissen wollte. Aber wenn ich fragte, dann erzählte er nur wieder, was er einst in den Briefen geschrieben und Tante Nelly mir vorgelesen hatte. Und da war ich mir sicher, dass er vieles aussparte.

Bevor mein Vater nach Kriegsende das Lager verlassen konnte, wohnte ich mit Tante Nelly in einem Dorf im Gebiet Krasnojarsk, nicht allzu weit von Kansk. Die ersten Jahre nach der Deportation verbrachten wir nur dort, später fuhren wir öfter in die Stadt. Familie Bosserdt, ebenfalls verschickte Wolgadeutsche, überließ uns ein kleines Zimmer in der hinteren Haushälfte. In der Küche kamen alle zusammen, es war dort warm, und ich freundete mich mit den anderen Kindern an, obwohl sie älter waren und mir unglaublich gescheit vorkamen. Am liebsten spielten wir draußen auf einer großen Wiese am Ende des Dorfes. Tante Nelly, die der Trudarmee entgangen war, arbeitete in der Kolchose, das Schobern machte ihr zu schaffen. Wir Kinder zogen den Kühen die losen Haare vom Fell, drehten sie zu dichten, runden Knäueln – das waren unsere Bälle. In die Schule kam ich erst mit acht Jahren, dort habe ich richtig Russisch lernen müssen und beherrschte es bald so gut, dass ich mich wunderte, dass Tante Nelly so viele Wörter falsch aussprach, viele so einfache Begriffe kannte sie gar nicht. Ich wollte es ihr beibringen, aber wirklich dazuzulernen weigerte sie sich. Wenn es an der Tür klopfte, dann zuckte sie jedes Mal zusammen. Bevor ich in einen Raum trat, in dem ich sie vermutete, trommelte ich darum nur fest mit den Fingerspitzen gegen das Holz der Tür – sie wusste dann, dass ich es war.

Er ärgerte sich, dass er zugestimmt hatte, Gregor kurz vor Probenbeginn im Gasthof zu treffen. Ich würde nur gern unter vier Augen mit dir sprechen, hatte er zu ihm gesagt. Dauert nicht lang, versprochen. Alexandr saß und wartete wie in der Kirchenbank auf den Klingelbeutel. Hätte er Gregor mit ein paar Münzen abspeisen können, hätte er es tun wollen, aber stattdessen stand er höflich auf, als der Sänger erschien. Sie bestellten etwas zu trinken und zu essen – Alexandr nur aus Höflichkeit und Gregor vermutlich ebenso, nur ein paar Kleinigkeiten. Irgendetwas kam Alexandr nicht richtig vor an seinem Gegenüber – Gregor brauchte beim Sprechen so viel Raum, jede sinnvolle Begrenzung war ihm abhandengekommen. Alexandr ahnte nicht, was der Grund dafür war, er war kein Hellseher, aber Tante Nelly hätte es vielleicht geahnt. Sie hatte eine esoterische Ader gehabt, das hatte mit Religion gar nichts zu tun gehabt, diese Übersinnlichkeit war eine eigene Geschichte. Wenn sie gesagt hatte: Deine Mutter würde dir fest auf die Finger klopfen. Oder: Die werden dir die Goldmedaille nicht geben, die feigen Hunde, aber du wirst es trotzdem zu etwas bringen, das weiß ich! Oder: Deine

Mutter schaut runter und ist stolz auf dich. Dies war nicht so dahingesagt gewesen. Alexandr hatte noch als Jugendlicher manchmal das Gefühl gehabt, dass sie eine besonders begabte Person gewesen war, und eben ihre vielen Begabungen – sei es fürs Sticken, Musizieren oder Backen – nie hatte ausleben können. Sie hatte stattdessen einen sechsten Sinn entwickelt, fast aus der Not heraus, denn wohin sonst mit dem Talent? Es wäre also nur wahrscheinlich gewesen, wenn sie etwas an Alexandr weitergegeben hätte. Aber er hatte sich dann für die Musik entschieden. Ihm kam ein Lächeln über die Lippen. Gregor holte erneut weit mit den Händen aus. Immer nur wollte er von Sarah sprechen. Es schien, als stammte jede Falte in seinem Gesicht von einer Sorge um sie. Aber so funktionierten Falten nicht. Du verstehst das nicht, sagte Gregor provozierend, es gibt eine Zeit fürs Kämpfen und eine Zeit fürs Bleibenlassen. Würdest du jemandem, der dir lieb ist, falsche Hoffnungen machen? Er wollte Alexandr aushorchen, wollte herausfinden, ob seine Tochter es noch zu etwas bringen konnte am Klavier. Falsche Hoffnungen? Alexandr wurde so steif, dass er in tausend Scherben zersprungen wäre im Falle eines Sturzes. Aber er bewegte sich nicht vom Platz. Einen Moment dachte er an den Chor, an seine Tätigkeit als Dirigent, an die Unbelehrbarkeit der Männer, und lachte bitter. Ich verstehe dich nicht, sagte er. Es gibt immer auch eine Zeit für ein Zwischenstadium. Aber das heißt nicht, dass das einmal aufhört. Zumindest das Gespräch hatte ein Ende. Er begann von der Suppe zu essen. Sie schoben einander noch ein paar Belanglosigkeiten über den Tisch, schließlich schickte Alexandr den Sänger in den Proberaum. Ich komme gleich nach. Gab es Menschen, die zum Auslöffeln geboren waren? Er blickte an sich herunter und schämte sich. Wie früher. Ein kleiner Bub, irgendwie blauäugig und irgendwie auch nicht, schrecklich schüchtern, das hatte geholfen. Die Lehrerin hatte seinen Namen gesagt, die Kinder hatten ihn angeschaut. Ein Knabe war nach dem Unterricht zu ihm gekommen und hatte sich vor seinem Pult aufgebaut. Später hatten sie manchmal Krieg gespielt. Gewinner und Verlierer standen von vornherein fest. Und wenn der Verlierer gewann, dann hatte er trotzdem verloren, weil er sich nicht an die Spielregeln hielt. Aufgegeben hatte er trotzdem nicht. Aber je mehr der Vater gesprochen hatte, als er wieder die Kraft dazu hatte, desto stiller war Alexandr geworden. Tante Nelly hatte gesagt: Du spielst so schön Klavier, aus dir könnte ein Großer werden. Schon als Kind hatte er das genaue Hinhören beherrscht, und er war sich darum nicht sicher, ob er nicht schon das *hätte-ein-großer-werden-können* in ihren Worten mithörte. Herr Menze hatte gesagt: Du hast Talent, es ist so schade drum.

Er konnte das Niesen nicht zurückhalten und zog einen Moment die Blicke auf sich. Ein Kitzeln in der Nase, als läge etwas in der Luft, was neu war und imstande, eine Erkrankung hervorzurufen, die noch nicht entdeckt worden war. Wahrscheinlich war es die richtige Zeit zu gehen, sonst würde er es nicht mehr tun und hier noch Wurzeln schlagen – er mochte diese Redewendung. Der Probenabend hatte sein offizielles Ende schon überschritten, dauerte jedoch noch fort, wie der harte Kern der alten Sängerknaben Lieder schmetternd beisammensaß, die Hände am Bierkrug oder unter der Tischplatte, weil man keinen Wert auf gutes Benehmen zu legen brauchte und man ja keine Geheimnisse voreinander hatte, gewiss. Je derber die Witze wurden, desto weniger verstand

Alexandr sie – viele Ausdrücke kannte er nicht, sein Sinn für Humor war ein anderer geblieben. Jonathan war sofort nach dem letzten Stück gegangen, obwohl Alexandr sich gefreut hätte, ihn noch ein bisschen länger um sich zu haben. So eilig hatte er es gehabt, dass er fast hinausgerannt war – und verrannte er sich nicht gar? Tante Nelly hätte dem jungen Burschen vielleicht die richtigen Worte gesagt und ein paar feine Karten für die richtige Zukunft auf den Tisch legen können. Jetzt aber saßen sie da und schnapsten um die Zeche. Die Vergangenheit fühlte sich für Alexandr an wie ein Ballon, der sich in seinem Körper blähte. Er musste die Wolga sehen, bevor er platzte. Da war er, der Entschluss zu reisen.

Als Ludwig ihn irgendwann anstieß und sich erkundigte, ob mit ihm alles in Ordnung sei und ob er nicht mit zur Schank kommen wolle, noch ein Wässerchen kippen, hörte Alexandr ihn kaum. Er schüttelte den Kopf. Über eine abgefressene Weide gehend, wo die Gräser in seine weichen Fußsohlen stachen, bei jedem Schritt ein bisschen einsinkend, bewegte er sich direkt auf das Ufer zu. Aber wieso war er denn bloßfüßig? Auf der Straße konnten Glasscherben liegen und ihm die Haut aufschlitzen. Er sah Gregor und Lana in eine Seitengasse abbiegen. Wohin führte dieser Weg? Das Wasser war nicht so klar, wie der Vater es erzählt hatte, aber es war auch nicht schmutzig. Er kostete einen Schluck. Warm war es. Als Alexandr zuhause ankam, legte er sich ins Bett und schlief ausnahmsweise sofort ein, sonst hätte er in dieser Laune womöglich noch zu schreiben versucht und das konnte er sich nicht gestatten, alles dummes Zeug.

15

Dem Vater hatten sie nichts erzählt. Lana fragte nicht nach ihm, was Sarah ein bisschen seltsam fand, aber dann war es wiederum auch nicht verwunderlich – sie hatte gelauscht, wie er ihr aufs Band gesprochen hatte, sich den Trotz verbeißend. Fast genierte sie sich ein bisschen. Trotzig war ihr auch der kleine Tommi vorgekommen, sie nannte ihn klein, weil Lana es einmal getan hatte und weil er wirklich nicht sehr groß war für sein Alter. Er war drei Jahre jünger als Sarah, aber der Akzent ließ ihn erwachsener wirken in den seltenen Momenten, da er überhaupt einmal etwas sagte, denn meistens verhielt er sich ganz still. Sie waren zusammen in die Bezirkshauptstadt gefahren, nicht ins Kino, das noch immer dieselben Filme im Programm hatte, sondern ins Clubhaus. Das nannten alle nur so, in Wirklichkeit war es eine ganz normale Bowlinghalle, in der auch ein paar Billardtische vor sich hin rotteten, denn wegen eines Belüftungsproblems war es dort permanent feucht, roch muffig und nach Algen wie in der Aquarienwelt des Tiergartens.

Dort war sie zusammen mit Lana gewesen, ein paar Tage, bevor Tom angekommen war. Gregor hatte es erlaubt, wenn auch widerwillig. Lana hatte das Aquarium vorgeschlagen, als hätte sie austesten wollen, was sie Tom zeigen konnte. Aber er kennt das Océano in Monaco, hatte sie nach einer Weile zu Sarah gesagt mit ernstem Zweifel in der Stimme – sie waren neben den schwarzen Seeigeln gestanden, jede Spitze eine geplatzte Idee –, was soll ich ihm also mit diesem Provinzzoo kommen? Sarah hatte geschwiegen, Lanas früheres Leben wuchs wie eine Filmstadt aus dem Boden, aber vieles blieb Kulisse, man konnte sich die Rückseiten nicht ansehen, auch die Menschen drehten sich immer mit dem Gesicht zu ihr, wenn Sarah durch die Straßen ging und tat, als würde sie dazugehören. Es blieb stets Versuch. Sie waren nicht allein im Tunnelaquarium gewesen, Kinder rannten in Zick-Zack-Kursen auf und ab, zurückgelassen die Erwachsenen, die unbelehrbar auf die Haie zeigten. Schau, da! Lana ging langsam weiter. Mein Opa züchtete Forellen, das war für mich das Normalste auf der Welt, eigentlich alles, was er tat. Wenn er jetzt da wäre – und eigentlich egal, was er machen würde –, wäre es wieder das Gleiche: So muss das sein. Er hat es ja selbst gesagt. Dann hielt sie plötzlich inne. Sarah wollte etwas fragen, aber sie wusste nicht wie. Komisch, das Denken selbst wie eine Bewegung, wenn sich rund um einen das Salzwasser am Glas reibt. Wie sie da so standen, hätte Sarah gern die Brandung auf der Haut gespürt, einen Finger gegen das Glas gedrückt. Ein Fisch mit einem ärgerlichen Blick, der schaute sie aber nicht an. Lana tat es später – das Glas berühren –, sanft, mit der ganzen Handfläche. Nur so, sagte sie. So muss es sein. Sarah stellte sich vor, wie die Scheibe zersprang, und es war so viel Wasser, dass es den gesamten Raum, die Stadt, die Felder überflutete. Einen neuen Lebensraum schaffend auf Kosten eines anderen, so wie es immer gewesen sein musste, bis der Mensch sich erfand, der am Menschen leidet.

Tommi konnte gut Billard spielen, der Queue wirkte im Verhältnis zu seiner Körpergröße trotzdem lächerlich lang. Sie hatte einen Jungen, der um so viel jünger war als sie, noch nie so genau beobachtet. Es gefiel ihr. Er schaute immer weg, wenn sich ihre Blicke trafen, eineinhalb Queuelängen von ihr entfernt stand er und trank Kakao, er hielt offensichtlich nichts davon, sich zu verstellen, oder er kam gar nicht auf die Idee. Sarah hatte sich an diesem Abend ein bisschen Rouge auf die Wangen gepudert, es aber schon im Auto bereut und die Farbe mit feuchten Händen wieder abgewischt. Du hältst den Stock wie eine Angel, hatte Lana gesagt. Da waren nur noch wenige Kugeln auf der grünen Fläche. Sarahs Hand schmerzte kaum noch, hier und da ein leichter Stich während des Klavierunterrichts, aber im Großen und Ganzen schien sie die neue Herausforderung angenommen zu haben, oder hatte sich zumindest in Sarahs Ehrgeiz gefügt. Eine leichte Verspannung, sagte Alexandr in solchen Momenten nur, das sei ganz normal, sie solle sich ein bisschen die Handfläche kneten. Sie hatte ihren ersten eigenen Notenband gekauft mit einfachen Liedern und Fingerübungen, die nicht schönzureden waren, aber nötig. Zuvor hatte sie nur aus jenen Heften gespielt, die Alexandr ihr mitgebracht hatte. In ihnen über jeder Notenzeile handschriftliche Markierungen, verschiedene Fingersätze, Anmerkungen in mehreren Sprachen, als seien die Klavierschulen schon seit Generationen in Gebrauch. Man konnte einem Weg, einer dieser Bleistift- oder Buntstiftspuren, entlang der Musik folgen, doch war man dabei nie davor gefeit, nicht unbewusst in eine andere Interpretation abzugleiten – zum Verwechseln ähnlich, aber doch nicht dieselbe. Und wenn es Sackgassen gab, was hätte man, so einen Weg erst einmal eingeschlagen, denn anderes tun sollen, als sich in ein anderes Leben hinüberzuretten? Sarah, die ein merkwürdiges Gefühl beschlich, wenn sie nach einer neuen Farbe suchte, um ihre eigenen Vermerke hervorzuheben, eine neue Schicht aufzutragen, besser unterscheidbar von den anderen, hatte lieber einen neuen Notenband kaufen wollen. Alexandr war einverstanden gewesen, verlangte seine Hefte jedoch nicht zurück. Vielleicht brauchst du sie noch. Er pochte auf die harte Arbeit, als wäre das so ein Stereotyp, in das er sich hineingelebt hatte. Dabei war Sarah bereit ihn zu verstehen, ihm zu folgen. Bis eben das zu schwierig wurde, unmöglich, wenn er plötzlich neben dem Vater zu sitzen kam, von dem er manchmal erzählte, und auf dessen Finger er schaute, die bei der Holzarbeit im Winter ganz anders wehgetan hatten. Lana strich mit der Hand über den Filzbezug des Tisches, wo eine kleine Unebenheit war im großen grünen Feld, als versuchte sich ein aufkeimender Samen einen Weg zu bahnen.

Sarah hatte die Fotos nur aus Zufall bemerkt. Wer hat die gemacht? Kurz war sie eifersüchtig gewesen, dass Lana sie nicht mitgenommen hatte, aber sie hatte keinen echten Grund, böse zu sein, hätte sie sich doch sowieso nicht aufs Pferd setzen wollen. Sarah lag auf dem Bett und hörte den Vater, der unten im Keller die Schleifmaschine anließ – das Geräusch war durchs gesamte Haus zu hören, sie lebten in einem hohlen Zahn. Sarah hatte noch ein paar Minuten Zeit, ehe sie aufbrechen musste. Über Tom hatte sie so gut wie nichts erfahren, nur dass er gerne schwimmen ging, er war der schnellste seiner Klasse, und dass er einen Haufen Bücher besaß. Dass sein Vater sehr streng war. Als sie mit Tom über den Sport hatte reden wollen, über die Olympiasiegerinnen im Schwimmen, hatte er sie nur verständnislos angeschaut. Es war ihm unangenehm und das tat ihr leid, sie hatte eben ein bisschen Ahnung davon. Und kommt er bald wieder?, hatte sie Lana gefragt, aber keine Antwort bekommen. Es war ihr nicht recht gewesen, dass Sarah die Fotos entdeckt hatte. Sie hatte sie schnell auf einen Stapel zusammengeschoben, als seien sie geheim und für irgendwelche Zeiten gedacht, die sicherer waren, Zeiten, in denen keine Fragen gestellt wurden.

Aber wenn niemand mehr etwas wissen wollte, würde es überhaupt das Ende sein. Das Schleifgeräusch nahm langsam ab. Als Sarah nach der Tasche griff, war es schon nicht mehr zu hören. Wenn sie das Haus verließ, wollte der Vater immer zugegen sein und sie wurde das Gefühl nicht los, dass er am liebsten gefragt hätte, ob er mitkommen dürfe. Wie ein Hund? Sie waren kein einziges Mal mehr zusammen in der Turnhalle gewesen. Mit seinem breiten Körper schob er die Kühle aus dem Keller heraus, als er durch die Tür kam. Gegessen wird um sechs, sei bitte rechtzeitig da, sagte er, und Sarah schaute auf ihre Schuhe, es waren ihre alten Schuhe zum Springen, noch immer ein Symbol für Entschlossenheit.

Nicht Wald, nicht Wüste war ihre Liebe, sie war wie die Tundra – das gefiel Sarah. Alexandr hatte ihr das orangefarbene Buch voller Gedichte und Essays geschenkt. Viele der Texte im ersten Teil waren sehr kurz, die Seiten enthielten mehr weiße Leere als Buchstaben. So viel Platz für das Schweigen in einem Buch hatte Sarah überhaupt noch nie gesehen, aber sie verbrachte ihre Freizeit normalerweise nicht mit Lesen. Tom hatte ihr seinen mitgebrachten Roman gezeigt, auf den er sehr stolz gewesen war. Es ging um das Mittelalter und ums Drachentöten, hatte sie noch in Erinnerung, und die Seiten waren voll und die Abstände zwischen den Zeilen klein gewesen. Sarah hatte zwar ein paar Sätze darin lesen können, aber Tom hatte die ganze Zeit wegen ihrer Aussprache gekichert. Sie schaute zum Schreibtisch hin, wo der Block lag, auf dem sie Toms Adresse notiert hatte. Außerdem hatte sie dort den Stapel Notenbände abgelegt, auch den hatte Alexandr ihr beim letzten Mal geschenkt. Natürlich alles noch zu schwierig, aber später, du wirst es sehen! Noch aber konnte sie nichts sehen, weil es zu dunkel war und sie träumte und weil sie gar nicht mehr dort war, kein Bett, kein Tisch, auch keine Nacht mehr. Sie war wie die Tundra – saftiges Grün über aufgetautem Schlamm. Rings um sie ein Land, das aussah, als bestünde es aus Glas, doch gab es keinen Glanz in ihm, jede Oberfläche war stumpf in ihrer Farbe, als hätte jemand die Halme, die Äste der wenigen Bäume, die Mauern dieses Hauses dort angehaucht. Und als hätte dieser Jemand eine ungeheure Lunge, mit der er immer noch ausatmete, ohne auch nur einmal absetzen zu müssen, um erneut Atem zu holen. Der Wind war einer, den man nicht spürte. Sarah ging auf das Haus zu, als sie plötzlich ein Flüstern vernahm und hinter einem Baum, dessen Ast sie abgebrochen hatte und der am Boden geräuschlos zersplittert war, Alexandr entdeckte. Er kniete wie im Gebet gefangen, rezitierte denselben Satz unaufhörlich. Trotzdem konnte Sarah immer nur dessen zweiten Teil verstehen, als wechsle er flüssig die Sprachen: … schwimmen mit dem Strom. Sie wollte ihn an der Schulter berühren, hielt sich im letzten Moment jedoch zurück, weil sie sich des Astes besann. Zersplittert. Jetzt erst bemerkte sie – oder waren sie eben erst aufgetaucht? – die Schienen, die vor Alexandr am Boden verliefen und auf der einen Seite den Weg zu dem Haus wiesen, direkt vor dem offenstehenden Eingangstor endeten oder gar noch weiter – ins Innere – führten. Auf der anderen Seite verliefen sie geradewegs zum Horizont, aber es schien, als würden sie in ein paar hundert Metern Entfernung langsam im Boden versinken, unter der Grasnarbe verschwinden. Sarah ging auf das Haus zu, hatte sie sich doch einen Moment lang eingebildet, dort wäre eine Gestalt zu sehen gewesen. Jetzt fiel ihr auf, dass es gar keine Tür mehr gab, dass dort, wo die Schienen ins Haus führten, nur ein Loch war. Sie ging und legte dennoch keine Strecke zurück. Plötzlich näherte sich ein Zug. Zerstörte das Haus. War es nur aus Pappe? Der Zug kam geradewegs auf Sarah zu. Sie drehte sich um und rannte neben den Schienen her, weil sie Alexandr warnen wollte, der ihre Schreie jedoch nicht hörte. Jetzt hielt er sogar ein Ohr an die Schienen, um in die Ferne zu lauschen. Der Zug raste neben Sarah her, überholte sie, hätte Alexandr schon erfassen müssen, doch machte er kurz vor ihm eine Kurve nach links, verließ die Schienen – als sei das der normale Weg – und fuhr in eine andere Richtung fort. Sarah rannte immer noch, bis sie außer Atem vor Alexandr zu stehen kam. Sie konnte keinen Schritt mehr gehen. Sie fasste ihn an der Schulter. Schreckensbleich setzte er sich auf und starrte auf ihre Hand. Sein Blick war wie der Vorwurf eines Sterbenden. Zurückgelassen. Ihre Hand zerbrach, da war nur noch ein Stummel. Dann legten sie gemeinsam die Ohren an die Bahnschienen und horchten und horchten. Der erste Teil des Satzes: Nur tote Fische …

Sarah fuhr hoch und spürte die Feuchtigkeit, den Schweiß auf ihrer Haut. Sie griff nach dem Buch, das auf den Boden gefallen war, klappte es zu und legte es neben die Nachttischlampe. Tränen sind Linsen. Mit den Fingern strich sie das Kabel entlang auf der Suche nach dem Schalter. Sie würde einen Brief an Tom schreiben, nur wann ein guter Zeitpunkt war, das wusste sie nicht, noch war es jedenfalls zu früh. Nach der Schule könnte sie ins Ausland gehen. Eine einstudierte Überlegung. Vor einigen Jahren waren die Jugendweltmeisterschaften in Polen gewesen, sie hatte die Wettkämpfe genau verfolgt – jetzt aber brauchte sie neue Gründe für das Reisen. Sie hörte den Vater im Schlaf reden, das Elternschlafzimmer – dieses Wort wurde sie nicht los – lag gleich neben ihrem. Sarah wusste, dass er manchmal Selbstgespräche führte, wenn er sich allein glaubte. Im Flüsterton. Sie stellte sich vor, dass Lana sich mit ihm versöhnt hätte. Lässig saß sie auf der Bettkante, einen Fuß auf der Tuchent aufgestellt, den anderen noch am Boden, Gewicht darauf und doch sehr leicht, grazil. Ihr Duft im ganzen Haus.

16

Wieviel wettest du drauf?

Ich würd' ja sagen, die Ehre, aber –

Wo keine Ehre, musst' eine Runde ausgeben. Na schau, da kommt er ja grade. Vielleicht spendiert er auch mal was.

Der hat ganz andere Probleme.

Nicht wahr? Kommst gar nimmer zum Schlafen, man hat dich in der Nacht gesehen, schon öfter jetzt. Kommst immer von dort oben. Gerade so, als hättest was verbrochen, wen ausgeraubt.

Als hätte er das nötig.

Jetzt nicht Mimose spielen! Bleib schon sitzen.

Sagst es dem Vati? Der wird's schon richten.

Schau lieber, dass dein Bier nicht warm wird, Ludwig.

Das wär ja noch schöner.

Du musst schon einen Spaß verstehen.

Jonathan saß auf dem Stuhl und hob die Beine auf den Tisch, aber es half nichts, er war nicht richtig austariert, in seinem Körper wälzten sich die Massen nur langsam aneinander vorbei, waren zäh und kalt, machten einander nicht Platz, Jonathan beherrschte sie nicht. Wenn er jetzt unvorbereitet aufspringen müsste, dann würde er wahrscheinlich umknicken und sich gar etwas verstauchen. Auch hinter den Augen seit Tagen dieser leichte Schmerz, der sich nicht betäuben ließ und unangenehmer wurde, je mehr er ihn zu ignorieren versuchte, was er überhaupt nur tat, weil alle sagten, das half. Alle? Wer? Wem hatte er denn überhaupt davon erzählt? Der grauen Katze begegnete er hin und wieder auf seinen nächtlichen Ausflügen, meistens wenn der Föhnwind ihm die Füße Schritt für Schritt vorwärts zog und Jonathan sie eigentlich gar nicht mehr auf die Straße zwingen wollte, hätte ihn der Weg nicht zu Abel geführt, der aus irgendeinem Grund auch bei Föhnwind auf der Erde blieb, sie nicht verließ, diese Welt. Blieb er für ihn? Jonathan hoffte, dass er insgeheim aus demselben Grund blieb. Mittlerweile traute er sich mehr. Er trug keine Kappe mehr und kam manchmal, wenn es noch nicht völlig dunkel war, dann stellte er sich an eine geschützte Stelle im Garten und sah aus einiger Entfernung durch die Fenster. Den Platz hinter der Lorbeerkirsche frequentierte er immer seltener, hatte neue Winkel und Perspektiven gefunden. Einmal hatte ihn ein Ruf des Vaters überrascht, der von der Garage gekommen war und nach Frau Miller verlangte. Rosa. Man hatte Metall scheppern hören, als hätte er irgendein Werkzeug fallen gelassen. Da sie nicht gekommen war, hatte er nach seinem Sohn Abel gerufen. Jonathan stand ins Geäst der dichten Eibe gedrückt, machte aber in dem Moment einen Schritt nach vorn. Sollte er nicht dem Vater helfen? Ein zweites Mal: Abel, komm und hilf mir! Und es hätte nicht viel gebraucht – ja, hätte er gerufen: Wo steckst du denn?, dann wäre Jonathan womöglich hervorgesprungen und hätte laut geantwortet: Hier!

Er lehnte sich zurück, der Stuhl gab ein leises, ächzendes Geräusch von sich und sprach Jonathan aus der Seele. Seine Figuren schauten aus der Dunkelheit zu ihm, ihrem Erzeuger. Vielleicht hätten sie sich auch so etwas gewünscht, so etwas wie eine Seele, Jonathan hatte kurz darüber nachgedacht. Er hob die Füße vom Tisch und zog sich an dessen Kante heran. Mit der Hand schob er ein paar Blechabfälle und einen Fetzen Stahlwolle, die er zum Polieren verwendete, zur Seite. Er griff nach dem grünen Ordner, der auf einem

Stapel von Bildbänden und Notizbüchern zu liegen gekommen war. Er konnte sich nicht erinnern, ihn dort hingelegt zu haben, doch das war nicht weiter verwunderlich. In letzter Zeit lenkte er seine Aufmerksamkeit zunehmend auf das Wesentliche. Dann blätterte er, wie schon so oft, in dem Ordner und besah sich die Fotos, die er allesamt beschrieben hatte. Er sah in ihnen seine Vergangenheit. Er sah die Freundin am Motorroller und lachte ein bisschen. Der Lehm gluckste in die Brust. Er sah den fleckigen Hals des Vaters und die drei Fältchen auf der Stirn der Frau, für die er immer Kind blieb und geliebt um jeden Preis. Er sah sich bei der Hochzeit mit einer Frau, die nicht schön war. Er sah sich bei der Gartenarbeit mit dicken Fingern, in denen schon eine Krankheit heranwuchs. Bei einer Seite jedoch, über die er bis jetzt stets hinweggeblättert hatte, hielt er nun inne. Das Foto fehlte. Jonathan spürte in dem Augenschmerz plötzlich so etwas wie Trauer, die sich in Wut verwandelte. Er wollte dieses Bild zurück – den Vorhang und das braune Leder, seinen vorwurfsvollen Blick aus den zwei verschieden großen Augen, seine Narbe in der Braue. Er war bestohlen worden! Zwischen den Fingern hielt er die rechte obere Ecke des Bogens so verkrampft, dass das Papier einriss. Dann schlug er rasch den Ordner zu. Ein paar Minuten saß er reglos im Leuchtstoffröhrenlicht, das ein leises Summen in den Raum abgab. Er dachte an die Eltern, immerzu musste er sich vorstellen, wie sie über ihn redeten – jetzt, in ebendiesen Minuten zuhause vorm Fernsehgerät sitzend, konnte es gut sein, dass sie eines ihrer Krisengespräche führten. Die Stimmen der Nachrichtensprecher unmerklich leiser, als wüssten auch sie etwas davon. Und nie waren sie zufrieden. Er genügte nicht. Langsam drehte Jonathan den Kopf nach links und betrachtete die Fangarme des achtarmigen Kraken, der manchmal ein entwurzelter Baumstumpf war und einen Lieblingsarm hatte, wie es ganz normal unter Kraken und Bäumen war. Jonathan streckte einen Arm nach dem Rollkasten aus. Es waren nur noch wenige Fotos in der untersten Schublade, die abgebildeten Personen schlugen die Köpfe gegeneinander, als er sie mit einem Ruck aufzog. Sie kamen ganz plötzlich ans Licht, wirkten wie geblendet. Wie sie so übereinanderlagen, ergaben sich nach jedem Mal Öffnen neue Überschneidungsbereiche – ein Bild, ein Leben schob sich zu gewissem Anteil über das andere und noch ein anderes. Was passierte mit denen, die zuunterst lagen? Er schob die Bilder auseinander, sodass jedes einzeln und zur Gänze sichtbar unter seinen Blicken lag. Dann fischte er eines heraus.

Keine Vögel auf der Wasseroberfläche, nur drei Boote in einiger Entfernung und weiter dahinter ein Wald, der ist dunkel und grün. Es lässt sich nicht sicher erkennen, wo das Wasser vom Ufer begrenzt wird oder umgekehrt. Der Himmel bewölkt, nur die Boote sind von Sonne beschienen. Ein Mann – er ist von schräg hinten zu sehen – sitzt auf dem Kiesstrand und stützt sich mit dem rechten Arm auf die Steine. Seine Haare sind nass, aber nicht vom See, es scheint, er hat sich angestrengt und schwitzt oder es kommt von der Schwüle. Die andere Hand hat er auf den Knien abgelegt. Auf dem nackten Rücken sind ein paar Abdrücke zu sehen, wahrscheinlich von den Steinen, auf denen er eben noch gelegen ist (die ihm etwas ins Mark drücken wollten?). Neben ihm eine Frau, die sich gerade hinsetzt, die noch gar nicht richtig Platz genommen hat, nicht angekommen ist. Sie stützt sich mit der linken Hand auf den Boden, die Knie sind gebeugt, das Gesäß noch gut zwanzig Zentimeter über dem Kies – eine unangenehme Position in ihrer Flüchtigkeit eingefangen. Kein Handtuch ausgebreitet. Der Mann schaut in die Ferne, er hat die vereinbarte Position schon eingenommen und wartet. Die Frau will sich neben ihn setzen, gerade so, wie er es vormacht, ihr Gesicht abwenden, nur ihre hellen Locken zeigen. Aber sie ist zu spät, und weil sie sich dessen bewusst ist, schaut sie in die Kamera. Alles ist ein wenig schief, die Silhouette der Frau unscharf. Sie trägt ein ärmelloses Kleid. Ihr Hals scheint leicht gerötet. Wahrscheinlich haben sie lange nach einem geheimen Platz gesucht, aber die Menschen in Badehosen und Sandalen drängen sich schon um den Bildrand herum. So sind sie doch beengt, daran kann auch der Mann nichts ändern, und wenn er noch so eisern in die Ferne schaut. Ein bisschen erschrocken ihre dunklen Augen. (Zehn Sekunden sind zu wenig Zeit für das fehlerfreie Bild, die gelungene Illusion.)

Er verbot es sich, länger über die Umstände der Aufnahmen nachzudenken, über das Davor und Danach, aber jetzt ließ er es einen Augenblick lang zu. Ertappt in dieser Unvollkommenheit, so viel stand fest, war die Frau gleich wieder aufgestanden – hatte ihr Gesäß gar nicht erst den Boden berühren lassen –, sie war zurückgegangen, um die Kamera neu auszurichten. Das Spiel zu wiederholen. Die unruhigen Menschen vom Bildrand waren schnell vorübergeeilt. Ganz klar war auf dieses Foto ein zweites gefolgt – das *richtige* Bild zeigte dann ein Paar, das auf einen See blickte, von beiden nur die Rücken zu sehen, ein bisschen Kinn und eine Nasenspitze vielleicht. Und womöglich hatte die Frau noch den Kopf auf die Schulter des Mannes gelegt oder es hatte gar der Sonnenschein einen Moment die Schatten verdeckt. Aber Jonathan war stolz darauf, dieses andere Bild zu besitzen und war zufrieden, spürte auch den Schmerz nicht mehr, nur ein leichtes Kratzen im Hals, das war neu. Ein *richtiger* Fotograf. Hätte er doch nur darüber lachen können.

Alexandr benahm sich heute anders als die Male zuvor, da Jonathan bei ihm zu Besuch gewesen war. Fast schien es, als wüchsen aus dem Stoffbezug des Stuhls Nadeln, die sich in sein Fleisch bohrten, sobald er sich zu ihm setzte zum Teetrinken. Jonathan hatte sich wie immer auf der Bettkante niedergelassen, sein Gastgeber auf ebendiesem, seinem einzigen Stuhl, der jetzt so unbequem und feindlich schien. Von sich aus wollte Alexandr nicht darüber sprechen, was ihn bewegte. Jonathan kam es so vor, als zwängen ihn die Nadeln dazu. Ich kann hier nicht bleiben, sagte er irgendwann. Im ersten Moment war Jonathan überrascht. Wieso nicht? Alexandr hatte sich erneut erhoben und wanderte wieder im Zimmer auf und ab, als wollte er sich an irgendetwas erinnern oder gleich davonlaufen. Dann wäre er ihm einen Schritt voraus. Ich fühle mich nicht wohl hier, fing er an. Das klang wie eine Ausrede. Und weiter?, fragte Jonathan. Er strich zweimal unbeholfen mit der Hand über das Bett, wie um zu zeigen, dass Alexandr sich nicht stechen würde und hier gefahrlos Platz nehmen könne. Aber Alexandr schaute gar nicht in seine Richtung, er hatte ihm den Rücken zugewandt und zog einige Bücher aus dem Regal. Ich muss diesen Ort noch einmal sehen, verstehst du? Mein Vater war mit den Gedanken immer dort. Jetzt bin ich schon so alt und weiß im Grunde nicht, wovon er all die Jahre gesprochen hat. Und schließlich bin ich dort geboren. Jonathan widersprach: Na und? Das ist doch kein Grund. Seine Stimme ungewohnt laut. Das alleine nicht. Alexandr klang unsicher. Jonathan musste sich zurückhalten, war ihm doch klar, dass seine Reaktion in ihrer Heftigkeit dumm gewesen war und eben darum wie die Bitte klang, mitgenommen zu werden. Alexandr streckte ihm ein paar Bücher entgegen. Hier, nimm die, ich möchte sie dir gerne schenken. Jonathan besah sich die Namen der Autoren, von denen er keinen je gehört hatte. Da kam ihm der alte Chorleiter plötzlich wie ein Ausländer vor, auch wenn es alles deutsche Namen waren auf diesen Buchdeckeln, aber doch stimmte irgendetwas nicht mit ihnen, kleine Abweichungen waren Grund für diese Irritation, Belger statt Berger oder der Name Eugen neben einem unscharfen Porträtfoto auf dem Umschlag. So hieß doch ... Er schaute auf den halben Mann, der gebeugten Körpers vor ihm auf und ab ging, wie illegal im Getriebensein, seine andere Hälfte, die ihm schon vorausgelaufen zu sein schien – an die Wolga oder weiß Gott wohin. Jetzt überreichte er ihm noch ein Liederbuch und setzte sich schlussendlich doch, hielt das Stechen aus, griff zu der Teetasse und stellte sie im nächsten Moment wieder hin, ohne davon getrunken zu haben. Das ist eines der Liederbücher, aus denen ich ein paar Stücke herausgenommen habe für euch. Jonathan blätterte in dem roten Notenband, aber verstand nicht, was er damit sollte. Er bemerkte kleine, mit Bleistift geschriebene Ziffern über einzelnen Noten. Und plötzlich schoss es ihm ein, was das hier war. Ja, kommst du denn nicht zurück?

Er konnte es noch nicht recht glauben, musste an Alexandrs Gesichtsausdruck denken, als der ihn verabschiedet hatte. Der Chorleiter hatte Jonathan noch nachgeschaut, bis er unten auf der Treppe angekommen war, aber als er sich auf der letzten Stufe umgedreht hatte, um ihm noch ein letztes Mal danke zu sagen, hatte Alexandr die Tür ganz schnell zugedrückt. Sein Blick, bevor sich der Spalt schloss, hatte nicht Jonathan gegolten, war auf etwas anderes gefallen, ganz sicher. Nur worauf, das hatte er nicht ausmachen können.

Auf dem Weg durch die Siedlung fiel etwas vor seine Füße. Die Hälfte einer Nuss, nein, nur eine leere Schale. Auf einem Baum hatten sich mehrere Krähen niedergelassen. Jonathan, der die Vögel im Stillen bewunderte, sah zu ihnen hinauf. Aber die Tiere legten nur die Köpfe schief und riefen einander etwas zu, das er nicht verstand, dann flogen sie davon. Ein Befehl. Sie flogen in Richtung der Hütte, in der sich im oberen Stockwerk Alexandr in seiner Wohnung verschanzt hatte. Die er doch, wie er sagte, verlassen musste. Ich kann hier nicht bleiben. Jonathan vermied es, dem Schwarm hinterherzuschauen.

Auf einem Stapel Kuverts mit Rechnungen hielt er noch eine Semmel, eine Packung Milch und ein durchsichtiges Plastikschälchen Erdbeeren, die er eingekauft hatte, weil er gleich wieder ins Büro musste. Dort würde der Nachmittag kommen und dann der Abend, den er herbeisehnte. Weil es nun lange hell blieb, setzte Jonathan sich nach fünf Uhr, wenn die anderen schon Feierabend gemacht hatten, manchmal auf die kleine Bank vor seinem Zweitbüro, zog sich die Schuhe aus und spürte die Wärme des Asphalts unter seinen Füßen – dies beschleunigte den Verteilungsprozess in seinem Innern, davon war er überzeugt. Und, wie geht's?, fragte die Postbeamtin. Jonathan wollte etwas erwidern, doch just in dem Moment versagte ihm die Stimme, er gab nur ein krächzendes Geräusch von sich, das ihn selbst irritierte. Aber sie billigte es mit einem Nicken. Er musste sich räuspern.

Die Frau nahm die Kuverts entgegen und frankierte sie. So wie immer. Jonathan bedankte sich und machte mit einer Rechtsdrehung kehrt. So wie immer. Die Einkäufe fixierte er mit der einen Hand am Körper und zog mit der anderen die Eingangstür auf, doch gerade als er nach draußen gehen wollte, erstarrte er. Was machte Abel hier? Um diese Zeit.

Er trug eine Lederjacke in der Farbe eines Fuchsfells und eine helle Leinenhose. Der Reißverschluss der Jacke war bis auf Herzhöhe heruntergezogen, darunter ein T-Shirt von einem sehr dunklen Blau, das seine Haut wie Quarzsand aussehen ließ, im Schimmern, und seine Augen wie die klarsten Teiche. Mit langen Schritten betrat er das Gebäude. Jonathan hielt perplex die Tür auf. Abel sagte ihm ein leises Dankeschön, ehe er noch im Vorübergehen aus einer Tasche der Jacke eine Karte zog. In diesem Augenblick war ein Knall zu hören. Jonathan erschrak. Die Milchpackung war ihm aus der Hand gerutscht und am Boden aufgeplatzt. Er spürte, wie sein Gesicht rot anlief. Mit einer Handvoll Taschentüchern versuchte er sogleich, die weiße Flut zu trocknen. Ein sinnloses Unterfangen – er bemerkte das, aber trotz aller Peinlichkeit gelang es ihm nicht, den Blick von Abel abzuwenden, der die Ansichtskarte auf der Theke platziert hatte. Was darauf abgebildet war, hatte er nicht erkennen können – ja, nicht einmal die Farbe, geschweige denn ein Wort auf der Rückseite. Nichts! Bevor ihm die Beamtin mit einem Fetzen zu Hilfe eilte, hatte sie die Karte bereits mit einer Briefmarke versehen und verschwinden lassen. Verräterin! Lass nur, ich mach das schon, kann ja mal passieren, sagte sie und nahm ihm die kaputte Packung aus der Hand – die Erlaubnis aufzuspringen. Zuerst lief er zur Theke, suchte nach der Karte, beugte sich leicht vornüber, dann rannte er aus dem

Gebäude, das Abel wieder verlassen hatte. Vor dem Postamt blieb er stehen und schaute nach links die Straße hinauf, die Richtung Dorfmitte führte.

Alles in Ordnung? Jonathan drehte sich um und schaute in die blaugrauen Augen Abels, um die braune Wimpernkränze flatterten. Wie Flügel eines sanften Falters. Jonathan wusste nicht, was er sagen sollte. Er hatte diese Situation nicht kommen sehen und er wollte nicht, dass es so passierte – das erste Gespräch, das förmliche Vorstellen, vielleicht die erste Berührung ihrer Hände. Er spürte noch die Feuchtigkeit der Milch auf der Haut. Jonathan hatte Angst, Abel würde ihn für einen Lump halten, wie er da stand in ausgefransten Stoffschuhen. Oder für einen Dummkopf, weil er keinen gescheiten Satz zustande brachte. Aber im gleichen Moment wollte er ihm um den Hals fallen, ihn endlich festhalten, die Anziehungskraft war ungeheuer stark, Jonathan musste sich dagegenstemmen. Nein, ja, sagte er, ich habe mich, also, ich habe mich nur gefragt, diese Karte, also, wohin die wohl geht, weil ich das hier noch nie gesehen habe, niemand verschickt hier Ansichtskarten. Abel schaute ihn ein paar Sekunden an, ohne etwas zu erwidern. Jonathan fühlte sich, als würde er jeden Moment zerspringen und in tausend Scherben zu Abels Füßen fallen. Aber wenn dieser nur einen einzigen kleinen Splitter aufgehoben und in seine Jackentasche gesteckt hätte, wo Jonathan fortan ganz nah bei ihm war, so hätte er nichts dagegen gehabt. Gegen das Zerspringen. Abel begann zu lachen. In einer Weise, dass Jonathan sich sofort besser fühlte und sogar ein bisschen mitlachen konnte. Ihr Lachen klang sehr ähnlich, er konnte gar nicht unterscheiden, welches Glucksen er selbst ausstieß und welches von seinem Gegenüber kam. Er fühlte die Anspannung von sich abfallen. Nach der Karte fragte er nicht mehr, es würde sich schon noch die Gelegenheit ergeben, er wollte Abel ja nicht auf die Nerven gehen.

Sie wandten sich zeitgleich zum Gehen, jedoch in der Langsamkeit, mit der Abel sich bewegte, lag schon die Aufforderung ihn zu begleiten, Jonathan war ganz sicher. Auch in der leichten Kopfbewegung, bei der ein paar Haarsträhnen in seine Stirn fielen. Wie gerne hätte er ein Foto davon gemacht, dieses schöne Detail – die natürliche Drapierung durch Wind und Drehung – konserviert. Stattdessen schloss er auf und ging neben Abel her. Sie unterhielten sich ein bisschen, aber Jonathan war zu aufgeregt, um das Gespräch in Gang zu halten, ihm fiel auch nicht recht ein, was er fragen sollte, er wusste ja schon alles Grundlegende über Abel. Die Richtigkeit seiner Annahmen und Schlüsse würde sich von allein bestätigen, da brauchte er nicht nachzuhaken. Ich muss nachhause, sagte Abel. Ich auch. Jonathan wich nicht von seiner Seite. Und so selbstverständlich schien ihm der Weg. Er ging ihn ja täglich! Vielleicht hätte er sich auf die Zunge gebissen oder seinen Körper besser beherrscht, hätte ein Zögern zumindest erzwungen, aber die Tatsache, dass Abel so gar nicht überrascht wirkte, bestätigte ihn geradezu. Jonathan konnte ihn von der Seite mustern – er war ihm so nahe wie nie zuvor – und befand seine Schönheit als noch überwältigender, als er sie sich ausgemalt hatte. Am liebsten hätte er eine Hand zu der Abels in die Tasche gesteckt. Das macht man hier so, hätte er sagen können. Das gehört sich so. Oder: Ich liebe dich. Vor der Villa angekommen zögerte Abel, er zog die Hände aus den Jackentaschen und öffnete das Gartentor sehr langsam. Zögerte er, weil er ihn nicht zurücklassen wollte? Oder wollte er ihm ganz im Gegenteil eine

Grenze zeigen? Aber hier konnte, hier *durfte* es nicht enden! Jonathan begann zu stottern. Darf ich vielleicht … also, weil früher, da war das ganz anders hier … es würde mich nur interessieren, wie es jetzt aussieht, der Garten. Abel nickte. Natürlich, gehen wir doch eine Runde. Aber Jonathan, der den Garten wie das Innere seiner Kamera kannte, klebte an Abels Lippen, baumelte an seinen Ohren, schwamm in seinen Augen. Sie gingen um das Haus herum und kamen zum alten Fischteich. Aber der Teich war plötzlich nicht mehr leer! Was ging hier vor? Sie hatten das Becken gereinigt und neu eingelassen. Von heute auf morgen! Und jetzt stand da auch noch sie. Was macht *sie* denn hier?, keuchte Jonathan. Er blieb wie angewurzelt stehen, sein Blick war von Abels Nasenspitze abgerutscht und auf dem Boden aufgeschlagen. Hinten beim Teich stand – und er konnte erst seinen Augen nicht trauen – Lana in Gummistiefeln. Sie trug einen großen weißen Kübel in der Hand. Als sie ihn bemerkte, lächelte sie ihm zu. Was ging hier vor? Hallo, Jonathan. Er konnte sich nicht vom Fleck bewegen. Verräterin. Lana, der Teich, die Fische, Abel. Sie hatte es vor ihm verheimlicht. Sie hatte gesagt, sie käme kein zweites Mal, sie hatte ihn nicht mitnehmen wollen. Schlampe, flüsterte Jonathan. So schmerzhaft die unverhoffte Trennung – aber er konnte jetzt nicht länger bleiben. Lana würdigte er keines weiteren Blickes, er konnte sich schon alles denken. Sie rief ihm irgendetwas zu, das hörte er schon nicht mehr. Erst fiel es ihm schwer, die Kontrolle über seine Beine zu erlangen, aber dann marschierte er davon. Abel begleitete ihn noch bis zum Gartentor. Irgendeine Ausrede hatte Jonathan ja noch hervorgebracht mit leiser Stimme, die die Kränkung verriet, er müsse nachhause, oder in die Arbeit, oder war es die Zeit gewesen, die er plötzlich nicht mehr hatte. Und er ärgerte sich über sich selbst, weil er sich doch so gerne nie wieder von Abel getrennt hätte. Es war nicht seine Schuld.

So weiterzuleben wie vorher war nicht möglich, das Treffen hatte alles verändert. In der Firma war es zu ersten Zwischenfällen gekommen, weil er sich nicht richtig konzentrieren konnte. Einmal versandte er Angebote mit falschen Preisangaben, ein andermal vertat er sich um zwei Dezimalstellen, schickte die Techniker zum falschen Bauern, oder er erschien einfach nicht zu Besprechungen. Man hatte ihn mehrmals zur Rede gestellt, die argwöhnischen Vermutungen, wenn es Probleme gab, auf seinen Kopf hin ausgerichtet. Die Mutter schalt ihn nicht, sie wartete noch ab. Jonathan konnte sich vorstellen, was sie denken mochte, welche falschen Hoffnungen sie sich machte. Nimm dir doch ein bisschen frei, hatte der Vater gesagt ohne selbst zu sprechen, er war wieder zum Sprachrohr geworden. Jonathan hatte das zuerst abgelehnt, aber nach einiger Überlegung hatte er sich schließlich doch eine Woche aus dem Betrieb herausgenommen.

Das zweite Treffen mit Abel hatte er sorgfältig geplant. Er erwartete ihn auf der Bank unter der blühenden Robinie, wo die Straße zur Schule abzweigte. Ein Geruch nach Moder. Seitlich sprossen Pilze aus dem Holz. Abel pflegte am späten Nachmittag hier zu sitzen – am anderen Ende der Bank, das Jonathan gewissenhaft für ihn freihielt. Hier war sein Platz. Er hatte Abel die letzten Tage über beobachtet, wie er den Kopf in den Schatten sinken ließ und in ein mitgebrachtes Büchlein schrieb oder zeichnete. Sogar ein Foto war Jonathan von dieser Pose gelungen – eines der schönsten Bilder, die er von ihm besaß. Jonathan wartete also. Doch Abel kam nicht. Als Jonathan sich daraufhin am nächsten Tag an derselben Stelle postierte, war die Aufregung wider Erwarten noch größer. Die Blüten schwankten über seinem Kopf im Wind. Er tat, als würde er Zeitung lesen. Auch diesmal wartete er lange, bis Abel plötzlich erschien. Im ersten Moment wollte Jonathan aufspringen und davonlaufen – doch zu spät, Abel hatte ihn schon gesehen, grüßte ihn, indem er die Hand hob. Jonathan versuchte, die Illusion des Zufalls zu erhalten, vergrub die Hände eben so in der Zeitung, dass diese besonders laut raschelte. Er bat ihn, sich zu ihm zu setzen, und es gelang ihm, ein paar Brotkrumen für ein Gespräch zu streuen. Was macht das Haus? Nun … Abel berichtete von den Fortschritten rund um Haus und Garten, dass man den Forellen beim Wachsen zusehen konnte – Jonathan war ihm dankbar, dass er Lanas Namen mit keinem Wort erwähnte –, er erzählte von den Schwierigkeiten der Eltern, sich in der neuen Umgebung zurechtzufinden. Dabei ist schon mehr als ein halbes Jahr vergangen. Aber sie haben noch immer niemanden kennengelernt, sagte er. Sie sind ganz anders als früher. Jünger, voller Energie, aber gleichzeitig älter. Jonathan nickte. Seine linke Hand, die er auf dem Holz der Bank abgelegt hatte, berührte den Oberschenkel des anderen – so leicht, so schön, dass es ein echter Zufall sein musste. Die Zeitung holte der Wind. Obwohl Abel es nicht sagte, war es zwischen den ungeschriebenen Zeilen ganz unmissverständlich zu hören: Gott sei Dank habe ich jetzt dich. So bin ich nicht mehr ganz allein. Jonathan strich sich eine Haarsträhne aus dem Gesicht. Ein Windstoß ließ sie Abel wieder zurück in die Stirn fallen. Die leichte Berührung der Körper machte die Grenze unbestimmbar, du, ich, das schien es gar nicht mehr wirklich zu geben. Jonathan erzählte von dem

Chor, es wäre das Richtige für Abel, er habe eine wunderbare Stimme und könne mit ihm zusammen Soli singen, das sei schließlich kein Widerspruch, wenn zwei Menschen dieselbe Stimme hatten. Alexandr würde etwas für sie arrangieren – Alexandr … Abel stand auf. Jonathan stand auf. Ich muss nachhause. Ich auch.

Er sperrte die Tür zu seiner Wohnung auf. Der ganze Körper ein Zittern vor freudiger Erregung. Dann brachte er eine Karaffe Wasser und legte eine Schallplatte auf – nur leise, als Hintergrundgefühl, aber natürlich war es nicht irgendeine Platte, es war eine tiefe Rille, in die er die Nadel setzte. Das Wasser wurde zu Wein, und irgendwann hatte Abel Augen für die Dunkelheit bekommen, er begann sich im Raum zu orientieren – Jonathan bemerkte es beim Blick in sein Gesicht. Er lächelte ihm zu. Nun war er mutig und ermunterte Abel förmlich, sich nur genauer umzusehen. Ja, sagte er. Und flüsterte noch: Du bist immer bei mir, ist das nicht schön. Das Foto von Abel unter der Robinie unter dem Lichtkegel der Schreibtischlampe. Hier konnte er seinen Kopf nicht in den Schatten drücken. Abel stand auf und ging im Zimmer umher, er wurde immer schneller, dann ging er auch ins Schlafzimmer, wo er das Licht einschaltete. Es war viel zu hell. Ach, mach es doch bitte wieder aus. Er sah ihm zu, wie er sich selbst in jeder Ecke entdeckte. Ist es nicht schön?, fragte Jonathan wieder. Er lachte ein bisschen, auch um Abel einstimmen zu machen, aber plötzlich hörte er nur noch sein eigenes Glucksen. Er verstummte.

Wo bin ich hier gelandet?

Was meinst du denn?

Spion!

Das ist doch alles für uns beide. Hier siehst du die Bank, auf der wir wieder sitzen werden. Schau, die Blüten.

Spion! Du bist ja verrückt!

Aber wovon redest du denn? Verstehst du nicht? Ich wollte doch nur … Jonathan fiel über seine Füße, fast hätte er Abel mitgerissen. Der rannte zur Tür, nein, durch die Tür.

Perverses Schwein!

17

Das Flussbett hatte sich verändert, sie überlegte, wie es letztes Jahr ausgesehen hatte. Wie tief war das Wasser hier? Die Form der Sandbank am linken Ufer ähnelte jetzt der Silhouette eines Fuchses – das Tier des Vorjahres schon vergessen. Lana fragte sich, ob Füchse wasserscheu waren. Sie saß auf den großen Kieselsteinen am Flussufer. Den Zopf hatte sie gelöst und war erstaunt gewesen, wie lang sie schon waren, die Haare. Auch eine Möglichkeit, eine Zeit abzulesen. Hier und da funkelte die Wasseroberfläche im Licht, gab ein Zeichen oder zeigte ihr einen Hilferuf an. Sie legte eine Hand hinein, die Ringe an den Fingern waren leicht zu drehen im kalten Wasser. Sie mochte den zarten Geruch nach Algen, der knapp über den Steinen und der Wasseroberfläche schwebte, sich in Schichten übereinanderschob, nicht in der Art des Windes – es war eine andere Art der Luftbewegung, aber keine in sich widerstreitende. Bernard wäre nicht lange hier mit ihr gelegen, hätte seine Lebenszeit nicht derart verschwendet, darum stand er schon auf und ging wie auf Eiern über die Steine, ging Richtung Uferwald, ohne sich einmal umzudrehen. Strand hatte er in Nizza genug, das brauchte er hier nicht auch noch. Lana sah seiner Gestalt nach. Daran wie er früher ausgesehen hatte, konnte sie sich nicht mehr in allen Einzelheiten erinnern, sein heutiges Gesicht, das eine ganz andere Form angenommen hatte, verdrängte die Erinnerung an das alte. Wie tief war diese Falte hier gewesen, wie hoch die Stirn, wie breit der Mund?

Bernard hatte sie nur wenige Male in ihre Heimat begleitet, irgendwann war er dazu übergegangen, sie allein fahren zu lassen, weil er plötzlich bemerkt hatte, dass er viel zu viel zu tun und für so einen Urlaub gar keine Zeit hatte, natürlich. Und das obwohl seine Haare immer dieselbe Länge gehabt hatten, er darauf geachtet hatte, nicht älter zu werden. Beim ersten Besuch hatte sie ihn ihren Eltern vorgestellt, die sehr aufgeregt gewesen waren, weil sie den Franzosen mitbrachte. Der sie geschwängert hatte und heiraten würde. Er hatte seine Sanitätermiene aufgesetzt, aber im Dorf hatte das keiner bemerkt, hier gab es keine Helden und niemand mochte sich helfen lassen, niemand war ihm dankbar. Lana lachte hier und da über ihn. Er hatte so schnell wie möglich zurück nach Nizza gewollt, in *seine* Stadt, wie er einmal gesagt hatte – aber Lana fuhr ihn in eine andere, hatte sie ihm doch alles zeigen wollen, hier schau, die Uni, wie um ihm zu beweisen, dass ihre Vergangenheit schon genug zu bieten hatte, dass es in ihrem Leben auch Städte gab, Wissenschaft, Kunst und Politik. Aber er schaute ihre Gebäude an, als wären sie nicht echt und könnten beim nächsten Windstoß umfallen wie ein dünnes Buch – kein einziges der knappen Kapitel ihres Lebens las er zu Ende. Das hatte sich im Laufe der Jahre zum Grund der Scheidung ausgewachsen. Der kleine Tommi, der dazwischen stand und seine Hände in beide Richtungen ausstreckte. Bernard hatte sie reingelegt, sie würde ihm das nicht verzeihen. Vor allem nie vergessen. Lana stand auf und ging ein Stück im seichten Wasser, und wo sie ging, blitzte es auf. Sie schaute flussabwärts, wo sich der dunkelgrüne Strom hinter einer Biegung nach rechts dem Blick entwand. Das Geräusch eines springenden Fisches.

Seit der Begegnung im Garten der Millers ging Jonathan ihr aus dem Weg, hatte keinen ganzen Satz mehr mit ihr gewechselt. Nach seinem empörten Verschwinden hatte Abel sie gefragt: Was hat er denn? Du kennst ihn? Lana war fast ein bisschen überrascht von der Frage. Natürlich kenne ich ihn.

Sie war soeben fertig geworden. Fünfzehn junge Regenbogenforellen hatte sie in den Teich gesetzt. Die Pumpe lief wieder. Nachdem Frau Miller sie beim ersten Termin über den Teich ausgefragt hatte, war Lana erst nicht ganz sicher gewesen, ob sie sich noch einmal bei ihr melden würde. Aber dann tat sie es doch. Die Millers bezahlten und Lana machte ganz einfach ihre Arbeit. Jedem Fisch hatte Abel einen Namen gegeben. Kindlich war er, aber es gab schlechtere Eigenschaften. Noch als sie im Kreis schwammen, glaubte er allen Ernstes, sie auseinanderhalten zu können, nur Lana wusste, dass er sich irrte. Das ist nicht Lore, hatte sie gemurmelt, aber er hatte es nicht gehört. Warum ist er plötzlich davongerannt? Unbedingt hatte er das wissen wollen. Wer denn? Na ... Jonathan, meinst du? Jonathan, genau. Lana hatte mit den Schultern gezuckt. Er ist nur ein bisschen wankelmütig. Abels Gesicht sah so aus, als sei er sich nicht ganz sicher, was sie damit meinte, oder als kenne er das Wort gar nicht, von dem Lana wusste, dass es ohnehin nicht das richtige war. Darum erklärte sie es nicht. Und weil der wirkliche Grund ein anderer war: Sie hatte Jonathan nicht die Wahrheit gesagt, als er sie so aufgeregt in ihrer Küche vorm unberührten Kaffee angestiert hatte. Der Wortwechsel war der einzige geblieben, den sie mit Abel wirklich zustande gebracht hatte. Beim ersten Termin in der Villa hatte sie ihn gar nicht zu Gesicht bekommen. Lana hegte den leisen Verdacht, die Mutter hätte die Revitalisierung des Teiches nur ihrem Sohn zuliebe veranlasst, als wäre es so etwas wie ein Geschenk. Oder ein Zugeständnis.

Jonathan war beleidigt. Er brach sein Schweigen nicht einmal, nachdem Alexandr letzten Dienstag verkündet hatte, dass er sein Amt als Chorleiter niederlegen wolle. Lana war hereingekommen mit zwei Tellern in der einen Hand und einem Korb Gebäck in der anderen, war plötzlich in ungewohnter Stille gestanden. Auch Sarah war an diesem Abend zugegen gewesen. Seit Alexandr ihr Klavierunterricht gab, begleitete sie Gregor manchmal zur Probe – es war, als gehöre sie jetzt dazu. Und dass Alexandr diesen Abend ausgewählt hatte, an dem nun also *alle* seine Schüler anwesend waren, war bestimmt kein Zufall gewesen. Auf dem kleinen Podium war er gestanden wie der Pfarrer höchstpersönlich, die Männer um die Tische herum irgendwie jünger als sonst. Lana hatte die Speisen abgestellt und sich auf einen leeren Stuhl sinken lassen, während Alexandr versuchte sich zu erklären. Sehr stolz sei er, natürlich – stolz! Für seine Rede zog er abgedroschene Phrasen aus irgendwelchen Schubladen, fast als hätte er Angst, man könne den Sinn seiner Worte sonst nicht begreifen. Es schien ihm selbst nicht wohl zu sein. Anfangs fragte Lana sich, ob es nicht vielleicht die Kinder der Frau Seiger gewesen waren, die ihn aus dem Haus geekelt hatten, weil sie es verkaufen wollten, jemand ihnen einen guten Preis gemacht hatte. Es gab Gerüchte dieser Art im Dorf. Wollte er deswegen fort? Der Abschied fällt mir nicht leicht. Gewiss.

Lana trat auf eine Glasscherbe zwischen den Steinen, die Kanten waren rund geschliffen. Der Fluss hätte Alexandr eine neue Form geben können, aber Lana hatte schon begriffen, dass er auf der Suche nach einem anderen Fluss war, einem anderen Strand. Ihr werdet bald Ersatz für mich finden, besseren Ersatz. Sie hatte hin und wieder zu Jonathan hinüber geschaut, wurde misstrauisch. Es war nicht zu übersehen gewesen, sie war sich ganz sicher: Du hast davon gewusst?

Die Goldmedaille am Ende der Mittelschule habe ich nie bekommen, obwohl alle, meine Mitschüler und auch Frau

Poljakow, die wir in Mathematik hatten und die mich gerne mochte, ganz fest damit gerechnet hatten. Ich war zwei Jahre älter als die anderen, war später in die Schule gekommen, aber immer unter den Klassenbesten gewesen. Anscheinend war den Herrschaften am großen Hebel dann aber doch noch aufgefallen, dass ich Deutscher war. Wie lange hatte ich vergeblich auf diese Nachricht gewartet, auf die Medaille – ich zweifelte ja nicht daran, dass sie eintreffen würde –, da waren alle anderen schon weg und an der Hochschule. Die Prüfungen waren längst vorüber. Und dann erhielten wir die Nachricht: In russischer Sprache hatte man mir eine Vier gestellt und ein gewöhnliches Attest ausgeschrieben. Sogar Tante Nelly weinte ein bisschen, weil ich es doch verdient gehabt hätte – sie war so traurig, dass ich nachts davon träumte, es käme noch ein Bescheid. Sie hätten sich geirrt. Hier Ihre Medaille, Ihnen stehen alle Türen offen, so studieren Sie bitte an der Hochschule Ihrer Wahl. Aber morgens schaute ich in Tante Nellys traurige Augen. Dann habe ich es auch dem Vater erzählt, der saß wie eine Fata Morgana in der Küche, halb durchsichtig wurde er, ich konnte gar nicht glauben, dass er echt war. Wahrscheinlich ist ihm da wieder bewusst geworden, wie viel er versäumt hatte. Das war der Zeitpunkt, da ich mich entschied, eine Arbeit zu machen – und tatsächlich fand sich im Ort sehr schnell etwas für mich. Schlosser, Traktorist – ich lernte, dass ich vieles sein konnte. Tante Nelly war jedenfalls froh über das bisschen zusätzliche Geld, das ich nachhause brachte. Und immerhin hatte ich noch das Klavier, ich hatte ja Herrn Menze, der mich weiter unterrichtete und der mir auch das Dirigieren beibrachte. Ich liebte seinen kleinen Chor, auch wenn es ein armseliger Haufen Deportierter war, eigentlich nur ein Ensemble. Eine Hymne aufs Sowjetvolk nach der anderen schmetterten sie und knirschten dabei manchmal mit den Zähnen. Aber der

Vater flüsterte mir immer wieder zu, wenn ich von der Arbeit nachhause kam: Das ist nur für kurze Zeit, wir bleiben hier nicht. Da ging es ihm schon besser und vor allem war er endlich von seinen Abschiedsreden abgekommen. Wir haben wohl doch noch ein bisschen Zeit zusammen, sagte er, und das machte mich froh. Aber ich wollte nicht, dass er es noch einmal sagte. Er hatte die neue Angewohnheit, sich zu wiederholen.

Wie diese Abschiedsreden geklungen haben mochten? Diese seiner Geschichten ging Lana nicht mehr aus dem Kopf – die nie zugestellte Auszeichnung, der unechte Vater. Wenn Alexandr von seiner Vergangenheit erzählt hatte, dann war es ihr oft so vorgekommen, als wäre er die Geschichten schon unzählige Male im Geiste durchgegangen – nicht in der Art des unwillkürlichen Erinnerns und Zurückdenkens, sondern als lege er sich die passenden Wörter und Sätze genau zurecht für ein längeres Werk, das er abfassen wollte. Oder das abzufassen er schon versucht hatte. Aber hatte er es geschafft? Ich habe eben einen Anspruch, hatte er oft in den Proben gesagt, wenn er sich geärgert hatte. Lana schmunzelte. Nach seiner Abschiedsrede war er nicht mehr lange im Gasthof geblieben, so schnell wie möglich nichts wie fort, das wollte er. Nur zu verständlich in dieser Situation. Die Männer löcherten ihn mit Fragen, sodass er Lana fast ein bisschen leidtat. So steif wie er da gesessen war, musste es wehgetan haben. Sie hatte ihn nicht gefragt, ob er etwas trinken wollte. Schließlich hatte sie sich auf Stefans Schoß gesetzt und mit Gewalt das Thema am Tisch gewechselt, ihm eine Zeitspanne von ein paar Minuten verschafft. Dank seiner Unauffälligkeit hatte Alexandr entfliehen können, und als man es bemerkt hatte, war es schon zu spät.

Kurz vor halb zwölf hatten auch die letzten Männer das Lokal verlassen und Lana hatte ihre Sachen aus dem kleinen Personalraum vor der Küche geholt. Doch in dem Moment, als sie nach ihrer Handtasche hatte greifen wollen, hatte sie das Paket entdeckt. Es war eingeschlagen in braunes Packpapier und mit einer Kordel sorgfältig verknotet. Zuerst war sie ratlos und konnte sich keinen Reim darauf machen, es in Händen haltend ahnte sie aber schon, worum es sich dabei handelte. Auf der Karte, die hinter die Kordel gesteckt war, wo sie sich kreuzte, stand ihr Name geschrieben. Sie zog sie heraus und betrachtete sie von beiden Seiten. Nachdem sie das Päckchen zuhause geöffnet hatte, rang sie einige Zeit mit sich, bevor sie Alexandrs Nummer wählte, mitten in der Nacht, fast lächerlich, ihn um diese Uhrzeit anzurufen, und fast war sie ein bisschen erstaunt, tatsächlich seine Stimme am anderen Ende zu hören. Dazu das merkwürdige Gefühl, dass sie nicht allein in der Leitung waren. Alexandr? Alexandr, ich hör dich sehr schlecht. Ich wollte dich nur fragen, … Hörst du mich? Deine Aufzeichnungen. Im Hintergrund Geräusche, die er nicht wahrzunehmen schien, Lana konnte sich kaum auf seine Stimme konzentrieren. Dann dachte sie daran, dass vielleicht jemand bei ihm war. Hast du Besuch? Kannst du reden? Als der Chorleiter, der keiner mehr sein wollte, verneinte, war sie sich schon nicht mehr im Klaren darüber, auf welche der Fragen er geantwortet hatte, sie war sich nur sicher, dass es ein Krächzen war, das sie im Hintergrund hörte, nichts anderes. Das wollte ich nicht mitnehmen, verstand sie dann. Das kann ich mir vorstellen, Alexandr. Aber was soll *ich* damit?

Die kleine silberne Schatulle hatte sie von einer Reise mitgebracht, das war sehr lange her. Sie hatte sie einst auf einem

Markt geschenkt bekommen von einem jungen Mann mit rotem Bart – es war aber auch möglich, dass sie etwas verwechselte, es in Wirklichkeit ganz anders gewesen war. Lana streckte die Arme von sich. Heute zeichnete sich der erste Gewitterabend des Jahres ab und Lana saß im Halbdunkel auf dem Sofa. Der Rock war ihr hochgerutscht bis zu den Schenkeln. Sie war allein. Die Gegenstände im Zimmer nahmen allmählich andere Farben an – die kleine Silberschatulle in der Vitrine schimmerte in einem versöhnlichen Violettton. Sie bewahrte darin ein Paar Ohrringe auf, das sie schön fand, aber nicht trug. Die Jadefigur eines siamesischen Kampffisches, die Schatulle um einige Zentimeter überragend, blickte auf diese hinunter und schien ihr zu verzeihen. Als wären sie häufig nicht einer Meinung. Aber welches Leben lebten sie denn in ihrer Vitrine? Auch der Fisch war ein Geschenk gewesen. Und blieb es. Eine Etage darüber zeigte ein Fächer pfauengleich seine Augen, die in diesem Fall die Form von Blüten hatten. Gregor hatte ihn in der Bezirkshauptstadt gekauft – für ein paar Jahre hatte es dort einen dieser Läden gegeben, in denen alles nach Jasmin, Moschus und Eukalyptus duftete und ohne echten Nutzen war. Sie hatte es schön gefunden, wie ernst Gregor mit ihr das Geschäft betreten und die Traumfänger und Laternen, Windspiele und Tongefäße, Amulette und Schnitzereien betrachtet hatte. Der nach Räucherstäbchen duftende Fächer, für den sie sich schließlich entschieden hatte, war blau, doch mittlerweile lag auf ihm, auch über den Blüten, der Staub der Zeit. In der Vitrine befanden sich noch andere Geschenke. Eine Bienenwachskerze, ein schmiedeeisernes Kleeblatt, ein Armreif aus Perlmutt, ein Klappmesser vom Großvater, das sich von den anderen Objekten abzuwenden schien. Oben auf dem verglasten Kasten stand eine Schüssel voller Samen, die sie auf dem ersten Urlaub mit Bernard gesammelt hatte und wohl hätte einsetzen und gießen müssen, um zu wissen, welche Pflanze, welchen Plan, sie hinter ihren schwarzen Wänden verschlossen hielten. Auf der Kommode stand eines der Fotos, die Jonathan von Tommi und ihr gemacht hatte, es lehnte mit dem Rücken ganz lässig an der Wand. Sie hatte noch keinen passenden Rahmen besorgt. Die restlichen Bilder hatte sie in dem Kuvert gelassen und nicht mehr angesehen. Der Pfennigbaum bildete ein schützendes Dach über Tommis, Lanas und Moonlights Kopf. Beim ersten Donner erschrak das Pferd und Lana wandte sich zur offenstehenden Balkontür. Die großen Tropfen fielen wie etwas lange Zurückgehaltenes. Sie musste an Sarah denken, deren Worte ihr an ebendiesem letzten Probenabend einen Schlag versetzt hatten.

Warte, nur eines noch –

Was denn?

Ich habe einen Brief geschrieben.

Worum geht es?

Willst du nicht wissen, an wen?

Egal auf welche Frage du antwortest, den Rest kann ich mir denken.

An Tom.

An Tom?

Ich hab nur gedacht, ich sag es dir.

Ja. Lana hatte sich eine Zigarette angezündet. Jetzt tat sie es wieder. Natürlich.

Mit dem Donner des zweiten Blitzes kam verspätet auch der Duft des Regens, als öffnete jemand eine Schmuckschatulle und hielte sie ihr unter die Nase.

Herrn Menze liebte ich wie einen Großvater, den ich nicht hatte. Den achtzigjährigen Mann hatten wir in der Verbannung kennengelernt, er war auch Wolgadeutscher, kam ursprünglich aus Saratow und trauerte um seine verhungerte Frau. Auch um seine Bücher und den Kirchenchor, den er in der Heimat geleitet hatte. Aber er hatte es geschafft, ein kaputtes Klavier aufzutreiben. Wie genau er dazu gekommen war, wollte er partout nicht verraten, aber wir mutmaßten, dass er sich geschickt darin anstellte, seine Identität zu wechseln. Er sprach ein Russisch ohne jedweden Akzent, was eher selten war für einen Wolgadeutschen seiner Generation. Tante Nelly war eines Tages nachhause gekommen und hatte mir erzählt, dass da ein Mann Klavier unterrichtete. So fing es an. Mehr hatte sie gar nicht sagen müssen. Ich ging zu ihm und alles nahm seinen Lauf, als hätte sie mit ihrem sechsten Sinn es längst so vorgesehen, alles eingefädelt. Dabei schien sie selbst großen Respekt vor Herrn Menze zu haben und bemühte sich, dass meine Kleidung ordentlich aussah, meine Hände und Fingernägel sauber waren, wenn ich zu ihm ging. Vielleicht war es später schwer für meinen Vater zu sehen, wie nah Herr Menze mir stand, dass ich mich stets um ihn sorgte. Die Stunden bezahlten wir in Naturalien, Tante Nelly gab mir immer etwas zu essen für ihn mit, etwas anderes hatten wir nicht. Als ich später selbst schon verdiente, legte ich einmal hundert Rubel aufs Klavier, aber Herr Menze wollte nichts davon wissen. Was soll das? Steck das gefälligst wieder ein. Ich traute mich nicht, ihm zu widersprechen.

Sie blätterte durch die losen Seiten Papiers. Warum hatte er ihr diese Aufzeichnungen überlassen, warum sollte sie das lesen?

Sarah war ein fleißiges Mädchen, er hegte eine Zuneigung für sie, die ihm das Herz schwer machte beim Gedanken daran, dass dies die letzte Stunde war, die er mit ihr hatte. Er schätzte vor allem ihren Fleiß. Ihm war, als stünde Tante Nelly jetzt neben ihm und sähe ebenfalls zu Sarah hinüber, wie sie ihren kleinen Walzer spielte. Vierter Takt, linke Hand – welchen Ton spielst du da? Sarah besserte den Fehler aus, sie hatte sofort begriffen. Alexandr klopfte den Rhythmus auf seinem Schenkel und zählte laut mit. Eins, zwei-drei, eins, zwei-drei … Kleine Mücken vibrierten in der Luft, in dem Klang. Alle Individuen zur selben Zeit in die Bewegung zwingend machte der Schwarm einen Schwung nach rechts. Oder war es der Luftzug, dem sie nachgaben, der sie im Raum versetzte? Lana war geräuschlos hereingekommen. Mit allen Schuhen schien sie laut und leise gehen zu können, heute war sie kaum zu hören. Sie ließ sich auf einen der speckigen Stühle gleiten und legte die Hände in den Schoß, ihr Pferdeschwanz war in Auflösung begriffen, die Strenge wich daraus. Sicher war es kein Zufall, dass Lana oft an den Tagen Dienst hatte, an denen Alexandr Sarah Unterricht erteilte, sie tauschte Schichten mit ihren Kolleginnen, denn hatte sie ihn nicht selbst vorige Woche nach der Chorprobe gefragt: Wieder Mittwoch? Ihm kam das sehr gelegen, denn für Sarah war es gut, von Anfang an schon eine Zuhörerin zu haben, sich auf diese Weise ans Vorspielen zu gewöhnen. Der Lehrer zählte nicht, er war ein Mitwissender – nur vor dem Publikum musste man lernen, Fehler zu verheimlichen. Nur nicht unterbrechen, dann weiß es jeder. Er hörte, wie Lana applaudierte am Ende des Stückes, obwohl es mehr Fingerübung denn Musik war. Die Mücken waren nicht aus der Luft gefallen mit dem letzten Ton, zitterten weiter ihre Zeichen.

Als erstes war ihm Sarahs Haltung aufgefallen, wann immer sie an dem Instrument Platz nahm und die Finger auf die Tasten legte. Der gerade Rücken, die entspannten Schultern, der Anschlagwinkel – er hatte kaum eine Korrektur vornehmen müssen. Der Abstand zwischen dem Mädchen und dem Klavier gerade so groß, dass noch eine zierliche Person sich dazwischen und auf ihren Schoß hätte drängen können – ein Kind, wie er es einst gewesen war, sehr schüchtern, aber neugierig. Alexandr hätte Sarah einen anderen Lehrer gewünscht, seinen eigenen. Dieser war ein besserer Lehrer gewesen, geduldig und ganz klar in allen seinen Anweisungen, Vorstellungen und Zielen. Einer dieser Menschen, denen man um jeden Preis gefallen wollte. Als sie das Dorf bei Kansk 1956 verlassen hatten und nach Halbstadt gezogen waren, hatte Alexandr – jung und ungestüm – alles daran gesetzt, Herrn Menze zu überzeugen, sie zu begleiten. Er war allein, hatte keine Familie. Wir werden nie zur Ruhe kommen, hatte Herr Menze zu ihm gesagt und damit nicht nur seinen Schüler und sich selbst gemeint, sondern ein anderes Wir, das größer klang. Alexandr erinnerte sich genau an diesen Satz. Dem Alten war es bitter aufgestoßen. Ich bleibe bei ihr, hatte Herr Menze hinzugefügt, obwohl es gar nicht mehr nötig gewesen war, denn Alexandr war sich da schon darüber klar gewesen, dass er ihn nicht würde überzeugen können. Der Lehrer hatte sein altes Klavier angesehen, das seine Frau ersetzte, die verhungert war. Verhungert!, hatte er auf einmal gerufen, was Alexandr die Härchen im Nacken aufstellte. Herr Menze war geblieben. Und er hatte recht behalten.

Alma-Ata, Großvater Apfel, war eine ganz andere Welt, da hörte die Steppe auf und plötzlich hatten wir die hohen Gipfel des Tian Shan im Rücken. Ich hatte noch nie solch hohe Berge gesehen. Gleichzeitig war das Klima mild, sanfte Winde zogen durch die Straßen, aber den sibirischen Wind, vor dem mein Vater die Furcht nie ablegen konnte, gab es hier nicht. Alles um uns hatte sich schlagartig verändert, nur eine Konstante schrieb sich fort – arm waren wir. Vater, Tante Nelly und ich kamen bei einer älteren Dame unter, in einem feuchten Zimmer, wo es nach Moder roch. Und fremde Frauen gingen ein und aus. Erst mit der Zeit war ich dahintergekommen – die Frau verdiente ihr Geld mit illegalen Operationen, sie führte Aborte durch. Tante Nelly hatte das natürlich früher herausgefunden, wahrscheinlich hatte sie gehofft, ich würde es nicht bemerken. Ich war schon zweiundzwanzig – das erschien mir schrecklich alt – und ich schämte mich ein bisschen, erst jetzt an einer Universität vorstellig zu werden, schon lange kein Schüler mehr und das ungerechte Zeugnis in der Tasche, ohne Medaille. Die Nationalität in meinem Pass – wie hatte ich mich gefreut, dass ich endlich, nach einer langen Odyssee von Amt zu Amt, einen Pass erhalten hatte! – machte mir immer wieder Schwierigkeiten. Erniedrigt, belogen, immer wieder der Lüge bezichtigt. Erzähl uns keinen Blödsinn. Was faselt der da von einer Goldmedaille? Auf der Pädagogischen Hochschule gab es noch einen Deutschen, der mit mir studierte. Anders als ich sprach er mit einem ganz eigentümlichen Akzent – vielleicht war das der Grund dafür, dass er von allen Fritz genannt wurde. Er lebte im Studentenheim. Es verging noch einmal ein Jahr, bis ich auch einen Platz dort bekam. Auch Tante Nelly fand nach anfänglichen Schwierigkeiten eine Arbeit als Köchin. Wir fanden eine neue Wohnung. Jetzt hatte tatsächlich ein neues Leben angefangen, auch die Zeitungen verhießen es zwischen den Zeilen. Zeit für die Wiedergeburt! Dabei hatten die Leute noch lange nicht wieder zur Sprache gefunden, es gab ja noch gar keine Form, wie man hätte von der jüngsten Vergangenheit erzählen können. Der Vater starb viel zu früh. Tante Nelly weinte um ihn wie um ihren Sohn. Plötzlich wusste ich nicht mehr, wer ich war.

Ob er wirklich bereit war, es noch einmal zu wagen, würde sich zeigen. Sich alles neu zurechtzulegen, darin hatte er Übung, aber das machte es nur bedingt einfacher. Er besaß nicht viel, auch das war gut. Nur war er alt geworden, lange nicht so alt wie Herr Menze 1941, als er in Sibirien landete, aber Alexandr fühlte sich, als hätte er sich schon zurücklehnen, hier Halt machen können in einer merkwürdigen Manier des Sich-etwas-verdient-habens nach der Aussiedlung und erfolgreicher Integration, aber er hätte doch nicht einmal zu beschreiben gewusst, was dieses Wort meinte. Man sah ihm nicht an, wer er war – vielleicht war es das, aber wenn, dann war es keine Kunst, sondern ein Handwerk. Alexandr zog mit einem Finger Spuren in den Staub auf seinem Pianino. Die dünne weißliche Schicht kam so schnell über Nacht, dass doch der Schläfer nach dem Moment des Erwachens notgedrungen glauben musste, er selbst atme ihn aus, wenn er träumte, diesen Staub. Er könnte sich sein Instrument nachschicken lassen, wenn er es wirklich brauchte. Aber nein, er hatte es sich anders überlegt – er würde es zurücklassen. Was brauchte er denn noch? Alexandr hatte alles durchdacht, es gab nicht die geringste Angelegenheit, die er dem Zufall überlassen wollte. Nur die Antwort auf die große Frage nach dem Warum war ein Schatten, der sich in einen größeren drückte und immer mit ihm Schritt hielt. Die

Koffer waren noch nicht voll, alles, was er gedachte, noch in ihnen zu verstauen, war säuberlich sortiert, stapelte sich in gefährlichen Türmen oder bildete kleine Haufen auf dem Teppich. Die Möbel gehörten ihm nicht. Nicht einmal der Teppich, in den sich seine Zehen drückten, in den Rücken eines Kamels. Seinen gesamten Besitz hätte er wohl einem solchen Pferde- oder Kamelrücken anvertrauen können. Der trüge nicht schwer daran. Bei dem Gedanken musste er lachen. Klang es nicht immer merkwürdig, wenn ein Mensch allein in seiner Behausung lachte? Alexandr setzte sich in die alte und in den letzten Jahren durch regelmäßiges Waschen verblasste Blumenwiese. Er hatte nur diesen einen Bettbezug. Seine Knie und der Lattenrost beschwichtigten einander mit leisen Knackgeräuschen, oder worüber unterhielten sie sich? Er war ewig nicht auf einem Pferd gesessen. Alexandr lauschte. Von draußen aufgeregte Kinderstimmen. Ob Spiel oder Streit – die Luft, das Blattwerk, die Scheibe stahlen ihnen die Wucht, sodass nur noch eine Abfolge von hohen Tönen, von Worten völlig entfremdet, an Alexandrs Ohr drang. Dort entwickelte sich eine Melodie daraus. Er hätte wohl ein neues altes Lied zu komponieren vermocht. Aber so sicher er sich dessen war, so wusste er auch, dass er nicht dazu imstande gewesen wäre, etwas Bleibendes zu hinterlassen.

Tante Nelly liebte Samsy. Seit wir nur noch zu zweit waren und ich in der Abendschule eine Anstellung gefunden hatte, konnten wir uns mehr leisten und ich brachte oft etwas nachhause mit, was wir nicht gebraucht hätten. Natürlich hätte sie die Teigtaschen selbst machen können, doch sie freute sich jedes Mal über die Dinge, die ich in diesem kleinen Laden in der Schewtschenkostraße kaufte. Die Samsy waren sehr fettig, unsere

Fingerspitzen glänzten schon nach dem ersten Bissen, aber Tante Nelly sagte mir immer ins Ohr, als sei es ein Geheimnis, dieses Fett sei so gut für die Haut. Deswegen achtete ich darauf, mir die Finger erst abzuwischen, wenn sie mir den Rücken zuwandte. Aber ich hätte wissen müssen, dass sie es trotzdem spüren konnte, wenn ich das tat. Sie war seit dem Tod des Vaters in sich gekehrter, konnte es nicht glauben, er sei ja noch nicht alt gewesen, nicht alt! Andere Menschen scheute Tante Nelly zusehends, und das obwohl die Leute sie so gerne mochten. Die kasachische Nachbarin fragte mich oft nach ihr, auch meine erste echte Freundin, die ich auf der Hochschule kennengelernt hatte und später heiratete, fragte mich häufiger als mir lieb war nach ihrer Gesundheit. Tante Nelly starb 1982 im Alter von siebenundsiebzig. Ich hätte ihr gerne meine neue Heimat gezeigt – die Urheimat, wie sie sie in den letzten Jahren genannt hatte. Das Wort von meinem Vater, wie aus seiner Truhe entnommen. Dorthin reiste ich nach gescheiterter Ehe ganz allein. Pass bloß auf dich auf, sagte Michail, als ich ihm damals den Bescheid zeigte. Du hast ja nicht mal eine Frau.

Alexandr betrachtete die wenigen Gegenstände, die zusammen einen der bunten Haufen bildeten. Das Taschenmesser des Vaters – Spitze und Klinge so stumpf, als hätte er es verwendet, um sich einen unterirdischen Weg nachhause zu graben. Daneben ein Jo-Jo, das er einst von Tante Nelly geschenkt bekommen hatte. Als er sich den kleinen hölzernen Gegenstand jetzt näher besah, stellte Alexandr fest, dass die Schnur fehlte. Hatte er es gestern noch in der Hand gewogen und an diesen Platz gelegt, konnte er sich nun nicht daran erinnern, dass die Schnur zu diesem Zeitpunkt bereits gefehlt hatte. Beim schnellen Aufstehen wäre er fast über die eigenen Füße gestolpert. Alexandr griff nach dem unvollständigen Spielzeug, und sogleich beschlich ihn ein leises Gefühl von Angst. Wie hätte er die Funktionsweise des runden Holzstücks zu erklären versucht, wenn ihn in diesem Moment jemand danach gefragt hätte? Warum besitzen Sie das? Wozu ist es gut? Wenn er mit seinen Händen gestikuliert und gleichzeitig den Ablauf des Spiels zu erklären versucht hätte, ja, wer hätte ihm denn geglaubt? So hält man es und dann lässt man es hinunter … Sofort wäre er unterbrochen worden. Was erzählen Sie da? Kein Wort, kein Wort hätte man ihm geglaubt. Sie verheimlichen uns doch etwas. Sie können uns vertrauen. Und jetzt noch einmal von vorn. Die Wahrheit. Alexandr taumelte zurück. Er bekam kaum Luft, spürte den Staub in der Nase, der alles verklebte, und versuchte durch den Mund zu atmen. Doch auch die Zunge und der Gaumen fühlten sich in kürzester Zeit merkwürdig belegt an, wie ausgekleidet von einer Schicht feuchten Mehls, das sich nicht ablösen und nicht schlucken ließ. Er riss den Mund auf, um Luft zu bekommen, er schrie nicht. Haben Sie dazu nichts zu sagen? Alexandr röchelte. Können Sie uns das erklären? Mit einer Hand fand er Halt am Klavier. Aber dort auf dem Tastendeckel zeigten sich neben den Spuren seiner Finger noch ganz andere Abdrücke im Staub, der minütlich um einige Millimeter anzuwachsen schien. Dünne, wenige Zentimeter lange Striche – aber von ihnen etliche übereinander und in verschiedenen Winkeln zueinander stehend. Solche Spuren hatte er noch nie zuvor gesehen. Wer oder was konnte mit ihm in seiner Wohnung leben oder irgendwann in sie eingedrungen sein, dessen Spuren er nicht kannte? Das Jo-Jo fiel ihm aus der Hand, ein Klumpen aus Holz, ohne Schnur! Es fehlte ja die Schnur, an der er es hätte zurückhalten können, an der es sich ganz von selbst wieder hinaufgearbeitet hätte. Sehen Sie, es fehlt nur etwas, ansonsten ist es ganz so, wie ich gesagt habe! Das ist es ja, das Fehlende – wollen Sie uns das nicht lieber erzählen? Alexandr röchelte, sein Gaumen war jetzt fast gänzlich verklebt. Er machte einen Schritt zurück und stolperte über einen der Haufen. Er fiel. Die Ecken der kleinen, harten Gegenstände bohrten sich in seinen Körper. Zwischen den Rippen noch Platz für ein Messer. Er rang immerzu nach Luft, aber da war dieser Schmerz in der Brust, der ihn dazu brachte sich nach vorn zu beugen, doch das Atmen wurde so noch schwieriger. Was wollte man denn noch von ihm? Ihn traf doch keine Schuld. Was sollte das? Mit größter Anstrengung wandte er sich in Richtung Tür und kroch auf sie zu. Als er die Hand auf die Schnalle gelegt hatte, hörte er ein Lachen, das klang wie ein Krächzen vom Klavier her kommend. Die Tür war versperrt. Vom Schlüssel, den Alexandr sonst stecken ließ, keine Spur. Was spielten sie für ein teuflisches Spiel mit ihm? Alexandr sank zurück auf den Boden, der Körper mit einem Mal völlig entkräftet. Staub bedeckte den gesamten Boden, das Muster des Teppichs war kaum noch zu erahnen. Als er sich mit weit aufgerissenem Mund quer durchs Zimmer in Richtung Telefon schleppte, fühlte es sich an, als sei jedes dieser weißen Staubkörner so schwer wie ein ganzer Mensch. Die Geräusche vereinigten sich in einem Rauschen – sogar die Kindertöne von draußen mischten sich dazu, und das Lachen wurde zu einem Dröhnen, das nicht aufhören wollte. Wohin des Weges? Sie glauben, wir lassen das zu? Er streckte die Hand nach dem Telefon aus, das von einem der oberen Regalbretter zu ihm heruntersah. Nicht einmal das Telefon gehörte ihm. Seine einzige Chance bestand darin, sich an dem Regal emporzuziehen. Doch es stand – nun fast zur Gänze leergeräumt, von allen Büchern befreit – auf vier wackeligen Beinen, bot keinen Halt. Wir haben Sie ja gewarnt.

19

Das Wasser lief über das Brett, sodass alle Reste fortgespült wurden. Sie bewegte die Gegenstände in seiner Küche, als wäre sie hier zuhause. Nachdem sie den Strahl mit einem Handgriff zum Versiegen gebracht hatte, griff sie nach dem blauen Tuch und begann umgehend damit, das Brett und das Messer zu trocknen. Letzteres steckte sie zurück in den Buchenholzblock, das Brett lehnte sie an die Fliesenrückwand, das Tuch musste an den Haken – doch die wahren Urzustände dieser Gegenstände waren ganz andere. Als sie der Spüle den Rücken zudrehte, fiel noch ein Tropfen aus dem Hahn, er klopfte laut beim Aufprall im Edelstahlbecken. Dieses Fallen war eine störende Bewegung im Raum. So geht das nicht, sagte sie. Jonathan deckte den Tisch, die Mutter sprach zu ihm, ohne ihn anzusehen. Was denkst du dir? Uns nimmt doch schon niemand mehr ernst wegen dir. Im ganzen Ort zerreißen sie sich das Maul über uns. Ihre Sprechweise war eine stark strukturierte, leise beginnend, lauter werdend auf einen Höhepunkt zusteuernd, dann brach sie ab, ließ eine Pause. Wieder fiel ein Tropfen, diesmal klang der Aufprall anders. Angriffig. Aufs Neue: Es wäre besser, wenn du diesen Unsinn endlich sein lässt. Jonathan betrachtete das Blumenmuster auf den Servietten, die weißen Blüten. Sie wuchsen aus dünnen, braunen Ästen hervor, die in keine Richtung hin dicker wurden. Geschlossene Knospen gab es keine, vielmehr war der bevorstehende Weg nur noch ein Welken und Vergehen, vielleicht im nächsten Regen, nur noch Reste des einmal Gewesenen. Abgewaschen werden. Ein Urzustand, aber welcher? Kleine Fruchtfliegen hatten sich in den letzten Wochen in seiner Küche eingenistet, dabei hatte Jonathan kaum Lebensmittel daheim, die Fliegen waren statt des Obstes in der hölzernen Schüssel, als lebten sie nur von der Vorstellung allein, in der Mitte der Kreisbahnen ihrer Flüge ein einziges Fehlen von etwas Erwartetem. Auf keinen Fall würde er weinen. Nicht, wenn er nicht allein war. Nachdem die Mutter sich angekündigt hatte, hatte er sich so unbeweglich gefühlt wie nie zuvor, hatte erst gar nichts in der Wohnung verändern wollen, sollte sie nur kommen und ihm eben das sagen – so geht das nicht – und alles damit meinen. Aber dann hatte er doch ein bisschen aufgeräumt, sich mit größter Mühe aufgerafft und dazu gezwungen, die völlig sinnlosen Handgriffe zu machen. Er hatte die Fotos von den Tischen genommen und sie im Schlafzimmerschrank verstaut. Auch die herumliegenden Teile seiner Ausrüstung hatte er in die Ecken der Räume sortiert oder unter dem Bett verschwinden lassen, sein Notizbuch auf ein Regalbrett in den Wandschrank gelegt. Er selbst passte nicht in das Dunkel im Inneren seines größten Möbelstücks, sonst hätte er sich dazulegen wollen, sich mit Abel hinlegen, ein bisschen ausruhen, ihn flüsternd im Warmen beruhigen. Alles wird gut. Hier sind wir allein, hier sind wir sicher. Er hätte wissen müssen, dass es so weit kommen würde, er hatte Abel überfordert, war ungestüm und übermütig gewesen. Abel war ängstlich – Jonathan kannte es ja von sich selbst, es war alles nicht so einfach, nicht zuletzt blieb noch die Frage: Wie würden seine Eltern reagieren? Abel hatte ihnen nicht erzählt, wie er empfand, das stand außer Zweifel, Jonathan spürte es. Mit dem leichten Schmerz, wenn er sich mit den Fingern durch die Haare fuhr und so an ihnen riss, dass einige wie tote Würmer ausfielen, lenkte er sich ab. Er blies zwei Haare von den weißen Serviettenblüten über die Tischkante, so einfach beugten sie sich seinem Willen, seinem Atem. Die Mutter war schon vor einer Stunde gekommen und hatte sogleich die Hausarbeiten in die Hand genommen, die Wäsche in die Maschine gestopft, Staub von den Oberflächen gewischt, mit einem Kopfschütteln den Plattenspieler bedacht, als hätte der Vater ihr versprochen, ihn endgültig zu entsorgen. Also hat er ihn dir gebracht. Dann hatte sie schon damit begonnen, das herumstehende Geschirr zu spülen, abzutrocknen und zu verräumen. Ich trinke ja gleich wieder daraus, ich esse ja wieder davon, hatte Jonathan protestiert, aber nur halbherzig, ohne Kraft, da war schon alles hinter geschlossenen Türen. Er fühlte sich jetzt zu schwach, einen der kleinen Kästen über seinem Kopf zu öffnen und etwas herauszunehmen, die Mutter deckte den Tisch allein fertig. Nur ein paar Happen, sagte sie, nur eine kleine Jause bereite ich vor. Jonathan faltete drei der Servietten. Die Blüten schon ein bisschen knittrig, schon verletzt. Bist du fertig? Sie wird jeden Moment da sein.

Hemma stand hinter der Tür, die zu öffnen Jonathan zu schwach war. Er wartete am Tisch. Sie trug einen hellen Jeansrock und eine grüne Bluse und sah aus wie die letzte Heilige auf der Welt. Vielleicht hatte die Mutter das so mit ihr abgesprochen. Jonathan, der niemanden eingeladen hatte, wehrte sich nicht. In den Plänen und den Vorstellungen der anderen fand er keinen Platz zum Leben mehr, als hätten sie alles fein säuberlich zurechtgelegt für ihn, aber in Wahrheit ihn selbst nicht hineingedacht oder schlimmer, sie verwechselten ihn, hatten ihn längst ersetzt. Gegen wen hatten sie ihn eingetauscht? Beim Anblick Hemmas erinnerte er sich an das blaue Band, das sie um die Taille getragen hatte beim letzten Besuch mit ihren Eltern. Heute sah sie so anders aus – wie eine andere Person. Welche Version würde Abel besser gefallen? Ob er vielleicht doch etwas an ihr fände? Fast hätten wir draußen sitzen können, sagte die Mutter, wärs nicht so unbeständig. Aber hier ist es auch sehr angenehm. Hemma hat jetzt in der Bank angefangen, nicht wahr? Ja, es ist ein bisschen ungewohnt, aber macht mir Spaß. Ist alles in Ordnung, Jonathan? Er hörte den beiden zu, als trennte ihn eine Glaswand von der Szene. Fragen beantwortete er so schnell und bündig wie möglich. Er kaute auf einem Stück Weißbrot herum, vielleicht war er der zahnlose alte Mann in diesem Stück, hatte die Rolle, die übriggeblieben war – alles andere schon besetzt. Ob Alexandr schon abgereist war, wusste er nicht sicher, aber jetzt beneidete er ihn um diese Entscheidung. Eigentlich um die Möglichkeit der Entscheidung. Wenn er nur mit Abel zusammen hätte gehen können – irgendwohin, vorerst war ein genauer Ort nicht wichtig, ein Neuanfang schien überall möglich, wenn er Jonathan nur die Hand gereicht hätte. Weinte er? Vielleicht tat es ihm leid, dass er so ausfallend geworden war. Perverses Schwein. Das war nur so herausgerutscht, ganz sicher. Jonathan stellte ihn sich vor, wie er in dem Moment allein in seinem Zimmer im ersten Stock saß, versucht hatte, zu schreiben, aber mitten im Satz innegehalten und sich aufs Bett hatte fallen lassen. Woran denkst du?, fragte Abel ihn. Jonathan seufzte. Na, Dummchen, woran soll ich denken, antwortete er sanft. An dich natürlich. Abels Blick wurde glasig, er zog sich zurück, verließ Jonathan und leerer Raum schob sich zwischen die beiden, bis Jonathan wieder neben seiner Mutter und der sanften Hemma zu sitzen kam. Beide schauten sie in sein Gesicht. Die Mutter strahlend, aber nicht seinetwegen. Hemma hustete und räusperte sich, vielleicht hatte sie versucht, zu lachen oder eine heimliche Krankheit zu überspielen, wie sie ja fast jeder haben musste. Der Blick der Mutter verunsicherte Jonathan. Ich muss leider noch einmal ins Büro, sagte sie lächelnd, erhob sich schon zum Gehen. Ich lasse euch allein. Natürlich war sich Jonathan über ihren Plan im Klaren gewesen, aber es wunderte ihn, dass sie bereits so früh ging, sich schnell aus der Tür drückte. Warum hatte sie es so eilig? Hatte sie Hemma das blaue Band abgenommen, als sie hereingekommen war, und machte sich nun damit davon? Dieser Gedanke schoss ihm ein und war schon wieder verschwunden. Plötzlich hörte er dieses Kichern von der Frau, die ihm gegenüber saß. Sie waren jetzt allein. Weißt du, ich habe auch hin und wieder an dich gedacht, sagte Hemma. Jonathan verstand nicht, was sie damit sagen wollte. Warum?, fragte er hinter seiner Glaswand sitzend. Sie wiederholte seine Frage. Warum? Na, weil du mir nicht aus dem Kopf gegangen bist seit dem letzten Mal, als ich dich gesehen habe. Als wir bei deinen Eltern zuhause waren. Sie machte eine Pause, dann fragte sie: Und warum du? Jonathans Muskeln verkrampften sich, sein Rücken straffte sich in unnatürlicher Weise. Er hatte doch kein Wort mit ihr gesprochen! Was wollte sie ihm unterstellen? Wieso ich?, sagte er. Ich habe kein einziges Mal an dich denken müssen. Er erhob sich und wollte schon davonlaufen, aber er hatte Angst vor der Glaswand – er wusste nicht, wie weit er in welche Richtung gehen konnte. Noch immer war er unwahrscheinlich schwach. Hemma stand ebenfalls vom Stuhl auf. Ihre Augen glitzerten. Du … Ehe Jonathan sichs versah, hatte sie das Zimmer schon verlassen, war durch die offenstehende Terrassentür nach draußen und quer durch den Vorgarten auf die Straße marschiert. Jonathan hörte das Schlagen einer Autotür. Vielleicht holte sie die Mutter noch ein. Er setzte sich wieder. Erst jetzt fiel ihm auf, wie hungrig er war – die letzten Tage über hatte er kaum gegessen, sich fast ausschließlich von süßen Sirupgetränken ernährt wie eine Fliege. Er wollte schon nach einem weiteren der Brote greifen, die die Mutter vorbereitet hatte, aber der Teller in der Mitte des Tisches war leer. Nur ein paar Happen, die Mutter hatte es ja gesagt.

Das Gras war merkwürdig weich und leise, schluckte jedes Geräusch, wenn er auftrat. Dann hatte er das Gefühl, es täten sich seinen Schritten folgend Täler auf in der Welt, völlig geräuschlos – so konnte sie entstanden sein vor langer Zeit, als es noch kein Geräusch gegeben hatte, weil es kein Ohr gegeben hatte. Und Wind hatte es auch keinen gegeben, so wie jetzt, kein Wind, kein Licht. Der Himmel eine glanzlose schwarze Decke über die Erde gezogen, die selbst auch noch nichts anderes war als eine Decke – beide sich aneinanderreibend, damit sie nicht froren. Abel schlief, in seinem Zimmer brannte kein Licht. Es befand sich auf der Nordseite der Villa. Das Schlafzimmer von Herrn und Frau Miller war entgegengesetzt ausgerichtet – nach Südosten –, dazwischen der Treppenaufgang. Seit Jonathan Abel das letzte Mal gesehen hatte, waren Wochen vergangen, er hatte sich vorgenommen zu warten, ja, er wollte wirklich warten, wollte es immer noch – ihm die Zeit geben, die er brauchte. Aber wie viel Zeit würde dann noch übrig bleiben für sie beide gemeinsam, wenn er so verschwenderisch war mit seiner? Sein Plan war nicht ausgereift, genau genommen hatte er keinen, und sich dieses Umstandes bewusst werdend, stand Jonathan bereits vor dem Küchenfenster. Irgendetwas musste es schon hinter der Wolkendecke geben, das strahlte, sagte er sich, wie hätte er sich sonst zurechtfinden können in der tiefsten Nacht.

Gleichzeitig aber kannte er dieses Haus mittlerweile so gut, dass alles nur ein Traum und er nicht wirklich hier sein könnte, der graue Fensterrahmen nur Teil seiner Erinnerung, seiner Vorstellung. Mit einer Art Schlinge, die er sich aus einer Schnur geknüpft hatte, gelang es Jonathan, das gekippte Fenster im Handumdrehen zu öffnen. Er war gekommen, um Abel zu sehen, wie er von ihm träumte. Es war nicht seine Absicht, ihn unsanft zu wecken, vielmehr war sein Kommen Ausdruck der eigenen Schwäche – Jonathan musste sich das eingestehen. Aber Abel würde es verzeihen. Vielleicht würde er sogar einsehen, dass Jonathan recht hatte, dass er seine Zeit nicht länger verschwenden sollte. Als Jonathan seitlich durch das schmale Fenster stieg, warf er einen Blick zurück auf die Wiese und war verblüfft, welch tiefe Täler und Canyons durch ihn in die Welt gekommen waren, wie stark er sie zu verändern in der Lage war. Die Hoffnung hatte ihm Kraft verliehen. Sie schwellte ihm die Brust, ein einziges Pochen und Beben. Im Schein der winzigen Taschenlampe betrachtete er sich Ausschnitte der Villa – ihrer Innenräume, die er noch nie zuvor betreten hatte. Vor Ehrfurcht hielt er den Atem an, die Trauner-Villa war so eingerichtet, dass er am liebsten seine Fingerabdrücke auf jedem Gegenstand hinterlassen hätte. Das Fischgrätenparkett, wie er es nur aus alten Stadtwohnungen kannte, wies ihm den Weg in den Salon, wo auf dem Kaminsims Kerzenleuchter und silberne Vasen aufgereiht waren. In der Mitte des Raumes stand ein ovaler Tisch aus dunklem Holz, die Sitzflächen der Stühle waren mit weißem Stoff überzogen. An den Wänden hingen Gemälde, die aussahen wie Fotografien, und Fotografien, die Bleistiftskizzen ähnelten und in schweren Holzrahmen steckten. Zu bestimmen, was von alldem noch von der alten Frau Trauner stammte – was also schon seit Jahrzehnten hier sein Dasein fristete –, und was hingegen von den Millers verändert oder hinzugefügt worden war, war kein einfaches Unterfangen. Jonathan versuchte diese Trennung auch nicht ernsthaft, stattdessen wandte er sich um und ging langsam die Stufen nach oben. Sogar Alexandr hatte sie erwähnt, die alte Wendeltreppe. Zweimal hatte Jonathan jedoch das Gefühl, etwas oder jemand husche dicht an ihm vorüber und streife ganz zart seine Waden. Der Lichtkegel der Taschenlampe fand nichts Verdächtiges. Die Millers schliefen. Sie hatten einen strengen Tagesablauf. Selbst Abel hatte er stets um spätestens halb zwölf das Licht der Schreibtischlampe löschen sehen. Je näher Jonathan seinem Zimmer nun kam, desto durchlässiger wurde die Finsternis. Unnatürlich, wie das Schwarz und das Grau um ihn herum plötzlich zu flimmern begannen, obwohl doch draußen – Jonathan vergewisserte sich mit einem flüchtigen Blick durch ein Fenster – noch lange nicht die Dämmerung einsetzte. Dann trat er in das Zimmer und sah ihn. In der linken hinteren Ecke des Raumes lag Abel schlafend in einem schmalen Bett. Sein Körper unter zwei dünnen weißen Decken, das Gesicht zur Wand gedreht, das helle Innere seiner Schlafstätte eingefasst von einem Bettrahmen aus schwarzlackierten Metallstangen. Einen Augenblick kam es Jonathan so vor, als läge er da völlig reglos, ohne die geringste Bewegung, und auch Jonathan stockte der Atem. Er fasste sich an die Brust. Nein, nun sah er, dass alles in Ordnung war – Abels Brustkorb hob und senkte sich fast unmerklich, er atmete sehr langsam. Jonathan synchronisierte den eigenen Atem mit seinem. Es fühlte sich sehr natürlich an. Dann löschte er das Licht der Taschenlampe, entschied sich aber schon im nächsten Moment um und schaltete es erneut ein. Bevor er sich zu Abel setzte, musste er die Situation ausnutzen. Wer wusste schon, wie lange er noch warten musste, wann Abel bereit sein würde, es von sich aus zu gestehen, was er wirklich fühlte – es konnten Tage, Wochen, Monate vergehen, ganz natürlich war es schließlich, wenn man Angst vor den anderen hatte, vor den Gerüchten und am meisten davor, was sie nicht weitererzählten, sondern nur dachten. Jonathan würde ihm später zärtlich über die Wange streicheln und Abels Blick zu ihm herauf würde sagen: Wie recht du nicht hattest. Aber es ist vorbei. Ich habe mich vor den anderen verstellt, dir kann ich alles sagen. Alles? Jonathan trat zu dem Schreibtisch, an dem er Abel so oft schon hatte sitzen sehen – früher den Tisch selbst eher vermutend, denn von seinem Platz aus, im Garten hinter der Lorbeerkirsche, hatte er in Wahrheit nur Abels Oberkörper erkennen können, der Arme führte, und einer von ihnen wiederum eine schreibende Hand. Jetzt tobte der Triumph in seinem Kopf! Alles fand er an dem Platz seiner Vorstellung, jede Annahme bestätigt. Zwar musste er nun äußerst vorsichtig und leise vorgehen, doch die Bewegungen ergaben sich wie selbstverständlich. Er strich mit den Fingerkuppen über das unbeschriebene Papier, das sich auf dem Tisch stapelte, öffnete vorsichtig die breite Schublade unter der Tischplatte, in der jeder noch so kleine zum Vorschein kommende Gegenstand ein Gesicht zu haben schien, ob Spitzer, Hefter, die Lineale oder die Schatullen und allerhand Stifte. Doch obwohl sich die Abläufe so natürlich ergaben – mittlerweile hatte Jonathan sich auf den Stuhl gleiten lassen und wog die graue Füllfeder in der Hand –, konnte er eines nicht finden, was er hier vermutete. Wo mochte Abel die Ansichtskarten aufbewahren? Er warf einen Blick auf Abel, atmete ein paar Mal mit ihm ein und aus, da fiel es ihm plötzlich wie Schuppen von den Augen. Er leuchtete unter den Tisch und entdeckte einen kleinen Rollkasten hinten in der Ecke, der Schlüssel steckte in der obersten Schublade. Jonathan hielt inne, weil Abel sich im Bett umgedreht hatte. Nun zeigten die geschlossenen Augen direkt auf ihn. Er rutschte von dem Stuhl und ging in die Knie, richtete den Schein der Taschenlampe auf seine Hand, aber musste erneut innehalten. Ein Schreien oder Weinen drang von irgendwoher ins Zimmer. Es könnte Abel wecken! Jonathan beeilte sich aufzustehen, dabei stieß er gegen den Stuhl, den er noch rechtzeitig abfangen konnte, bevor er fiel. Aber das Jammern und Klagen. Es hörte nicht auf! Ein verrücktes Kind, das sich unten im Garten die Seele aus dem Leib weinte? Vielleicht hätte man es vom Fenster aus zu sehen vermocht. Abel saß aufrecht im Bett. Jonathan war erstarrt. Der Geweckte starrte ihn mit riesigen, erschrockenen Augen an, die fast nur aus Weiß bestanden, er trug einen Schlafanzug von derselben Farbe. Jonathan hoffte noch immer – obwohl es ihm da schon klar war. Abel würde noch sehr viel Zeit brauchen.

Nach Bekanntwerden der Anzeige war Jonathan gezwungen gewesen, sein Zweitbüro zu räumen. Damit ist es nun aus! Er hörte den Satz der Mutter noch immer in seinem Kopf, fuchsteufelswild war sie gewesen. Hausfriedensbruch. Nachstellung. Wer bist du eigentlich? Womit haben wir dich verdient? Das Ermittlungsverfahren gegen ihn lief. Eine polizeiliche Hausdurchsuchung würde zwar nicht stattfinden – dafür gab es keinen hinreichenden Grund –, aber für den Fall des Falles hatte Jonathan belastendes Material irgendwo zwischenlagern müssen. Es war ihm schwergefallen, seine Sammlung, sein umfangreiches Werk, in fremde Hände zu geben. Es war vielleicht das Schwierigste überhaupt. Schließlich war ihm nur ein Mensch eingefallen, der sich dieser Dinge annehmen würde – wenn auch mit Widerwillen –, aber er hatte recht behalten. Auch damit. Er hatte ihr gesagt: Nur für eine kurze Zeit. Versprochen. Ja wirklich, versprochen. Ich bitte dich. Sie hatte ihm bedeutet, wo er die Schachteln niederzustellen hatte. Bei der Vorladung hatte Jonathan von dem Recht zu schweigen Gebrauch gemacht. Seine Eltern hatten ihm einen Anwalt zur Seite gestellt, der trug keine Ledertasche am langen Riemen, die bis zu seinen Hüften baumeln würde, wenn er ging, so wie Abel eine hatte. Je länger er diesen fremden Männern beim Reden zugehört hatte, desto kälter war ihm geworden, dabei flirrte draußen die Hitze. Die Beine erstarrten bei den Zehen beginnend ganz langsam, sie wurden unbrauchbar, der Zement härtete aus, wo er gerade war. Viele Werke in seinem Zweitbüro würden unvollendet bleiben, er würde sich die Knochen brechen beim Versuch sie fertigzustellen mit diesen toten, starren Beinen. Auch in der Brust und in den Armen spürte er es schon. Und ohne Unterlass, als wäre der Ärger darüber nicht genug, hämmerte es in seinen Schläfen: Was ging diese Leute seine Beziehung zu Abel an? Was mischten sie sich ein und stellten die dümmsten Fragen, wo sie es doch ganz offensichtlich niemals würden verstehen können, was sich da zwischen ihnen abspielte. Abel tat ihm leid, er hatte das sicher nicht gewollt, er hätte ihm nur in Ruhe zuhören sollen. Jonathan hätte ihn so gerne aufgeklärt über ihre Situation, ihm Mut zugesprochen und die Sicherheit gegeben, dass alles gut werden würde, wenn sie füreinander einstanden. Er hätte eine seiner Hände zwischen die eigenen genommen, die zu diesem Zeitpunkt noch warm und lebendig gewesen waren.

Doch nun war Jonathan ins Exil gegangen. Hier kannst du jetzt nicht bleiben, es muss Gras über die Angelegenheit wachsen. Die Mutter ließ ihm keine Wahl. Das Ferienhaus der Eltern mit den kleinen Fenstern schien das ideale Versteck zu sein. Abseits der Saison war der Wintersportort wie ausgestorben. Die Leute dort kannten ihn nicht beim Namen. Selbst wenn ihnen der Betrieb der Eltern ein Begriff war, niemand hätte ihn damit in Verbindung gebracht. Außer jemand würde ihn verraten. Hemma wohnte hier irgendwo mit ihren Eltern, aber er kannte ihre Adresse nicht. Er hatte kein Gefühl für die Zeit mehr, wartete nur noch auf einen Anruf und die Botschaft: Es ist vorbei, du kannst zurückkommen. Oder wartete er in Wahrheit auf einen Anruf von ganz anderer Stelle: Es tut mir leid, dass es so gelaufen ist. Das war dumm von mir. Bitte komm zurück, du fehlst mir. Abels reuevolle Stimme.

Jonathan hatte sich angewöhnt, immer nur so viel Licht wie nötig zu machen, wenn er abends durch die Räume streifte wie ein Tiger in seinem Gefängnis, von der Ruhelosigkeit in eine müde, schleichende Bewegung gezwungen, die kein Ende und keinen Anfang hatte. Er durfte nicht zur Gänze aushärten, musste es irgendwie hinauszögern und den Lehm in die Beine treiben, den ewigen Fluss in seinem Körper, diese stete Neuverteilung der Massen, vorantreiben mit dem blanken Willen.

20

Die Ritzen des Blockhauses sind mit Erde oder Lehm verschlossen, um den Wind nicht hereinzulassen. Mächtige und schwere Wände, die in Anbetracht der kleinen Grundfläche des Hauses merkwürdig anmuten. Vor dem Haus stehen zwei Familien – jeweils nur drei Menschen. Zwischen der einen und der anderen Familie ist ein halber Schritt Platz gelassen, gerade so viel, dass da noch eine magere Gestalt stehen könnte, die die Lücke schließen und die Gruppen verbinden würde nur durch diese Positionierung im Raum, die Wahl eines bestimmten Ortes in der Welt. Das Fehlende überhaupt auffälliger als alles andere; unter den langen Kleidern der Frauen kein Körper, über dem Schornstein in der Mitte des Hauses kein Rauchfaden, hinter dem Haus der Wald, in dem jede Idee von Veränderung fehlt. Die Frau links trägt ein Tüchlein am Kopf, das aussieht, als sei es zu klein geworden, als sei sie ihm irgendwann in der Mitte ihres Lebens entwachsen. Für den Buben am Rockzipfel wäre es groß genug. Er schaut so verbissen aus dem Bild, misstrauisch mit einem Schattenfleck zwischen den Augenbrauen. In seiner rechten Hand hält er einen runden Gegenstand, eine Spur größer als seine Handfläche, da steht ein kurzer Faden ab. Ein Spielzeug vielleicht (oder etwas noch Wichtigeres, so fest wie er sich daran klammert). Der Mann hinter ihm könnte sein Großvater sein, doch ist es auffällig, dass die markanten Züge und die tief liegenden Augen unter einer vorgewölbten Stirn nicht recht zu den anderen ovalen Gesichtern passen wollen. Er hat die Hände hinter den Rücken gezogen – wahrscheinlich nur eine Angewohnheit. Oder doch eine bestimmte Pose für diesen Anlass? Den Blick hält er gesenkt, zumindest der Kopfhaltung nach. Alle Schatten auf dem Bild wie undurchdringliche Seen.

Sie fragte sich, warum der Text hier abbrach. Warum war die zweite Gruppe – denn waren es wirklich Familien? – ihm keinen Satz wert gewesen? Nur anfangs kurz erwähnt, hatte er sie auf diese Weise erst recht dem Vergessen preisgegeben. Auf ihrem Reisekoffer sitzend, blätterte Lana durch die Papierbögen im Ordner. Das Kellerabteil beherbergte außer dem Koffer nur ein altes Regal, das wegen des Staubes aussah wie von Samt überzogen. Jetzt konnte sie es mit drei großen Schachteln befüllen, bei denen sie sich vorgenommen hatte, keinen Gedanken an deren Inhalt zu verschwenden, sie – sobald an Ort und Stelle – zu vergessen und so wenig des samtenen Sediments wie möglich aufzuwirbeln. Doch die Schachteln waren nicht verklebt, die Ecken nur ineinandergesteckt, als rechnete derjenige, dem sie gehörten, damit, bald wieder zurück zu sein, sich ihrer annehmen zu können. Trotzdem wunderte Lana sich über diese Fahrlässigkeit, und vor allem auch darüber, dass er ihr also doch wieder vertraute, wenn auch nur aus der Not heraus. Als wäre sie ein letzter Ausweg, eine Anlaufstelle für seine geheimen Leidenschaften. Nur ein paar Tage, höchstens ein, zwei Wochen, hatte Jonathan zu ihr gesagt, dann hole ich sie wieder. Seine Schachteln, seine *Projekte*. Lana war sich da nicht so sicher. Durch ein Guckloch hatte sich ihr beim Aufheben einer der Kisten ein grüner Ordnerrücken zu erkennen gegeben. Schlagartig war ihr klar gewesen, worum es sich dabei handeln musste.

Ihre Arme und Beine und auch die aufgeschlagenen Seiten waren überzogen von den Schattenlinien der Gittertür. Lana musste an ihre frühere Stadtwohnung zurückdenken, wo sie während ihrer Studienzeit gelebt hatte. Dort hatte es auch einen Keller mit Abteilen für sämtliche Parteien im Haus gegeben. Hölzerne Regale waren auf dem schmutzigen Boden gestanden, und die notdürftig gespachtelten Ziegelwände bröselten derart, dass man hatte befürchten müssen, das Haus würde in ein, zwei Jahren – oder in ein, zwei Wochen schon? – in sich zusammenfallen, sich von unten her auflösend in Modergeruch. Sie wusste nicht einmal, ob es das Haus heute noch gab. Aber sie erinnerte sich genau an diesen Keller. Die Gänge zu den Abteilen waren derart verschachtelt gewesen, dass es jeder Logik entbehrte und sie sich die wenigen Male, die sie sich hinunter gewagt hatte, immer neu hatte orientieren müssen, den Schlüssel in falsche Vorhängeschlösser steckend, weil die Türen alle gleich ausgesehen hatten – keine Nummern, keine Namen, niemand wollte der erste sein, der eine solche Kennzeichnung anbrächte. Oder hatten die Hausbewohner sich still darauf verständigt, den Keller zu einer verbotenen Zone zu erklären? Lana war mulmig zumute gewesen. Die Furcht, jemand könnte den einzigen Ausgang verbarrikadieren, den Ausweg aus diesem labyrinthischen Inneren eines Lebewesens, das man nicht kannte, obwohl man es von innen belauschte, das Bröckeln der noch tragenden Wände.

Eine lächerliche Pose, die auch als solche gedacht ist – das verrät das Gesicht, frech verzogene Mundwinkel und eine fragende Braue. Aber gleichzeitig eine Zurschaustellung von Disziplin und Erfolg, Muskelpölster, die sich unter der Haut wölben, an Armen und Beinen gut sichtbar. Das ärmellose T-Shirt des Athleten hängt über die Hüfte, die kurze Hose lugt nur zentimeterbreit hervor – eine Art sich zu kleiden, die etwas Kindliches an sich hat. Der ganzen Stärke zum Trotz. Die Haare sind fingerlang. Der junge Mann trägt ein Stirnband direkt unter dem Haaransatz, sodass es eine scharfe Trennlinie bildet zwischen der Haut und dem dunkelbraunen Schopf. Die Hände zu Fäusten geballt und krabbenähnlich die Arme neben dem Körper gespannt, steht er vor einer übermenschengroßen Stahlkonstruktion, einer grotesken Skulptur ohne Schädel. Ein Trainingsgerät wofür? Der Mund nicht ganz geschlossen, vielleicht ist er außer Atem. Oder vielleicht auch das nur gespielt. Am Boden ihm zu Füßen ist noch eine Ecke einer dünnen Gymnastikmatte zu sehen, daneben eine Hantel wie eben ins Bild gerollt. Ein Nachmittag im Fitnessstudio mit Freunden. Nicht ganz – mit nur einem Freund, dem besten, vor dem man sich so zeigt (seinen Vorstellungen von sich selbst erlegen). Im gespielten Unernst nichts offensichtlicher als der Wunsch so zu sein: der Beste, der Stärkste. Die Oberflächen der Gegenstände sind abgegriffen. Im Hintergrund reihen sich weitere Geräte zur körperlichen Ertüchtigung aneinander. Die weiß oder grau lackierten Bein- und Schulterpressen wie Skelette ausgestorbener Tiere. Der junge Mann, der sich in ihre Höhlungen drückt, gleich nach dem Auslösen, dem Öffnen und erneuten Schließen der Linse, ein verkehrtes Zwinkern. Er fügt sich wieder in die vorgegebenen Formen, hierhin die Füße, dorthin die Knie, Hüfte, Rücken, Arme, die Hände. Der Kopf. Immer das Zukünftige denkend. Schwer zu entziffernde Zeichen aus Schweiß und Schmutz am PVC-Boden, und dann wieder das Pressen gegen Widerstände, nur scheinbar, in Wirklichkeit stete Pflichterfüllung. Und die Skelette aus Stahl stehen schon Jahrtausende dort.

Bis zum Überdruss gesättigte Farben im Zug, das hat etwas Betörendes. Auf dem kleinen Tischchen beim Fenster liegt eine Zeitschrift so rot wie Blut, die Stoffbezüge der Sitze sind dunkelblau mit gelben Punkten darauf. Die weiße Bluse der Frau wirkt angegriffen von den grellen Flächen ringsum. Sie stützt das Kind, das noch ein Baby ist und auf dem Sitz neben ihr steht, mit einem Griff unter den Achseln. Es hat den Fensterplatz beansprucht und bekommen. Die Arme der Frau sind schlank, ihre Handgelenke auffallend schmal. Jeder, der sie mit dem Baby sieht, muss denken, es sei nicht ihres. Alles an ihm groß und rund. Die Sonne steht tief und fällt durch das Fenster ein, die Ecken in dem Innenraum des Waggons sind abgerundet wie das Kind. Es trägt ein Mittelding aus Kappe und Haube auf dem Kopf – ein weicher, elastischer Stoff, wie die Haut, die darunter zum Vorschein kommt. Hier könnte eine Reise enden und das Nachhausekommen beginnen. Aber bewegt sich der Zug denn überhaupt fort, bahnt er sich einen Weg zwischen den Häusern hindurch, die hinter dem Glas zu sehen sind? Die Stadt ist unscharf und eintönig, vielleicht sind alle Menschen ihr schon entflohen, jetzt auch diese letzten. Oder der Zug steht nur schadhaft auf den Gleisen. An dem Fenster sind senkrechte Streifen aus Rußpartikeln zu erkennen. Aber nicht nur das. Auch helle Schlieren und ein feiner Staub an der Außenseite macht dieser merkwürdige Lichtstrahl sichtbar. Nur um diese Zeit. Pollen oder Sahara (was für eine Frage). Das Kind streckt sein Ärmchen in diese Richtung. Es ist nicht genau zu sagen, ob der ausgestreckte Zeigefinger das Glas tatsächlich leicht berührt oder nicht. Wahrscheinlicher ist wohl Letzteres, denn dieses Berühren müsste ein außergewöhnlich genügsames sein – das letzte Fingerglied ist nicht nach oben gebogen. Das Baby, das einen Strampler und keine Schuhe trägt, würde sich nicht umdrehen, wenn man seinen Namen sagt, wenn derjenige, der die Aufnahme macht, ihn in dem Moment sagt, schon gesagt hat. Es kennt seinen Namen nicht oder es konzentriert sich tatsächlich auf den Staub, als wüsste es zumindest darüber Bescheid – woher er stammt und wohin er ihnen folgt.

Zwischen den Augen hinter der Stirn ein leichter Schmerz. Seit sie das erste Mal von dem Labyrinthorgan gehört hatte, ließ sie das Bild nicht mehr los. Eine Ansammlung stark durchbluteter Lamellen in einer Ausbuchtung der Kiemenhöhle im Kopf einiger Fischarten. Ein zusätzlich zu den Kiemen vorhandenes Atmungsorgan, das es diesen Tieren ermöglichte, an der Oberfläche schwimmend, den Sauerstoff aus der Luft zu filtern. Ein solcher Überlebensvorteil, der die Anpassung an extreme Lebensräume möglich machte und damit deren Erschließung, war an und für sich ein nachvollziehbarer Wunsch, in seiner Dringlichkeit sogar ein ganz natürlicher, den jeder insgeheim hegen musste. Viele Vertreter der Labyrinthfische waren in Aquarien übersiedelt worden. Von fremder Hand. Zum Spaß. In den vielleicht extremsten Lebensraum überhaupt. Dort in der Ausgesetztheit, in dem engen Beieinander in der Einsamkeit, wurde das Labyrinth derart lebensnotwendig, dass es alles andere zu verdrängen begann. Der Kopf plötzlich ein einziger Irrgarten, das Labyrinth längst nicht mehr nur Atmungsorgan, oder jetzt erst eben das – ein echtes. Immer musste man es bespielen, befüllen, beschäftigen, beruhigen, Perspektiven bieten, eine Abhängigkeit, dieses Überleben. Immer neue Wege eingeflochten ins Labyrinth. Noch unerforschte Sackgassen entstanden zu tausenden in kurzer Zeit, wenn sie der eine nicht wollte, riss der andere sie ihm aus dem Kopf, gewaltsam, dann waren auch die falschen Abzweigungen plötzlich wieder begehrenswert. Man schnitt einander die Wege ab, verleibte sie sich ein und baute sie um. Ein schrecklicher, tobender Kampf, andernfalls der Tod durch Ersticken, oder war es in Wahrheit das Gleiche?

Der Gehweg ist breit, zur linken Seite, gut zwei Stufenhöhen tiefer und abgetrennt durch ein Geländer, reihen sich Häuser und Vorgärten aneinander. Neben dem überdachten Eingang zu einem Geschäft ist ein Plakat befestigt. Es zeigt einen feinen Mund und eine zierliche Nasenspitze, rundherum geometrische Formen. Auf Höhe der Augen teilt eine Linie das Bild entzwei, wie ein Riss. Zur rechten Seite des Gehweges eine Reihe Bäume, dann wieder ein Weg (warum diese Doppelung?) und erneut Bäume, erst der nächste Abschnitt eine mehrspurige Straße. Der Fluchtpunkt in der Mitte des Bildes, wo sich alle Linien treffen müssen, verdeckt durch den Körper eines Mannes, der entgegenkommt. Überall, wo er sich festhalten könnte – an den gekrümmten Stämmen und Ästen, aber auch in den kleinen Windungen der Spiralen des Geländers –, liegt eine dünne Schicht Pulverschnee. Nichts davon macht den Anschein, im Tauen begriffen zu sein. Im Gegenteil sieht es so aus, als warteten die schon entstandenen Spuren darauf, aufgefüllt zu werden. Der Mann ist ganz in Schwarz gekleidet, die Hose beult sich auf Höhe der Knöchel merkwürdig aus, doch ist sie nicht ohne jede Eleganz. Vielleicht trägt er auch ein passendes Jackett unter dem Mantel. Der Kopf ungeschützt in der Kälte. Obwohl er sich auf den ersten Blick sehr langsam fortzubewegen scheint, ist doch die Position des rechten Beins ein Hinweis auf das Gegenteil. Er hebt es höher als nötig, als müsse er über eine unsichtbare Hürde hinwegsteigen, ein Hindernis überwinden, das Knie dabei nach innen gedreht. Auch die Arme hängen nicht ohne jede Spannung seitlich vom Körper herunter, sondern sind fast unmerklich gebeugt. Das zeigt eine gewisse Erregung an. Mit dem Schwerpunkt stimmt etwas nicht, als müsste der Spaziergänger, der nun fast zu laufen scheint, jeden Moment nach vorne fallen. Die eine Hand verschwindet hinter dem Mantel oder in einer seiner Taschen, die andere hält einen kleinen Plastikbeutel fest, in dem sich womöglich etwas Warmes befindet, das nicht auskühlen darf (drei Semmeln würden ebenso viel Platz brauchen). So weiß wie die Wege ist sein Gesicht. Nur die Straße zieht eine breite, graue Spur, geräumt vom Schnee und voller Salz stattdessen. Der Mann blickt starr nach vorn, wohin er stürzen muss.

Im Zentrum der runden Aussichtsterrasse mit Blick über die Stadt steht ein Baum, der wirft seinen Schatten auf den Asphalt. Der Stamm scheint sich zu häuten. Wo einzelne Schuppen sich gelöst haben, sind helle, glatte Flecken. Nicht alle Zweige sind belaubt, ein Ast wirkt sogar gänzlich unterversorgt, zeigt die Trockenheit an. Kein einziges Blatt auf dem Boden. Die Aussichtsterrasse ist eingefasst von einer Steinmauer im Hang, aus der ein Geländer emporragt, doch niemand hält sich daran fest oder stützt sich darauf, lehnt sich darüber hinweg. Es muss früh am Tag sein. Das Meer links im Bild ist von dem erhöhten Standpunkt aus gut zu sehen und ganz ohne Zweifel beeindruckender als die Stadt. Fast bildet die Küste einen perfekten Halbkreis, nur gestört von ein paar Büschen im Vordergrund, die die Linie brechen. Sogar die einzelnen Wellenkämme sind aus der Distanz zu erkennen. Sie rollen in einem unerwarteten Winkel auf das Land. Den Treffpunkt (eigentlich unendlich viele Punkte) markiert ein schmales Band aus weißem Schaum. Der näherliegende Teil der Häuser liegt im Schatten, während der hintere – schon durchsetzt von deutlich mehr Grün – von der Sonne beschienen wird, als wäre es die bessere Hälfte der Stadt. Die Landschaft ist leicht hügelig, nur am Horizont haben sich die Hügel zu Bergen ausgewachsen. Es ist ein Bild, in dem man sich selbst sehen möchte, lässig am Geländer lehnend, diese Leere füllend, mit einem zeitlosen Lächeln – ein Leben lang geübt und dann doch nichts Bleibendes hinterlassen, nicht mehr als dieses Mimikspiel? Wenigstens das. Und zur Rechten oder Linken des Fotografen – dort drückt sich vielleicht jemand in den toten Winkel, nicht erfasst vom Kameraauge. Tritt heraus, möchte man rufen. Zeig dich! Aber versuche gar nicht erst dieses Lächeln.

Sie verspürte auch jetzt kein Bedürfnis mehr Luft zu holen. Als atmete sie durch ihr Labyrinthorgan. Die Hände waren weiß vom langen Sitzen im Kühlen, die Fingerspitzen der linken Hand sogar ein bisschen taub. Doch spielte das keine Rolle, war Lana ohnehin nur noch zur Hälfte im Keller. Die andere Hälfte warf ihren Schatten auf den Asphalt. An jenem Tag – oder schon in der Nacht zuvor – hatte sie die Entscheidung getroffen, einen anderen Weg zu probieren. In aller Früh war sie aus dem Haus gegangen, hatte sich durch die Straßen und Gassen der Stadt treiben lassen, ohne Hast und Eile, denn sie hatte hier schon nichts mehr zu suchen gehabt. Zu dieser Stunde waren nur wenige Menschen außerhalb ihrer Wohnungen gewesen, waren selbst stumme Geister im Zwielicht einer Ansichtskartenstadt, aber auch zu ihnen gehörte Lana nicht. Von der Promenade aus hatte sie dann einen Blick nach oben geworfen zur Colline du Château. Zum ersten Mal war sie zusammen mit Bernard dort gewesen, der so stolz auf die Welt unter ihm gezeigt hatte. An jenem Morgen hatte Lana diese dokumentiert, als sie am schönsten war, als täte sie es für ihn. Sie war ganz allein auf der Aussichtsterrasse gestanden mit der Kamera in der Hand. Niemand, der sich in den toten Winkel drückte. Es war ein später Versuch gewesen, die Dinge mit neuen Augen zu betrachten. Aber an diesem Tag war jeder Winkel schon besetzt. Ihr Verschwinden war schon vorgezeichnet. Heute stand dort nur noch der Baum, der noch immer zu ihr hielt trotz ihrer Abwesenheit. Wenn sie Tom besuchte, schritt sie jedes Mal mit ihm zusammen diesen Weg ab. Bernard vergeudete damit nicht seine Zeit. So gingen sie hinauf zu *ihrem* Aussichtspunkt über *seiner* Stadt.

Lana stand auf und schob den Koffer wieder an seinen Platz, legte den grünen Ordner mit Jonathans Beschreibungen zurück in die Schachtel. Dann versperrte sie die Gittertür hinter sich. Das Haus in der Rue de Russie verfügte über keinen Keller, Labyrinthe gab es trotzdem.

21

Merklich angespannt standen sie in einer Gruppe vor der Kirche zusammen, wie Schüler, die jeden Moment eine Arbeit schreiben mussten, zur Prüfung antreten würden, aber keiner sagte ein Wort. Oder vertrieb der starke Wind die Stimmen? Orkanartig fegte er über den Kiesweg. Lana saß abseits, scharrte mit den Füßen in den Steinen. Mehr als merkwürdige Wellen kamen bei den Zehenspitzenzeichnungen nicht heraus.

Fünf Tage lang war es niemandem aufgefallen, das war eine lange Zeit, die er tot in seiner Wohnung gelegen hatte. Man hatte angenommen, er sei schon weg, hätte sich davongestohlen, wie es nicht verwunderlich gewesen wäre. Doch er war geblieben und würde weiter bleiben. Aber anrufen, ja, sie wenigstens noch einmal anrufen hätte er doch müssen – Lana hatte der Gedanke keine Ruhe gelassen. Dann hatte *sie* es getan. Besetzt. Und als sie es abends noch einmal probiert hatte, wieder das gleiche eintönige Signal, keine Antwort. Sie hatte überlegt und schließlich die Nummer von Marion Seiger erfragt, der Tochter der alten Frau Seiger, der das Haus gehörte und deren Mieter Alexandr folglich gewesen war. Ich glaube, er ist schon weg, hatte sie gesagt. Ich selbst kann frühestens erst in einer Woche wieder kommen. Ich habe ihm gesagt, er soll den Schlüssel in den Briefkasten werfen. Lana hatte sich bei der Frau bedankt und aufgelegt. Da hatte sie schon eine Ahnung geplagt und schließlich hatte sie Gregor gebeten, sie zu Alexandrs Haus zu begleiten – sie hatten einen Weg gefunden, miteinander auszukommen, und eigentlich unterschied er sich kaum von ihrer alten Beziehung, hier und da schliefen sie miteinander, hier und da stritten sie und manchmal liebten sie einander auch, nur die Heimlichtuerei vor Sarah hatte jetzt ein Ende gefunden. Lana hatte am Gartentor vor Alexandrs Hütte auf Gregor gewartet, war nicht eingetreten. Die schmale Hand hatte durch den Briefschlitz gepasst. Kein Schlüssel, nur irgendein alter Brief oder eine Karte. Sie hatte die leere Hand wieder herausgezogen. In dem Moment hatte Gregor eingeparkt und war neben sie getreten. Und jetzt? Auf der Treppe war es ihr einen Augenblick so vorgekommen, als wären sie nicht allein. Gregor hatte ihre Hand losgelassen. Ein Licht, eine Kerze oder nur eine Spiegelung in der unteren Etage? Bei genauerem Hinsehen jede Auffälligkeit verblasst. Dann ein Klopfen, das dröhnte fast in der Ruhe, die das Häuschen umgab. Gregor hatte Lana überholt und schon mehrmals gegen Alexandrs Tür gepocht. Ohne zu zögern hatte er gleich darauf die Schnalle hinuntergedrückt. Was jetzt?

Die Glocke schlug, so nah und bedeutsam wie zum letzten Mal, als würde sich ihr hohler Körper von da an zu füllen beginnen, als würden die Bronzewände immer dicker, bis kein Raum mehr blieb zum Schwingen. Lana erhob sich, sie spürte die Enge in der Brust. Ein paar Leute standen noch draußen, Gregor bedeutete ihr zu kommen, ehe auch er in der Kirche verschwand.

Sie hatten die Tür gewaltsam geöffnet. Dahinter der Staub in einem sonderbaren Licht, das zu keiner Tageszeit passte. Alexandr hatten sie unter einem Regal liegend gefunden, das auf ihn gestürzt sein musste. Er selbst lag in gekrümmter Haltung, die Arme vor der Brust, das Telefon ganz in der Nähe, auseinandergezerrt in seine Teile, Apparat, Kabel, Hörer. Besetzt, besetzt, besetzt. Der Mund stand offen, als hätte er tatsächlich mit jemandem gesprochen. Ein schrecklicher

Gestank lag im Zimmer. Gregor hatte Alexandr befreit und Lana seinen kalten Kopf berührt, auf dem die grauen Haare aufgehört hatten zu wachsen. Ein grausiges Wunder, dass sie nicht sofort ausfielen nach dem Eintritt des Todes. Das Fenster an der Stirnseite der Hütte war einen Spalt breit geöffnet. Lana zog es weit auf. Alle Gefäße in der kleinen Wohnung, ja sogar die Unebenheiten im steinernen Fußboden standen plötzlich voll der Schuld. Zu spät, stieß Gregor hervor, seine Stimme wie ein Krächzen. Zu spät. Die Leute von der Rettung und der Gendarmerie waren so schnell da, als hätten sie es schon gewusst, seien in Wahrheit Mittäter. Wer nicht? Lana hatte sich, als sie gegangen waren, über ein Tuch gewundert, das über dem Spiegel im Eingangsbereich gehangen war, wie hingeworfen – wofür hatte Alexandr denn so feine Tüchlein gebraucht? Es war nur dieser eine Gegenstand, der wirkte, als hätte Alexandr ihn übersehen. Ein Symbol für das Unvollendete. Oder das Gegenteil davon? Die Regale waren leer, Alexandrs Besitz war zum Teil in Koffern und Schachteln verstaut, am Boden noch einige persönliche Gegenstände, die plötzlich jeden Zweck verloren hatten – vielleicht waren diese auch für Alexandr nur Nebensächlichkeiten und er hatte das Wertvollste schon in Sicherheit gebracht.

Lana rückte in die letzte Bank. Über ihrem Kopf hörte sie die Männer auf der hölzernen Empore trippeln wie Mäuse unterm Dach. Sie waren unruhig, die Situation war doch zu unerwartet, ja fast unerhört, Lana konnte das nachvollziehen – wie sollten sie denn singen zu diesem Anlass? Die Bänke waren nicht sonderlich gut gefüllt, und doch waren mehr Menschen anwesend, als sie erwartet hätte. Nichts anderes zu tun, als sich am Schrecken des Endes zu weiden. Bei dem ersten Lied, das der Chor nun sang, waren die Stimmen noch nicht warm. Jedes ihrer Stücke kannte sie auswendig. Wenn sie ein Mann gewesen wäre, hätte sie Alexandr vielleicht gebeten, aufgenommen zu werden in ihren Kreis. Stattdessen hatte der Chor vor kurzem ein anderes Mitglied dazugewonnen. Es war nach der letzten von Alexandr geleiteten Chorprobe geschehen. Abel hatte sie zu sich gerufen. Dabei hatte sie gehofft, nicht noch einmal auf dieses Grundstück zu müssen. Wahrscheinlich hatte er sie wegen des Teiches zur Villa bestellt – das war ihre Vermutung gewesen –, aber sein Anliegen war ein ganz anderes: Kann ich zum Chor? Das hatte er gefragt wie ein kleiner Bub, dem ein Freund oder Feind in der Schule einen Floh ins Ohr gesetzt hatte, wie: Kann ich zum Fußball? Ja, warum denn nicht. Da musst du mich doch nicht fragen. Lana schüttelte unmerklich den Kopf. Die letzten Wochen hatten die Männer sich weiter jeden Dienstagabend im Gasthof getroffen und ihr Repertoire durchgesungen. Ohne Chorleiter. Plötzlich eine Spur von Pflichtbewusstsein, ein schlechtes Gewissen? Alexandr war nicht mehr gekommen, er hatte sich auf die Reise vorbereitet. Aus den Reihen der Sänger wollte sich kein Ersatz für ihn finden – Gregor zum Beispiel konnte ja nicht einmal Noten lesen, und er war damit keine Ausnahme. Sarah kann es dir ja beibringen, hatte Lana zu ihm gesagt. Sie war an diesen Tagen länger als sonst im Probensaal gesessen und hatte die kopflose Horde beobachtet – ein Schwarm, der wild in alle Richtungen gleichzeitig losschwimmen wollte, doch auch das letztlich nicht konnte. Im Halbkreis stand Abel nunmehr an der Stelle, wo Jonathan gestanden hatte. Die Männer hatten eine verblüffende Ähnlichkeit in Tonumfang und Stimmfarbe festgestellt – das war selbst ihnen, die ja offenbar nicht viel verstanden von dem, was sie taten, nicht entgangen. Abel konnte die Texte und Melodien der Lieder, die sie an einem Probenabend sangen, am darauffolgenden schon fast fehlerlos singen, als hätte er sie sich die gesamte Woche lang vorgesagt oder kennte sie schon von früher, von irgendwoher. Lana musste immer wieder an Jonathan denken, wenn sie ihn sah, aber aus anderen Gründen als die anderen, die sich nur lustig machten. Etwas stimmte da nicht. Wer war Abel? Wenn sie sich genau konzentrierte, meinte sie auch jetzt seine Stimme herauszuhören, obwohl das fast unmöglich war bei der Akustik in der Kirche, diesem Hall, von allen Wänden prallten die Stimmen und Gebete ab, als wolle Gott sie partout nicht haben. So nimm ihn auf in dein Reich, das beteten sie, aber wem galt das in Wahrheit? Gregor hatte Abel im Chor unter seine Fittiche genommen, erklärte ihm die Lieder, versuchte sich zu entsinnen, was Alexandr ihnen beigebracht hatte, schützte ihn vor den derbsten Witzen auf seine Kosten. Und nach den Proben, da schien es Gregor aus unerfindlichen Gründen ein Anliegen, Abel in die Gespräche einzubinden, ihn aus der Reserve zu locken, dass er nur endlich etwas Gescheites sprach mit ihnen. Doch Abel enthielt sich lieber, er setzte sich als Letzter zum Tisch, sodass er seinen Stuhl am Eck positionieren musste. Er saß dann den Rest des Abends schweigsam da, mit einem Tischbein zwischen den Knien, bestellte bei Lana Mineralwasser oder Tee. Einmal hatte sie beobachtet, wie er eine kleine Plastikdose aus der Jackentasche gezogen hatte, mit dem Teelöffel hineingefahren war und ihn anschließend in der Tasse versenkt hatte, sich irgendetwas in den Tee einrührte, die Dose schnell wieder verschwinden lassend. Er sprach nicht viel, eher kam es Lana in manchen Momenten so vor, als horche er sie aus, allesamt. Aber Lana wollte nichts mit alldem zu tun haben. Sie dachte an die jungen Forellen, die sie in seinen Teich eingesetzt hatte, die dort ihre Kreise schwebten. Die Schachtel mit dem grünen Ordner war nicht die einzige geblieben, die sie geöffnet hatte. Dank Jonathans Aufzeichnungen wusste sie mehr über Abel als die anderen. Das Labyrinth wuchs immer noch weiter, Tag und Nacht.

Sarah hatte die Kirche schon vor ihr betreten. Sie hatte einen Platz weiter vorne gewählt, denn Lana sah sie erst jetzt, als sie noch einmal aufstand und sich im Kirchenschiff umblickte. Lana gab ihr ein Handzeichen. Ein Eingeständnis, dass es schön war, von dem Mädchen gesucht zu werden. Sarah setzte sich neben sie, aber ließ die Augen ausdruckslos auf ihre Knie fallen und es schien, als täten sie ihr weh, die Augen, die Glieder. War das Bein doch noch nicht ausgeheilt, war das nun eine Sollbruchstelle geworden? Lana spürte Sarahs Hand in der eigenen, die neben ihrem Schenkel auf dem roten Filz lag. Sie war kühl und feucht. Zerbrich mir deine Träume nicht, Liebes. Alexandr war ein guter Lehrer, und trotz der Kürze der Zeit hatte er eine gute Schülerin zurückgelassen, zwar eine Anfängerin, aber … Lana hatte ihr noch nichts davon gesagt, auch Gregor wusste es nicht. Mein Klavier bleibt hier, hatte Alexandr ihr zugeflüstert. Lana hatte genickt. Für sie? Sie dachte daran und spürte einen anderen Schmerz in ihrem Kopf, ein Hämmern: Was war sie nur für eine Mutter? Sie drückte Sarahs Hand. Und wem? Sie hörte Bernards Stimme, die klang, als wäre er gleich hier in diesem Kirchenschiff mit ihr. Und tatsächlich kniete er jetzt dort vorn neben dem Altar, hatte den ausgezehrten Jesus vom Kreuz genommen und versorgte seine Wunden, damit er auferstehen konnte, auf dass der ihm auf ewig dankbar sein musste. Lass doch endlich ab von deinem teuflischen Spiel! Lana wartete und hoffte auf einen Drachen, auf irgendeinen der schönen, großen Drachen aus Tommis dickem Buch, in das er immerzu seine Nase gesteckt hatte während seines letzten Besuchs. Nein, seines ersten Besuchs. Ein Drache, der Bernard schnappen und ihn forttragen würde. Aber dann – auch das Buch: Papa hat mir das Buch gekauft. Sie hörte Tommi diesen Satz sagen. Er saß neben ihr und blickte auf sie hinunter, die plötzlich selbst auf ihre Kindheitsgröße zusammengeschrumpft war, kleiner als er, aber gar nicht mehr frecher als die anderen Kinder in ihrer Klasse. Ein merkwürdiges Gefühl. Antwortet Tom dir auf deine Briefe?, flüsterte Lana Sarah zu und nahm ihre Hand ein bisschen fester, drückte die Kälte heraus. Natürlich. Sonst würde ich ja nicht schreiben. Lana brachte ein Nicken zustande. Gut. Sie spürte, wie sie sich auf die Unterlippe biss, dass es wehtat, aber sie konnte es nicht kontrollieren.

Das Sterben als Erlösung verkauft – wie einfach alles sein konnte, wovon man keine Ahnung hatte. Lana versuchte, die Bilder, auf die sie in Jonathans Schachteln gestoßen war, mit den Erzählungen Alexandrs zu vergleichen, aber sie war nicht einmal sicher, ob es nicht etliche falsche Zuordnungen waren, die sie dabei schon voraussetzte. Ob überhaupt zusammengehörte, was sie als ähnlich und sich ergänzend ansah – dies noch vor der Frage nach Rechtfertigung des Gegeneinanderaufwiegens von vermeintlichem Abbild der Wirklichkeit und Erzählung. Einmal hatte Alexandr ihr gegenüber seinen früheren Lehrer erwähnt, aber Lana konnte sich nicht mehr an dessen Namen erinnern. Auch ein Sonderübersiedler sei er gewesen. Für wen machst du denn eigentlich die Musik? Sie erinnerte sich, dem Chorleiter irgendwann diese Frage gestellt zu haben. Waren sie so erneut auf die Vergangenheit gestoßen? Nur für dich selbst in Wahrheit? Er hatte den Kopf geschüttelt. Der Gedanke an eine der Fotografien in dem grünen Ordner: Die scharfen Gesichtszüge dieses alten Mannes vor der Holzhütte, der so streng in die Kamera auf die nächsten Generationen blickte. Hätte er sehen können, worauf er schaute, dann hätte er vielleicht auch den Kopf geschüttelt. Für ihn also? Herr Menze war sein Name gewesen, jetzt fiel es ihr wieder ein! War er es denn, der immer ein Ohr für Alexandr hatte, das bis zum anderen Kontinent und über das eigene Ableben hinaus wuchs, sodass es ihm immer noch lauschte, fordernd, unterstützend oder wehmütig? Und was ist mit deinem Vater, Alexandr? Hatte er einen Sinn für die Musik und hat ihn dir vererbt, oder war es eine Übertragung anderer Richtung und du hast das Talent erst in die Familie hineingebracht, den Erwachsenen, den alten Leuten, erklärt, was es damit auf sich hatte, oder hast dich sogar rechtfertigen müssen dafür?

Ein Sträußchen auf dem Hute, den Stabe i-in der Hand, zieht einsam so der Wandrer von Lande-e zu Land. Es kam ihr vor, als säße sie schon Stunden auf dieser hintersten Bank in dem Kirchenschiff, die junge Hand Sarahs in der ihren. Oder schon jahrelang? Die Hand war wärmer geworden über die Zeit. Allmählich fing alles um sie herum an zu schwanken, das Kreuz wogte wie ein Mast mit eingeholtem Segel. Der Verwundete mitsamt dem vermeintlichen Retter Bernard unter die Oberfläche des Sichtbaren gezerrt von einem riesigen Unterwasserdrachen. Lana hielt die Mädchenhand noch fester. Im Gesicht das Prickeln auffahrender Tropfen. Sie trieben einmal schneller, einmal langsamer dahin auf dem breiten Strom, aber kein Stehenbleiben. Alexandr, Alexandr?

Wo war er! Sagte er ihnen die Richtung, wies er sie nicht an wie früher? Sie hatten ihn doch nicht vergessen? Nicht auf dieser Reise. Eine Melodie fiel von der Empore herab wie der Regen, der alles wachsen macht, ob Wut oder Trauer, Freude oder Gram. Wohl sieht er auf dem Wege ein Häusche-en da stehn, umkränzt von Wein und Blumen so seeli-ig und schön. Der richtige Vortrag dieses Liedes, das die Männer nun sangen und dessen Melodie eine so einfache war, war Alexandr ein besonderes Anliegen gewesen. Lana schaute sich unruhig nach ihm um. Wohin fahren wir?, hörte sie Sarah neben sich flüstern, aber Lana fehlten die Worte. Der Gesang klang heute anders und jetzt hörten das alle. Alexandr hatte sich die Haare gerauft, war im Proberaum herumgesprungen, wenn jemand einen Patzer gemacht oder seinen Einsatz verschlafen hatte. Gerade da muss alles stimmen! Aber jetzt … Hier könnt es ihm gefallen, er wünscht, es wä-äre sein! Doch fort muss er schon wieder, in die We-elt hinein. Lana war die Melodie mittlerweile so geläufig, als hätte sie sie komponiert, als hätte sie sie in einem früheren Leben, an das sie nicht glaubte, hunderte Male gesungen. Dabei – sie konnte sich an Alexandrs Ausführungen erinnern – hatte er doch *zwei* Lieder hier vereint, Melodie und Text neu zusammengefügt und abgewandelt. Wie zwei unvollkommene Hälften zusammengeschmiedet. Nein, sie hatte es nicht komponiert, es spielte ihr jetzt jedoch so natürlich um die Wangen, die Wimpern, füllte die Fältchen auf der Stirn, dass sie nicht mehr sicher war, wo ihre Haut aufhörte und die Luft begann, die sie zwischen den geöffneten Lippen einsog, den Kopf nach oben gereckt, wie die Fische die Luft in ihr Labyrinthorgan leiteten. Die Wolken zogen ihnen voraus in der Verwandlung ihrer Gestalten. Der Klang nun unterschied sich von jenem der

Probenabende, als der Chor das Stück einstudiert und geübt hatte, doch ließ sich nicht genau sagen, worin diese Andersartigkeit bestand. Und Gregor würde es nachher schon nicht mehr zu sagen wissen, wenn er es selbst überhaupt bemerkte, was in sie gefahren war, in ihre Stimmen. War es ihnen doch einmal gelungen, was ihr Leiter, ihr Hampelmann, da immer von ihnen gefordert hatte? Oder veränderten nur der Anlass und die Besonderheit des Raumes ihren Gesang in dieser Art? Das Schwanken des Schiffes auf dem breiten, langen Fluss, den sie da hinunterfuhren. Dass jetzt zu ihrer Linken kleine, gepflegte Höfe in Sicht kamen und Kinder, die am Ufer spielten zwischen Kühen und Schafen. Was waren das für Kinder, denen man winken sollte? Lana spürte, wie Sarah ihre Hand losließ, als sie diese Uferszene ebenfalls bemerkte. Aber die Kinder sahen nicht auf, vertieft ins Spiel. Alexandr war vielleicht einer dieser Buben in kurzen Hosen, der schwächliche und kleinste. Dort in der Erinnerung des Vaters drüben. Immer Hänseleien ertragen müssend. Was war eigentlich mit der Mutter? Lag sie in Sorge tot im Bett? Es versetzte Lana einen Stich. Du warst nicht da. Würde Tom das einmal sagen? Ein Kind am Ufer hatte seine Augen, und die kleine Narbe in der Braue. Kein Bild mit fehlenden Dingen war ein Beweis. Aber ein Anhaltspunkt, so man ins Leere griff. Wohin? Es bietet ihm das Leben so manche-en Genuss, das Schi-icksal gebietet den strauche-elnden Fuß. Die Männer sangen die letzte Note, ein punktgenaues Abschließen, wie es nicht möglich schien ohne die führende Hand eines Dirigenten, ohne Alexandrs Hand, so knapp an der Stille dieser Schluss, dass man noch ein bisschen weiterhören konnte, aufgenommen vom Geräusch des Wassers, das jetzt sanft gegen das dahintreibende Schiff schlug. Lana legte ihren Kopf in den Nacken, sie hatte die Augen geschlossen. Da ist etwas. Sarahs Stimme und eine leichte Berührung an der Schulter. Was ist denn? Da. Sarah beharrte: Du hast da was. Lana folgte ihrem Blick mit den Fingerspitzen, legte sie ein paar Zentimeter schräg über ihrem Ohr auf ihr Haar. In der Schuppe lag der blaue Glanz, der sich in den Augen des Mädchens, das darauf schaute, spiegelte und den Lana mit einer tausende Male gemachten Bewegung unter ihren Haaren versteckte. Jetzt drehte sich das Schiff mit einem Mal – ein fürchterlicher Gewaltakt. Aber so ist es gut. Nur die toten Fische … Sarah runzelte die Stirn, sie überlegte, dann kam sie zu einem langsamen Nicken. Lana lächelte, als träfen in ihren Augen einhundertachtzehn Flüsse zusammen. Du weißt, wie es weitergeht? … schwimmen mit dem Strom.

Jonathan trommelte mit den Fingerspitzen auf das Holz im Takt der Hufe der Pferde. Sie trabten am Rain des Nachbargrundstücks entlang – die Schritte auf die vom Regen feuchte Erde setzend, eine geräuschlose Szene. Jonathan gab ihr durch das Trommeln einen neuen Klang. Die Frauen auf den Pferden sahen nicht zu ihm herauf, als gäbe es das Ferienhaus gar nicht. Als sei es vom jahrelangen Leerstehen zu Landschaft geworden. Auf der anderen Seite des kleinen Baches befanden sich mehrere Höfe. Aus dieser Richtung kam manchmal eine Katze zu ihm ans Fenster. Die einzige, die das Haus noch sehen konnte. Und Jonathan. Sie beobachtete ihn abends durchs Schlafzimmerfenster, wenn er las, aber sie wollte nicht herein, um keinen Preis wollte sie das. Jonathan hatte es ihr angeboten, aber dann bitter genickt, als er verstand. Die Katze führte ihn nicht mehr in die Irre, aber verloren war er trotzdem in seinen tausend Fragen, die von einer einzigen überschattet wurden: Wann würde Abel es endlich begreifen, sich gegen die Eltern durchsetzen, sich bei ihm entschuldigen? Wann würde Abel endlich zu ihm kommen? Wenn es nach Jonathan gegangen wäre, dann hätte er still der Dinge geharrt, er wäre nicht wie ein gejagter Verbrecher aus dem Ort geflüchtet. Aber man hatte ihm keine Wahl gelassen. Die Mutter hatte darauf bestanden, der Vater hatte ihre Worte wiederholt, einmal lauter, einmal leiser als sie – nie mit exakt dem gleichen Gewicht. Die Leute vergessen schnell, aber wenn du sie dauernd erinnerst, ja, da kann dir keine Zeit der Welt helfen. Sie hätten auch sagen können: Hau ab. Eine ganz einfache, nicht personalisierte Bitte. Die Mutter nannte ihn fast nie bei seinem Namen.

Jonathan konnte sich nicht erinnern, wann er sie das letzte Mal Jonathan hatte sagen hören. Stattdessen hatte sie ihm den Schlüssel zum Ferienhaus in die Hand gedrückt – der sperrte gut –, und jede Schublade, die Jonathan in dem leerstehenden Häuschen aufgezogen hatte nach seiner Ankunft, war schon randvoll mit einem unsichtbaren, schweren Stoff gewesen. Es war schon vorgesorgt. Anfangs ärgerte er sich vor allem, dass er nicht daran gedacht hatte, den Plattenspieler mitzunehmen. Er hätte sich ein bisschen Freiheit vorspielen können, da er doch in diesen Tagen so viel Zeit gehabt hatte. Er hätte die alten Lieder wiederaufleben lassen können. Vielleicht hätte er sogar an dem einen oder anderen in der Jugend ungeliebten Album etwas Besonderes gefunden. Etwas, das ihm damals nicht aufgefallen war, weil er nur die breiten, ausgetretenen Pfade beachtet hatte – aus Angst vor Hänseleien, die diejenigen trafen, die zulange stehen blieben, um sich genauer umzusehen, wirklich zuzuhören. Er würde dann Punkte für die Bewertung der einzelnen Songs vergeben können, seine Erinnerungen an die Musik einer Überarbeitung unterziehend. Aber den Plattenspieler hatte er nicht mitgebracht. Natürlich hätte er noch einmal mit dem Auto nachhause fahren können – ganz einfach schien das in der Theorie –, um aus seiner Wohnung das Vergessene aufzusammeln und zu sich zu holen. Doch am liebsten hätte er gleich noch Oliver mitgenommen, seinen einstigen Schulfreund, den es nicht mehr gab, weil sie keine Freunde mehr waren. Es nicht hatten sein und bleiben dürfen. Jonathans Finger trommelten immer leiser, jetzt unhörbar auf das Fensterbrett. Nun gab es kaum noch etwas zu verlieren. Die Reiterinnen waren außer Sichtweite, hatten sich am Waldrand in Luft aufgelöst. Jonathan kam sich vor wie ein Aussätziger, er hatte keine

Aufgabe und alles, was er anzog, war Spott oder Mitgefühl. Aber diese Reiterinnen – sie hatten ihn gar nicht beachtet, sie schauten auf die ausgetretenen Pfade, nicht einmal ein kurzes Abrutschen des Blicks wie ein Versehen in seine Richtung. Sie hätten doch zumindest seinen Schatten hinter dem Fenster bemerken müssen, eine schmerzvolle Bewegung. Wenigstens die Pferde. Jonathan starrte durch seine Hände.

Ein Brennen in den Augenwinkeln, die er sich immerzu rieb, als versuchten Trauermücken um einen Lebensraum kämpfend ihre Eier abzulegen im Traumrest, in diesem feuchten Sand. War er gleichzeitig Ufer? Die Knie fühlten sich an, als würde er sie bald nicht mehr vollständig abbiegen können, ohne sie zu brechen, aber das war nicht das Schlimmste – die Massen härteten im gesamten Körper aus und nicht nur in den Beinen. Wenn Jonathan die Handgelenke im Uhrzeigersinn kreisen ließ, so gaben sie bei jeder Drehung vorwärts in der Zeit ein schmerzendes Knacken von sich. Warum verging sie nicht schneller? Wie lange war er schon hier? Hatte man ihn vergessen? Oder drehte er mit den Handgelenken in Wahrheit die Zeit zurück? Warum kam der erlösende Anruf nicht? So sollten sie ihn ruhig verhaften, ihm ins Gesicht schlagen und in Handschellen abführen, die Eltern ihn enterben, aber er konnte nicht länger warten! Die Ungewissheit dauerte bereits zu lange. Seine Schritte waren schon vor nicht allzu langer Zeit, da er ins Exil hatte gehen müssen, nicht mehr geschmeidig, seinem Alter entsprechend jugendlich, gewesen. Als er dann dieses Ferienhaus betreten hatte – wo alles seit Ewigkeiten vorbereitet schien für ihn, als hätten die Eltern insgeheim damit gerechnet, dass er früher oder später das Dorf werde verlassen müssen –, waren seine

Bewegungen abgehackt gewesen. Die Geschicklichkeit hatte sich am längsten in seinen Fingern gehalten – das war von Mensch zu Mensch verschieden –, doch auch aus diesen wich sie nun. Wenn Jonathan an seine Eltern dachte, hörte er in seinem Kopf, wie sie abends vorm Fernseher über ihn sprachen, ihre Stimmen in jene der Nachrichtensprecher flechtend: Womit haben wir das verdient. Das war keine Frage. Und jetzt zum Wetter. Sie sprachen über ihn. Aber dachten sie auch an ihn?

Wie jeden Morgen zog Jonathan die zu kleinen Fenster auf und ließ die Finger langsam über die Fensterbretter und entlang der Laibungen gleiten, denn er hatte – das musste ein paar Tage her sein – eine besorgniserregende Entdeckung gemacht. Im Abstand von wenigen Zentimetern waren kleine, zylinderförmige Erhebungen zu spüren. Sehen konnte man sie nicht, sie waren völlig unsichtbar und darum musste er sich immer wieder vergewissern, dass er keiner Sinnestäuschung erlag. Diese Unsichtbarkeit war es auch, die ihm zuerst am meisten Sorge bereitete, denn so würde er schlecht davon erzählen können. Aber *wem* hätte er es denn erzählen können! Um das Haus zu verlassen, fühlte er sich zu schwach. Seit einigen Wochen plagten ihn Husten und Kopfschmerz. Wenn er den Telefonhörer in die Hand nahm und versuchte, sich an die Nummer der Eltern oder an jene der Firma zu erinnern – sogar über Lanas Telefonnummer hatte er stundenlang nachgesonnen –, wollten sie ihm einfach nicht einfallen. Gerade so, als hätte jemand ihm diese Erinnerung gestohlen. Aber egal, für welche Kombination aus Ziffern er sich letztlich entschied, am anderen Ende der Leitung tönte ein gleichgültiges Signal. Er war sich irgendwann nicht mehr sicher, was es zu bedeuten hatte. Ignorierten sie ihn? Oder war es das akustische Zeichen dafür, dass sie mit jemand anderem telefonierten? Aber mit wem? Warum sprach niemand mit ihm? Und wenn sich doch die Gelegenheit ergeben würde, wenn endlich jemand das Telefon abnahm: Gitter vor den Fenstern! Da wachsen Gitter vor den Fenstern. Was? Ich sagte, hör zu, ich sagte: Stäbe. Was für Stäbe? Jonathan würde es in den Hörer schreien: Man kann sie nicht sehen, aber sie sind da! Im anschließenden Schweigen hörte er sie schon den Kopf schütteln am anderen Ende der Welt. Sie waren Verräter allesamt, wenn sie ihm nicht glaubten. Aber sie hoben ja nicht einmal ab! Sie sprachen nicht mit ihm. Womöglich nicht einmal mehr über ihn? Hatte er nicht genug gelitten? Wie weit wollten sie das Spiel noch treiben? Aber sie konnten es ewig treiben, jawohl, sich als wahre Opfer ausgeben und mit Taschentüchern ihre Wunden tupfen. Und jetzt zum Wetter. Die schreckliche Angst wohnte in der Schläfe – sie hatten ihn ersetzt. Die Trauermücken rieb Jonathan sich aus den Augen, sie fielen wie Staub auf seine Zehen aus Zement.

Jonathan versuchte sich zu beruhigen, er konzentrierte sich auf seinen Atem und darauf, die Lider wenigstens eine Minute geschlossen zu halten – das Einzige an ihm, was noch flatterte, sich schneller als je zuvor bewegte. Ob Alexandr erfolgreich gewesen war? Ob er gefunden hatte, was er suchte, am Ufer der Wolga oder weiß Gott wo, in irgendwelchen verlassenen Dörfern der Vatersgeschichten? Jonathan musste immer wieder an den Chorleiter denken, und je mehr er diesen Mann in seine Gedanken ließ, desto öfter kamen ihm auch einzelne Sequenzen aus den Probenabenden in den Sinn. Ludwigs ohrenbetäubendes Lachen, die Schweißtropfen in Stefans Bart, wenn er sang, Antons Begeisterung für Hüte und die Schießerei, Lana, die so tat, als gäbe sie Ludwig eine Ohrfeige. Merkwürdig war nur Eines: So sehr er sich anstrengte, konnte er sich kaum noch einer Melodie oder eines Liedtextes entsinnen. Nicht einmal seine Solopassagen waren noch sicher im Kopf gespeichert, dabei hatte er sie doch in- und auswendig gekonnt! Alexandr hatte das an ihm geschätzt, die schnelle Auffassungsgabe. Und: Du hast eine schöne Stimme. Das waren seine Worte gewesen, die Jonathan ihn zu keinem anderen je hatte sagen hören.

Er drehte die Handgelenke nach links, dann unschlüssig nach rechts, immer wieder war das leise Knacken zu hören. Dann nahm er seinen Mut zusammen und strich noch einmal mit den steifen Fingern über die Stäbe. … vier, fünf. Die Hand zog sich zurück. Jonathan bewegte sich jetzt langsam in Richtung Eingangsbereich, er schaute auf seine Füße und die Fliesen vor ihnen, um nur ja nicht zu stolpern. Er könnte in tausend Scherben zerbrechen. Eins, zwei, eins … Als er die Tür erreicht hatte, drückte er die Schnalle, der Wind blies ihm so stark entgegen, dass er fast nach hinten umgefallen wäre, ehe er das Gleichgewicht wiederfand. Es war ein Herbstwind – aber das konnte doch nicht wahr sein! Jetzt galt es, nach draußen zu laufen, um jeden Preis. Doch als ahnte er es, streckte er den Stock, der sein Arm war, aus. Auch hier! Die Stäbe, die aus der Schwelle wuchsen, reichten schon bis auf Kinnhöhe in die Luft. Der ausgestreckte Arm zwischen dem Gitter ragte in den äußeren Schatten – es war ein ganz anderer Schatten als im Inneren des Ferienhauses –, wie ein Fühler eines toten Insekts. Man hätte ihn ganz einfach abbrechen können im Vorbeigehen, so trocken diese Gliedmaße. Morgen müsste er eine Lösung finden. Der Versuch, die Hände zu Fäusten zu ballen, misslang. Jonathan versteifte seine Handgelenke nun absichtlich – wenigstens das gelang.

Kein Drehen wider oder mit. Wie lange waren die Tür und die Fenster, diese Löcher, noch groß genug? Sich mit aller Kraft dagegendrückend schaffte Jonathan es, die Tür wieder zu schließen. Jetzt, da sich seine Vermutung bestätigt hatte, war er tatsächlich ruhiger. Er musste das weitere Vorgehen überlegen.

Als er später im Wohnzimmer saß, überraschte ihn die Dämmerung. Sie schaffte es durch jedes Loch, jede noch so kleine Ritze herein. Sonst besuchte ihn niemand. Vielleicht kam Abel nicht zu seiner Rettung, weil er ebenso gefangen war? Oder sie hatten ihn verhaftet wegen Verleumdung, weil er einen Unschuldigen angezeigt hatte, weil sie natürlich längst ermittelt hatten, dass Jonathan kein Einbrecher war und ihm auch nicht nachgestellt hatte! Dass er in bester Absicht gehandelt hatte. Aber warum meldete sich dann die Gendarmerie nicht bei ihm? Die Eltern hatten ihr doch bestimmt die Nummer des Ferienhauses gegeben. Er würde Abel selbstverständlich sofort entlasten. Ich verzeihe ihm natürlich. Lassen Sie ihn bitte gehen. Und zu Abel hätte er zu sagen sich gewünscht: Wir können jetzt zusammen sein. Jonathan war noch einmal zum Telefon getappt. Als er die dreistellige Zahl eingab, den Notruf absetzte, war er innerlich schon gewappnet. Unter dieser Nummer ist kein Teilnehmer bekannt. War es das, was dieser Rhythmus aus Ton und Stille bedeutete?

Den Absprung hatte er versäumt. Jonathan lag am Sofa und brachte den Mund nicht mehr auf. Alle Öffnungen waren nun verwachsen, die Stäbe hatten sich in der Mitte getroffen und vereinigt. Ein Wunsch, dem er immer noch nachhing – das Herbeigesehnte treffen und sich nicht mehr trennen müssen. Der Fensterflügel vor dem Bücherregal stand in den Raum, er schlug im Wind. Dort hatte er sich eben erneut der unsichtbaren Gitter hinter den Fenstern vergewissert. Einige Male hatte er versucht, auf sich aufmerksam zu machen, als die Reiterinnen ihre Pferde vorbeigeführt hatten. Hin und wieder hörte er sogar Autos auf der Straße nach oben in den Forstwald fahren oder den Hang hinunterbrausen, vorbei an dem Ferienhaus. Aber sie waren so schnell, dass er keine Chance hatte zu reagieren. Nicht einmal die Pferde oder die Frauen hatten zu ihm aufgeschaut, nicht *ein* Ohr zu ihm gewendet, wenn er rief. Moonlight. Hilfe. Warum ihm dieser Name in den Sinn gekommen war, wusste er selbst nicht mehr. Seine Stimme, die immer schwächer geworden war, fehlte jetzt gänzlich. Er würde nie wieder im Chor singen können.

Der plötzlich einsetzende Regen und mit ihm die dunklen Wolken am Himmel hatten eine neuartige Finsternis geschaffen. Ein Sprung in der Zeit. Manche Tropfen fielen durch die Stäbe ins Innere, Jonathan konnte beobachten, wie sich am Fußboden nasse Flecken bildeten. Einige Tropfen wurden abgefangen vom unruhig flatternden Fensterflügel und liefen die Scheibe hinunter. Jonathan starrte auf die Tropfen und fragte sich, welcher von ihnen den Rahmen zuerst erreicht haben würde, mit wem er sich auf seinem Weg vermischen würde, auf diese Weise schwerer und schneller werdend. Er gab einen Tipp ab. Doch war es nicht so, dass der Tropfen – nein, *alle* Tropfen – in der Masse verendet auf den Fußboden klatschten? Die letzten Minuten im Warmen seien ihnen gegönnt.

Als er die Augen wieder öffnete, war es hell im Zimmer. Nach dem Sonnenstand zu urteilen, musste es später Vormittag sein. Das hätte bedeutet, dass er sechzehn oder siebzehn Stunden lang geschlafen hatte seit dem Punkt seiner letzten Erinnerung. Aber wie war es möglich, jedes Zeitgefühl zu verlieren? Hatte er denn eine Uhr im Zimmer, im Haus? Warum wachte er überhaupt noch auf? Von der Stelle auf dem Sofa hatte er sich nicht weggerührt, kein Glied seines Körpers außer die Lider bewegt, als er es entdeckte: Ein blauer Splitter im Raum. Auf dem Fußboden lag eine Ansichtskarte, wie durchs offene Fenster hereingesegelt. Jemand musste sie zwischen den Gitterstäben hindurchgeschoben, sie in das Haus versenkt haben wie in einen Briefkasten. Eine plötzliche Hitzewallung lief durch seinen Körper und trug dazu bei, dass es ihm nun gelang, sich aus der liegenden Position aufzusetzen, sich selbst in die Veränderung hineinzwingend. Die Postkarte, die mit dem mysteriösen Blau in seine Augen stach, lag höchstens zwei Meter von ihm entfernt. Dennoch hatte er Angst, sie könnte sich im letzten Moment unsichtbar machen, plötzlich verschwinden, bevor die starren Zweige, die seine Finger waren, sie zu fassen bekämen. Als er sich vom Sofa auf den Boden gleiten lassen wollte, landete er hart auf den Knien. Ein unangenehmes Geräusch, dieses Abstürzen. Für den Schmerz fehlte ihm schon die Empfindung. Denn nun lag vor ihm der Beweis, dass man ihn noch nicht vergessen hatte – viel mehr noch: Abel musste es sein, der sich um ihn sorgte! Sich bäuchlings ausstreckend erwischte er das kleine Stück Karton. Schnittstelle der Sehnsüchte. Eine magische Landschaft, ein unverwechselbares Blau. Jetzt wollte er sich wirklich kopfüber fallen lassen, hinein in diese sanften Wogen, aber er roch das Wasser nicht, er atmete nicht diese Luft. Eine Fotografie. Gebannt auf ein vierzehn Komma acht mal zehn Komma fünf Zentimeter großes Rechteck. Wer war hier nicht echt? So vieles war nicht klar. Eigentlich war ihm gar nichts klar, nichts wusste er mit Bestimmtheit zu sagen. Er drehte die Karte und meinte sich wiederzufinden auf vier kurzen schwarzen Linien. Der Name Jonathan kam ihm entfernt bekannt vor. Aber las er die Zeichen denn richtig? Stand da nicht ganz ein anderer Name in Wahrheit? Darüber ein leeres kleines Rechteck. Kein Gruß in Heimat oder Fremde, kein *Lieber* …, kein Hinweis auf eine Zeit. Das Fehlende auffälliger als alles andere. Er hätte ein kleines Bild von sich aufkleben können, aber dann wäre ihm doch nichts eingefallen. Was darunterschreiben?

Foto: Helmut Steinbacher

LYDIA STEINBACHER, geb. 1993, studierte Deutsche Philologie an der Universität Wien und ist Mitglied der Grazer AutorInnenversammlung sowie der AutorInnenvereinigung Podium. Die heute in Wien lebende Autorin wuchs in Hollenstein an der Ybbs in Niederösterreich auf und sammelte schon früh Erfahrungen im Schreiben, u. a. im Rahmen der Schreibakademie Niederösterreich. Lydia Steinbacher hat bereits zwei Lyrikbände sowie einen Band mit Erzählungen veröffentlicht, zahlreiche ihrer Texte sind in Zeitschriften und Anthologien erschienen.

Lydia Steinbacher
Schalenmenschen
Erzählungen

Eine Spaziergängerin trifft auf eine alte Frau, die inmitten eines Trümmerhaufens kauert und einsame Worte vor sich hin flüstert – ein unterirdischer Stollen mag dort gewesen sein und auch das alte Weiblein scheint aus der Zeit wie aus der Welt gefallen in seiner Seltsamkeit. An einer anderen Stelle weilt Monsieur Palmaro eines Morgens zum ersten Mal auf einer Bank im Park, der er all die Jahre zuvor keine Beachtung geschenkt hat. Und die schlaflose Unruhe der vergangenen Nacht soll ihn noch länger begleiten, besonders bis zu jenem Zeitpunkt, an dem plötzlich die neue Schülerin Ambre auftaucht. Anderswo begibt sich der nicht mehr ganz junge Ivan zurück an einen Ort, von dem ihm der Dachboden und die Spielfiguren, die dieser einst beherbergt hat, am meisten in Erinnerung geblieben sind – nicht zuletzt deshalb, weil er sich dort nach vielen Jahren wieder des Verlusts seines besten Freundes gewahr sein muss.

Traum und Wirklichkeit verschwimmen hier oft zu einem Ganzen, in dem Erinnerungen und Beobachtungen zu phantastischen Geschichten werden.

Gebunden mit Schutzumschlag, 216 Seiten
ISBN: 978-3-902711-86-1
Auch als E-Book